D1870014

ro
ro
ro

ro
ro
ro

Johanna Alba, geboren 1973, ist Kulturjournalistin und Kunsthistorikerin. Sie hat unter anderem in Rom studiert und dort in einer Künstler-WG gleich hinter dem Vatikan gewohnt. Heute schreibt sie für verschiedene namhafte Magazine über Literatur, Kunst und Geschichte.

Jan Chorin, geboren 1971, ist Historiker und hat sich auf europäische Religions- und Geistesgeschichte spezialisiert. Die Autoren sind miteinander verheiratet und leben mit ihren zwei Kindern in München.

Zuvor erschien von ihnen der Roman «Halleluja!» (rororo 25382), in dem Papst Petrus II., der ungewöhnlichste Papst seit Menschengedenken, zum ersten Mal in den engen Gassen Roms ermittelt. «Halleluja!» war für den Glauser-Preis 2011 nominiert.

JOHANNA ALBA & JAN CHORIN

Gloria!

EIN PAPST-KRIMI

ROWOHLT TASCHENBUCH VERLAG

2. Auflage Januar 2017

Originalausgabe
Veröffentlicht im Rowohlt Taschenbuch Verlag,
Reinbek bei Hamburg, April 2012
Copyright © 2012 by Rowohlt Verlag GmbH,
Reinbek bei Hamburg
Umschlaggestaltung any.way, Barbara Hanke/Cordula Schmidt
(Illustration: Ruth Botzenhardt)
Satz Sabon PostScript (InDesign) bei
Pinkuin Satz und Datentechnik, Berlin
Druck und Bindung CPI books GmbH, Leck, Germany
ISBN 978 3 499 25755 1

«Ich aber sage dir:
Du bist Petrus, und auf diesen Felsen
werde ich meine Kirche bauen,
und die Mächte der Unterwelt
werden sie nicht überwältigen.»

Matthäus 16,18

Prolog

VATIKAN – OSTERN 1949

Er konnte sie nicht sehen, aber sie war bei ihm, wie sie immer bei ihm gewesen war. Er hörte ihre kurzen Schritte, die kleinen Steinchen, die unter ihren Füßen davonrollten. Die Petroleumlampe hatte er abgestellt und tastete mit beiden Händen in der Nische. Jetzt war sie neben ihm. Sie trug einen Korb mit Lappen und Tüchern, einen Pinsel, eine Schachtel. Er kniete nieder, um zu beten.

Wie lange Zeit würde ihnen bleiben?

Wie lange Zeit würde *ihm* noch bleiben?

Vorsichtig griff er in den Staub, spürte Splitter, Scherben, Erde. *Man muss Gott mehr gehorchen als den Menschen.* Seine Hände schlossen sich um etwas Hartes, seine Daumen bohrten sich in eine Vertiefung – mit einem Ruck hob er den Totenkopf ins Licht.

«Madre», flüsterte er – dann versagte ihm die Stimme. «Madre – kommen Sie schnell.»

Sein Entschluss stand fest. Die Menschheit war nicht reif für dieses Wunder. Nicht in diesen finsteren Zeiten. Er, Papst Pius XII., würde schweigen. Mochte einer, der nach ihm kam, das Mysterium verkünden. Es war Madres Idee gewesen, das Geheimnis zu bewahren. Und sie hatte recht, seine Haushälterin, wie sie immer recht behalten hatte in den letzten dreißig Jahren. Während er noch benommen vor der Nische kniete, hatte sie ihm schon den Schädel aus der Hand genommen. Sie half ihm auf, schob seine Brille gerade, klopfte ihm den Schmutz von der Soutane. Er ließ es geschehen.

Schweren Schrittes stieg er den Weg hinauf, ins Dunkel zurück. Er blickte sich nicht um, sah nicht, wie sie da stand, Madre Pascalina, unerschütterlich in ihrer schwarzen Ordenstracht. Wie sie im Schein der Lampe den Schädel abbürstete, die feuchte Erde mit den Nägeln abkratzte, den Knochen mit einem Tuch polierte.

Wie sie lächelte, plötzlich.

Und mit einer einzigen raschen Bewegung dem Toten einen Zahn aus dem Kiefer brach.

Passion

Fastenzeit

I

VATIKAN – ZUR ZEIT DES PONTIFIKATS PETRUS II.

Der Teppich verschluckte ihre Schritte. Still, sehr still, war es hier oben. Durch die kleinen Dachfenster fiel staubiges Licht auf den dunklen, nachtschwarzen Läufer. Ab und zu war ein fernes Knarzen zu hören, ein Seufzen der schwachen Holzdielen unter ihnen. Ein kurzes Trappeln, wie von eiligen Füßen. Ein Kratzen und Scharren. Dann wieder nichts.

Sie standen vor einem verschlissenen, goldgelben Vorhang. Und Schwester Immaculata setzte eine Miene auf, als wollte sie gleich das Evangelium verkünden. «Hier sind wir also», sagte sie zufrieden und wies mit großer Geste auf die Reste des Brokatstoffes. «Hier beginnt der Flur der toten Päpste!»

Es war ein höchst ungleiches Pärchen, das dort am frühen Morgen Aufstellung genommen hatte, bewaffnet mit Schrubbern, Putzeimern und großen Staubwedeln. Immaculata, Haushälterin des Papstes, erste und letzte Instanz im Vatikan, hatte ihr strenges Nonnenhabit durch eine blütenreine Schürze und ein schwarzes Kopftuch ergänzt. Einziger Schmuck war ein silbernes, schlichtes Medaillon, das ihr an einer Kette um den Hals hing, und in dem – wie Papst Petrus mutmaßte – sicher die Schlüssel zum Himmelreich aufbewahrt wurden.

Padre Francesco, ohne Medaillon, sah neben ihr so aus, als wäre er gerade aus dem Bett gefallen. Die braunen Locken standen ihm wirr um den Kopf, auf seinen Wangen spross ein Dreitagebart. Der junge Franziskanerpater, Privatsekretär des Papstes, hatte die Gefahr unterschätzt. Während sich Papst Petrus in auffallender Eile direkt nach der Morgenandacht hinter einem dicken Berg Aktenordner vergraben hatte, war Francesco zufällig noch einmal an der Küche vorbeigegangen. Dort hatte ihn Immaculata abgepasst. Heute begann der Frühjahrsputz – Francesco erinnerte sich mit einem gewissen Schauder an das vergangene Jahr –, und nun gab es kein Entrinnen mehr.

Für niemanden.

«Ich ... hatte den Flur der toten Päpste immer für einen Mythos gehalten», sagte Francesco. «Für eine Art Hausmärchen des Vatikans. Die Geschichte von dem Zwischengeschoss, direkt über den päpstlichen Gemächern ... die vollgestopften Kammern mit den Möbeln der verstorbenen Päpste ... die Galerie der abgelehnten Papstporträts ...»

«Selbstverständlich gibt es den Flur der toten Päpste», sagte Immaculata. «Und es ist außerordentlich schmutzig dort. Leider bin ich körperlich nicht mehr in der Lage, selbst überall nach dem Rechten zu sehen. Und gewöhnliches Hauspersonal kann man natürlich nicht mit dieser Aufgabe betrauen. Darum habe ich dem Heiligen Vater vorgeschlagen, dass sein Privatsekretär diese Aufgabe übernimmt. Ihr Auftrag, Padre, lautet: Spinnweben entfernen, abstauben, Schmutz eliminieren. Und zwar so zügig, dass Sie bis zur Morgenbesprechung wieder beim Heiligen Vater sein können.»

«Aber ... ist es den toten Päpsten nicht egal, ob bei ihnen sauber gemacht wird?»

«Der Vatikan ist ein Hort der Verwesung und des Verfalls. In religiöser Hinsicht – und auch physisch», verkündete Immaculata mit dramatischer Stimme. Sie händigte ihm einen Staubwedel aus und schüttete seinen Putzeimer mit einem kräftigen Schwall Weihwasser auf, den sie noch vor Morgengrauen aus dem Petersdom geholt hatte. «Innere und äußere Reinigung tut not, gerade in der heutigen Zeit.»

Seit die Fastenzeit angebrochen war, wirkte Immaculata geradezu beschwingt. Nun endlich hatte sie die Möglichkeit, Papst Petrus auf Diät zu setzen, ohne dass er sich wehren konnte. Sie entstammte dem strengen Orden der Bußfertigen Begonninen, in dem Freudlosigkeit, wie der Papst immer vermutete, Voraussetzung zur Aufnahme war. Die Wochen vor Ostern waren für sie der Höhepunkt des Jahres:

Fasten, Putzen, Herrschen!

«Und hier oben lagert wirklich alles, was die Päpste nach ihrem Tod hinterlassen haben? Alle privaten Gegenstände?», fragte Francesco.

«Zumindest die der Päpste der letzten zweihundert Jahre.»

«Ich dachte immer, diese Dinge liegen im Vatikanischen Archiv.»

«Wenn die Päpste ein gottgefälliges Leben geführt hätten, könnten sie ihren Nachlass guten Gewissens in das Archiv bringen lassen. Zum Nutzen der Historiker und Theologen, die dort forschen. Aber der eine oder andere Pontifex hatte durchaus Anlass, die Nachwelt im Dunkeln zu lassen. Zumindest, was sein Privatleben betrifft.»

«Ich verstehe.» Francesco gab sich einen Ruck und zog mit seiner rechten Hand den goldenen Vorhangstoff beiseite, während er in der linken den Putzeimer und den langen Staubwedel aus Straußenfedern balancierte. Hinter dem Vorhang kam eine dunkel gebeizte Tür zum Vorschein, an der sich weder Knauf noch Schloss befand.

«Sie müssen sich bücken», sagte Immaculata. «Ganz unten in einer Ritze ist eine Feder. Damit lässt sich die Tür entriegeln.»

Vorsichtig strich Francesco am Holz entlang, bis er unter seinen Fingern einen Spalt fühlen konnte. Die Tür öffnete sich und gab den Blick auf einen langen Gang frei. Das Zwischengeschoss war viel niedriger als die päpstliche Wohnung; durch schmale Fenster auf der rechten Seite drang nur wenig Licht in den Gang. Links reihte sich eine Tür an die nächste.

Immaculata deutete auf die Wandschränke zwischen den Türen. «Hier befinden sich die Kleider der Verstorbenen. Ich werde die Mottenkugeln austauschen und bei Johannes XXIII. nachsehen, ob nicht das eine oder andere Gewand für Petrus in Frage kommt. Figürlich hat er sich Johannes ja leider angenähert. Sie kümmern sich einstweilen um die Abstellkammern. Die Putzsachen habe ich Ihnen gegeben. Hier ist noch eine Taschenlampe. Es gibt kein Licht in den Räumen.»

Francesco nickte beklommen und ging auf die erste Tür zu. Zu seinem Erstaunen ließ sie sich ohne Schwierigkeiten öffnen, schwang jedoch, kaum hatte er den Raum betreten, knarrend zurück und fiel ins Schloss. Für einen Augenblick war es völlig dunkel um ihn. Er knipste die Taschenlampe an und sah sich Auge in Auge mit einem riesigen Engelskopf, der den Mund zu einem verzückten Lächeln geöffnet hatte. Daneben entdeckte er noch einen Engel. Und noch einen. Die himmlischen Heerscharen gehörten zu einem prachtvollen barocken Schrank und trugen auf ihren Flügeln mächtige Regalbretter. Und darauf lagen ganze Jahrhunderte päpstlicher Kopfbedeckungen: weiße Kegel, kleine Käppchen, goldene Reifen. Und eine zerknautschte rote Mütze mit plüschiger Krempe: «Johannes XXIII.» stand auf einem handbeschriebenen Schild, das an der Mütze baumelte. Francesco beleuchtete sie neugierig: Der weiße Fellrand kräuselte sich, bewegte sich ruckartig hin und her und hopste auf ihn zu. Francesco konnte einen Schreckensschrei nicht unterdrücken.

«Es wimmelt dort drin vor Mäusen», hörte er Immaculata durch die geschlossene Tür rufen. «Aber ich habe Fallen aufgestellt ...»

Francesco ließ den Lichtkegel durch den Raum gleiten. Neben dem Regal standen mehrere große Truhen. «Papst-Nachthemden ab dem Ersten Vatikanischen Konzil», stand auf der einen. «Elektrische Eisenbahn, Paul VI.» auf der daneben. Dem Engelsregal gegenüber befand sich ein weiterer hölzerner Barockschrank, der, wie Francesco mit einem kurzen Blick hinein feststellte, Bettwäsche und goldbestickte Pantoffeln enthielt. Alles sorgfältig verpackt, nummeriert, aufgeräumt.

Hier gab es nichts mehr zu tun.

Francesco fuhr mit seinem Straußenfederwedel pflichtschuldig über Regalbretter, Papstmützen und Truhen. Erleichtert nahm er seinen Eimer und trat den Rückweg an.

Dann hörte er ein Scharren.

Erschrocken fuhr er herum. Die Taschenlampe fiel zu Boden und erlosch, sein Fuß erwischte den Putzeimer, dessen Inhalt sich ins finstere Nichts ergoss.

Francesco bückte sich und fischte die Lampe aus der Pfütze. Sie war kaputt. Vorsichtig richtete er sich auf. Die Tür musste gleich hinter ihm sein. Er drehte sich um, streckte die Arme aus und tappte einige Schritte in die Dunkelheit. Seine Finger berührten Holz, dann einen metallenen Türknauf.

«Gepriesen sei der Herr», murmelte Francesco. Er griff nach dem Knauf und zog. Kräftig. Vor ihm krachte es, hinter ihm rumste es, und mit einem kräftigen Schlag in den Nacken erledigte ihn jemand von hinten. Francesco taumelte, ließ die Taschenlampe zum zweiten Mal fallen und hielt schützend die Hände über den Kopf. Über ihm fiel etwas mit lautem Gepolter zusammen.

Dann wurde es plötzlich hell.

Im Türrahmen zeichnete sich Immaculata ab, schwarz, wie ein Schattenriss.

«Was ist das für ein Lärm hier?», fragte sie ungnädig. «Und warum liegen Sie unter den Skiern von Johannes Paul II. auf dem Fußboden? In einer Wasserpfütze?»

Francesco blickte auf und sah, dass er nicht die Tür zum Flur, sondern zu einem wuchtigen, dunklen Wandschrank geöffnet hatte. Die Skier waren dort wohl angelehnt gewesen und umgefallen. Er rappelte sich auf, stellte die Bretter wieder in Reih und Glied. Und riskierte dabei einen Blick in das Schrankinnere. «Immaculata! Sehen Sie mal!»

Energisch trat die Haushälterin heran und zog die Tür ganz auf. Durch Francescos Rütteln waren die Regalbretter heruntergefallen, mehrere schwere Bücher im Ledereinband lagen durcheinander. Und ganz unten, im Schrankboden klaffte ein Loch. Immaculata leuchtete mit ihrer Taschenlampe hinein, direkt auf einen hölzernen Kasten. Francesco kniete nieder und hob ihn heraus. Er musste leer sein, so leicht, wie er in seinen Händen wog. Auf allen vier Seiten war eine verwitterte Figur mit einem großen, runden Kopf eingeschnitzt. Den Deckel zierte, kaum erkennbar, ein verschnörkelter Schlüssel.

Francesco klappte die Schatulle auf.

Und gleich wieder zu.

Neben ihm schrie Immaculata so laut, dass man es im ganzen Apostolischen Palast hören konnte.

II

Giulia war ärgerlich.

Der erste warme Frühlingstag – und sie war so erkältet, dass sie nicht einmal über den Rand ihrer Sonnenbrille schauen konnte. Mit einem wollweißen XXL-Schal hatte sie versucht, das Beste aus ihrem Zustand zu machen. Trotzdem fror sie, während sie in ihrem roséfarbenen Flatterkleid über den Petersplatz stöckelte. Scharf zeichnete sich die Kuppel des Doms vor dem knallblauen Himmel ab. Die Bettler legten ihre Decken unter den Kolonnaden zusammen; die ersten Geschäftsleute saßen auf den sonnigen Säulensockeln und blätterten in ihren Zeitungen.

Giulia vergrub sich etwas tiefer in ihren Schal und bog in die Via Ottaviano ein. Dort schoben gerade die Souvenirhändler die Postkartenständer und Rosenkranzhalter nach draußen. Und die Schweizergardisten an der Porta Sant'Anna nahmen erfreut Haltung an, als Giulia mit Schwung zwischen ihnen hindurchwehte.

Ihren Ausweis brauchte sie schon lange nicht mehr vorzuzeigen. Jeder kannte sie hier: Contessa Giulia Santini, Leiterin des Pressesaals des Heiligen Stuhls. Und unbestritten eine der attraktivsten Frauen der ganzen Stadt.

Gerade heute hatte die liberale Zeitung La Repubblica der päpstlichen Pressesprecherin eine Doppelseite gewidmet – unter der Überschrift: «Bezaubernde Giulia – Glaube in seiner schönsten Form.» Darin war nur flüchtig von ihrem Studium der Kunstgeschichte, Philosophie und Kirchengeschichte die Rede, von ihren Promotionsstipendien in Harvard und Oxford. Von ihren Fremdsprachenkenntnissen in Arabisch und Japanisch und ihrer Herkunft aus altem römischem Adel. Dagegen sehr ausführlich von der Kürze ihrer Röcke («Madonna Santa!»), der Länge ihrer Locken («bellissimi!») und den «tiefen Einblicken», die sie bei Pressekonferenzen gewährte. Kurz: Der ganze Artikel war ein einziges Ärgernis für Giulia gewesen. Und endete mit dem Aufruf: «Ragazzi Romani, worauf wartet ihr? Diese Traumfrau Gottes ist noch Single!»

Als sie gerade die Schranke passierte, klingelte ihr Handy. «Mamma?»

«So geht das nicht weiter, Giulietta.»

«Ja, Mamma. Ich habe mich auch über den Artikel geärgert.»

«Aber sicher wieder nur, weil sie deine Grundkenntnisse in Chinesisch und deinen Auslandsaufenthalt im Jemen vergessen haben. Nein, mein Kind. Damit muss endgültig Schluss sein.»

Giulia sah ihre Mutter vor sich: Um diese Uhrzeit trug sie sicher noch die Lockenwickler im Haar, hatte aber über ihrem Morgenrock bereits die Perlenkette angelegt und tat einen tiefen Zug aus ihrer elfenbeinernen Zigarettenspitze.

«Mamma, ich …»

«Keine Widerworte. Du bist fünfunddreißig Jahre alt und wirst hier angepriesen wie eine … eine …»

«Mamma, ich habe wirklich keine Zeit. Der Heilige Vater …»

«Nein, du wirst mich ausreden lassen. Schluss jetzt. Meine einzige Tochter ist mit *fünfunddreißig* noch immer nicht verheiratet, nur weil sie neumodischem Firlefanz über Liebe und Partnerschaft anhängt. Eine arrangierte Ehe muss nichts Schlechtes sein. Die Zuneigung wächst mit den Jahren. Seit Jahrhunderten haben wir es in unserer Familie nicht anders gehalten. Dein Papà und ich –»

«Ja?»

«Unterbrich mich nicht. Auf jeden Fall habe ich viel zu lange zugesehen. Ich möchte noch bei Sinnen sein, wenn ich mein erstes Enkelkind in den Armen halte …» Ein theatralisches Schluchzen unterbrach ihren Redeschwall.

«Du denkst daran, dass du Ostermontag zu meinem kleinen Fest nach Frascati kommst!»

«Mamma, das ist doch noch Wochen hin. Und wie du weißt, ist zu Ostern im Vatikan immer ziemlich viel los …»

«Du kannst dich den familiären Verpflichtungen nicht immer und ewig mit dieser Papst-Ausrede entziehen. Andere Leute müssen auch arbeiten. Also, sei nicht kompliziert und zieh dir etwas Hübsches an. Du klingst außerdem erkältet. Sieh zu, dass du bis dahin wieder fit bist. Es wird ein großes Fest. Es sind auch viele nette junge Männer aus unseren Kreisen eingeladen. Denen du vielleicht diesmal nicht gleich deine Promotionsurkunde unter die Nase hältst.»

«Ich muss jetzt wirklich auflegen, Mamma. Die Morgenbesprechung bei Papst Petrus fängt in …»

«Natürlich, du hast immer etwas Besseres zu tun, als mit deiner Mutter zu plaudern.» Sie klang beleidigt. «Wir sehen uns also Ostermontag, Giulia-Antonia.»

Nach dieser Drohung legte sie auf.

III

Neben der Eingangstür zur päpstlichen Wohnung war ein blankpoliertes Emailleschild angebracht:

«Petrus II. – Heiliger Vater» stand neben dem mittleren Klingelknopf.

«Padre Francesco – Privatsekretär» war bei dem untersten der drei Knöpfe zu lesen.

Und ganz oben, in etwas größeren Buchstaben, hieß es:

«Schwester Immaculata – Leiterin der päpstlichen Küche, des päpstlichen Haushaltes sowie der hauswirtschaftlichen Abteilungen Seiner Heiligkeit.»

Giulia drückte auf «Heiliger Vater» und wartete.

Das Türschild hatte Immaculata in Auftrag gegeben. Wo man läutete, war allerdings egal, da es immer auch in Immaculatas Küche und in ihrer Zelle – so nannte sie ihr durchaus nicht kleines Schlafzimmer – klingelte. Sobald es an der Tür schellte, rückte sie ihre Haube gerade und ergriff, um den Störenfried auf ihre Unabkömmlichkeit hinzuweisen, einen Besen, einen Topfdeckel oder ein Bügeleisen. Dann schritt sie energisch zur Tür, wo sie das kleine Metallplättchen vor dem Guckloch beiseiteschob, den Besucher musterte und einer gründlichen Befragung unterzog. Die Sicherheitskontrollen der Schweizergarde mochten in der Lage sein, Attentäter und Spione zu erkennen. Doch weit größere Gefahr ging von Süßwarenhändlern, Weinlieferanten oder fragwürdigen Klerikern aus, mit denen Petrus nicht etwa über katholische Morallehre, sondern die Fußballtabelle der Seria A zu diskutieren pflegte.

«Heiliger Vater!», sagte Giulia erfreut. Nicht Immaculata öffnete ihr, sondern Petrus selbst. Sein sonst so freundlich-wohliges Gesicht trug einen mürrischen Ausdruck. Über seiner stattlichen Römernase hatte sich eine steile Falte gebildet.

«Good morning! My name is pope!», sagte Petrus grimmig.

«Beinahe richtig», erwiderte Giulia und trat ein. «Besser würden Sie vielleicht sagen: ‹May I introduce myself, I am the Holy Father …› – aber ich bin mir fast sicher, dass man Sie auch so erkennen wird.»

Die Englandreise des Papstes im vergangenen Herbst war ein einziger Triumph gewesen. Hunderttausende hatten Papst Petrus auf den Straßen Londons zugejubelt, seine Messe im Wembley-Stadion war überfüllt gewesen. So viele verlorene Schäfchen, die sich nach ihrem Hirten sehnten – das hatte Petrus gerührt. Dass sich die englischen Christen schon vor Jahrhunderten von Rom gelöst hatten, pflegte er von nun an großzügig zu übersehen. Ein Irrtum der Geschichte, wie er gerne ausführte, den man schließlich korrigieren könne. Tatsächlich verlor die anglikanische Kirche seit Jahren an Mitgliedern, während die römisch-katholische Kirche auf der Insel wuchs und blühte. Und der Besuch des lebensfrohen, fußballbegeisterten Papstes hatte einen weiteren Schub gegeben.

Geärgert hatten ihn allerdings die launigen Bemerkungen, mit denen die Presse sein Englisch kommentiert hatte. Um für seine Herde auf der Insel künftig ein noch besserer Hirte zu sein, hatte Petrus beschlossen, bei Contessa Giulia Sprachunterricht zu nehmen. Seine Pressesprecherin hatte in Oxford studiert. Außerdem verfügte sie über die nötige Sensibilität, um ihrem Chef widerzuspiegeln, dass er beständig Fortschritte machte – auch wenn es tatsächlich nur sehr langsam voranging. Denn Petrus hatte schließlich niemals mehr werden wollen als Stadtpfarrer im römischen Arbeiterviertel Trastevere, aus dem er stammte. Und dafür benötigte man keine Fremdsprachenkenntnisse, sondern ein großes Herz, eine laute Stimme und abends einen vollen Teller Pasta.

«Immaculata ist auf dem Dachboden», sagte Petrus. «Heute ist großes Reinemachen. Du erinnerst dich vielleicht noch an den entsetzlichen Frühjahrsputz im letzten Jahr? Jetzt hat sie sich den Flur der toten Päpste vorgenommen. Vermutlich räumt sie dort schon einmal ein Eckchen für mich frei.»

«Sie sehen aber auch wirklich schlecht aus.» Giulia blickte auf den voluminösen Bauch des Heiligen Vaters, der sich trotz der Fastenzeit noch stattlich unter seinem Habit wölbte. «Was gab es denn heute?» Sie kramte nach einem Taschentuch.

«Immaculata hat irgendwelche mittelalterlichen Fastenvorschriften ausgegraben: drei Bissen Brot zu jeder Mahlzeit. Und drei Schluck Wasser.»

«Im Mittelalter haben sie in der Fastenzeit Bier getrunken. Kann es sein, dass in der Vorschrift eigentlich von drei Schluck Bier die Rede war?»

Petrus grinste. «Ein interessanter Gedanke. Ich werde das überprüfen.»

«Und Sie halten sich an Immaculatas Speiseplan?»

«Natürlich nicht. Aber um des lieben Friedens willen haben wir einen Kompromiss geschlossen: Verzicht auf Fleisch und Süßigkeiten jeder Art.»

«Auch auf Zucker?»

Petrus seufzte. «Auch auf Zucker.»

Giulia nickte bedeutungsschwer. Ohne Zucker im Caffè und ein stärkendes Cornetto am Morgen war Petrus nur ein halber Papst – eine willkommene Gelegenheit für Immaculata, die Regentschaft im päpstlichen Haushalt zu übernehmen.

Giulia bemühte sich um Trost. «In der Heiligen

Schrift heißt es: ‹Wenn ihr fastet, macht kein finsteres Gesicht.›»

«Ich weiß. Matthäus, 6. Kapitel. Dort heißt es übrigens auch: ‹Jeder Tag hat genug eigene Plage.› Vermutlich hatte Jesus auch eine Haushälterin.»

«Ich habe da was für Sie.» Giulia zog eine braune Papiertüte hinter ihrem Rücken hervor. «Ein Fasten-Cappuccino – ohne Zucker, aber mit extra viel Milch. Außerdem ein Diät-Hörnchen – ohne crema. Ich schlage vor, dass Sie den Cappuccino jetzt gleich trinken, um in bessere Stimmung zu kommen. So kann man ja nicht arbeiten. Dann üben wir unregelmäßige Verben. Und dann gibt es das Diät-Hörnchen.»

«Wirklich – so etwas gibt es? Ein Diät-Hörnchen?» Petrus schob seine Pressesprecherin in das Arbeitszimmer, schloss die Tür hinter ihr und griff behände nach Tüte und Pappbecher. Dann ließ er sich aufseufzend in seinem kardinalroten Lieblingsohrensessel nieder und bedeutete Giulia, ebenfalls an dem kleinen Frühstückstisch Platz zu nehmen. Von einer Minute auf die andere hatte er sich von einem Griesgram in Papst Petrus zurückverwandelt. Sein rundes Gesicht strahlte Zufriedenheit und Freundlichkeit aus, die Spitze seiner großen Römernase war leicht bemehlt, als er sie wieder aus der Tüte zog. «Es riecht phantastisch.»

«Erst die Verben.»

Petrus suchte nach einer Möglichkeit, den Unterrichtsbeginn hinauszuzögern und deutete auf die Morgenzeitung. «Beinahe nur Unerfreulichkeiten heute. Jedenfalls im Sportteil.»

«Immer noch unser nationales Drama?»

«Natürlich.»

Seit Monaten kannten die Gazetten kaum ein anderes Thema: Die italienische Nationalmannschaft hatte sich nicht für die anstehende Europameisterschaft qualifiziert. Wehklagen («Mit dem Staatsbankrott hätte man leben können. Aber das!») und Anklagen («Eine Verschwörung der Schiedsrichter!») überall, in den Medien, den Bars und auch im päpstlichen Wohnzimmer.

«Immerhin durfte ich heute Morgen auch Erfreuliches lesen», fuhr Petrus fort. «Welche Ehre, dass du überhaupt noch bei mir vorbeischaust. Selbst mit Schnupfennase bist du der ‹Glaube in seiner schönsten Form›, wenn ich die Repubblica richtig verstanden habe. Ob Immaculata das schon gelesen hat?»

«Sie liest nur fromme Zeitschriften.» Giulia räusperte sich. «Ganz im Gegensatz zu meiner Mutter.»

«Ich verstehe.» Petrus, dankbar über die Ablenkung, vertiefte das Thema nur zu gern. «Sie will dich schon wieder verheiraten?»

«Was heißt schon wieder? Immer noch! Und ich bin mir sicher, dass sie einen Kandidaten im Auge hat. Meine Mutter plant ein Fest. Tante Eugenia wird neunzig. Der ganze römische Hochadel wird dabei sein. Lauter gutaussehende Langweiler.» Sie schnäuzte sich.

«Ich könnte mir eine Einladung organisieren und dich retten, sollte dir einer der Herren auf die Nerven gehen. Wann steigt die Party denn?»

In diesem Augenblick gellte ein Schrei durch die Wohnung. Giulia zuckte zusammen. «Das war Immaculata!»

«Vermutlich hört sie mein Arbeitszimmer ab und hat das Stichwort ‹Party› nicht verkraftet.» Petrus trank ungerührt seinen Cappuccino. «Nein, meine Liebe: Dieser Schrei war ein plumper Versuch, mich vom Genuss meines Kaffees abzuhalten. Solche Vorfälle musste ich schon öfter erleben.»

Immaculata stand da im Türrahmen, mit Schürze und Schrubber, die gelben Putzhandschuhe bis über die Ellenbogen gestreift. Sie wirkte verstört.

«Heiliger Vater ...» Immaculata suchte nach Worten. «Auf dem Dachboden ... liegt eine ... Leiche!»

IV

«In mein Arbeitszimmer», kommandierte Petrus. «Auf den Teppich!»

Behutsam trug Francesco einen ziemlich großen Holzkasten herein, den er mit seinen ausgestreckten Armen gerade umfassen konnte. Er stellte ihn auf dem prachtvollen, mit päpstlichen Wappen verzierten Teppich ab, der vom Lieblingsohrensessel des Heiligen Vaters bis zum Schreibtisch reichte. Hinter ihm zupfte Immaculata die Teppichfransen gerade.

Alle schwiegen.

«Wir schließen am besten die Vorhänge», sagte Petrus, zog die Gardinen zu und knipste die Stehlampe an. Warmes, gelbes Licht erhellte den Raum. «Irgendwo gegenüber sitzt bestimmt ein Schweizergardist, um mich zu bewachen. Und sicherlich hat er ein Fernglas dabei.»

Giulia kniete sich auf den Teppich und pustete etwas Staub von der Kiste.

«Ein Reliquienschrein», sagte sie dann. «Überall ist dieser kleine Mann mit dem großen Kopf zu sehen. Und das hier», sie fuhr die Zeichnung auf der Oberseite nach, «soll wohl ein Schlüssel sein ...»

Auch Petrus kniete sich hin, bekreuzigte sich und öffnete den Deckel. Immaculata sagte gar nichts, sondern umklammerte ihren Schrubber.

Der Totenschädel war glatt, wie poliert und von elfenbeinerner Farbe. Hohläugig starrte er sie an. Makellos. Das Gebiss war vollständig erhalten, nur in der rechten unteren Zahnreihe klaffte eine Lücke.

«Sollten wir das nicht ... einem Wissenschaftler überlassen?», fragte Francesco.

«Unsinn.» Petrus hob den Schädel heraus und legte ihn auf den Teppich. «Es muss nicht jeder wissen, dass sich auf meinem Dachboden eine Leiche befindet.»

«Aber das ist doch gar keine Leiche», sagte Giulia. «Der Schädel liegt in einem Reliquienschrein. Das sind ganz sicher die Gebeine eines Heiligen. Schließlich ist der ganze Petersdom voll von Knochen!»

«Eben.» Petrus seufzte und näherte sich vorsichtig auf allen vieren dem Schädel, bis seine Nase beinahe gegen die schimmernde Knochenwand stieß. «Genau wie du sagst: Heiliges Gebein ruht normalerweise im Petersdom. Und nicht auf meinem Dachboden! Solange wir nicht wissen, um wen es sich hier handelt, sollten wir diskret mit diesem Vorfall umgehen.»

«Sie vermuten, dass es gar keine Reliquien sind?»

«Der Vatikan ist kein schlechter Ort, um eine Leiche verschwinden zu lassen», sagte Petrus. «Jedenfalls eine Leiche, die nur noch aus einem Gerippe besteht. Wie du ganz richtig festgestellt hast: Im Vatikan wimmelt es nur so von Knochen. Schließlich wurde der Petersdom auf einem Gräberfeld erbaut. Und im Mittelalter hat man in jeder freien Ecke Reliquien aufbewahrt – einheimische Knochen aus den Katakomben und ausländisches Gebein aus dem Heiligen Land. Nicht zu vergessen der Keller – ich meine die Krypta –, wo meine ehrwürdigen Vorgänger bestattet liegen. Aber all diese Knochen lagern, wie gesagt, im Petersdom. Nicht auf meinem Dachboden! Das irritiert mich. So, und jetzt packen wir weiter aus. Wer möchte sich beteiligen?»

Giulia und Francesco knieten sich neben ihn. Immaculata, immer noch bleich, suchte nach einer Ausrede. «Ich halte es für pietätlos, diesen armen Verstorbenen einfach … auszupacken. An diesem gottlosen Tun werde ich mich nicht beteiligen!»

Petrus griff beherzt in die Kiste und holte mehrere kleine Päckchen hervor. Sie waren unförmig und länglich; die äußerste Schicht bestand aus rotem Stoff, der mit goldenen Schnüren zusammengehalten wurde.

«Bitte – für jeden eins.» Petrus verteilte die Pakete an Francesco und Giulia. Schweigend nestelten sie an den Kordeln und wickelten die Stoffschichten ab.

«Humerus», sagte Giulia und hielt einen langen Knochen hoch, der im Licht der Schreibtischlampe milchig schimmerte.

«Bitte?» Petrus hatte sich für ein kleineres Päckchen entschieden und untersuchte irritiert ein winziges Knöchelchen, das ihm beinahe durch die Finger geglitten wäre.

«Humerus ist die lateinische Bezeichnung für den

Oberarmknochen. Was Sie dort in der Hand halten, dürfte zu den Zehen gehören. Ossa digitorum pedis.»

«Du kennst dich mit Knochen aus, meine Liebe?»

«Ich habe Kunst studiert. Theoretisch und praktisch. Wir hatten ein Anatomieseminar. Um den menschlichen Körperbau kennenzulernen. Damit wir ihn besser zeichnen können.»

«Ich schlage vor, wir packen das Ganze vollständig aus», sagte Petrus. «Der Schädel kommt hierhin – neben den Schreibtisch. Und diese Zehenknöchelchen hier lege ich Richtung Sessel – so. Dazwischen kommt alles andere. Die Contessa kennt den richtigen Platz.»

Der Teppich füllte sich rasch. Petrus und Francesco wickelten aus, Giulia drapierte die Knochen am richtigen Ort.

«Das war's», sagte Petrus schließlich und reichte Giulia eine Rippe. «Fehlt etwas?»

«Na ja, einige größere Teile. Hüfte, Wirbelsäule, Oberschenkel.» Nachdenklich betrachtete die Contessa ihr Werk. «Kräftiger Unterkiefer. Ein Mann, vermute ich.»

«Aber wer?»

Petrus hob den Reliquienschrein hoch, trug ihn zu seinem Schreibtisch und stellte ihn in den Lichtkreis der Schreibtischlampe.

«Im Innendeckel ist ein Wappen angebracht», sagte er dann. «Eingeritzt in das Holz. Man sieht es zunächst nicht.»

Giulia und Francesco kamen dazu und beugten sich über das Kästchen.

«Ein Papstwappen», sagte Giulia. «Über dem Wappenschild ragt eine Tiara auf. Und hinter dem Schild kreuzen sich zwei Schlüssel.»

Petrus klappte den Deckel etwas weiter auf, sodass die Schnitzerei deutlicher zu sehen war. «Und auf dem Wappen selbst sehen wir eine Taube, die einen Ölzweig im Schnabel trägt ... das ist doch das Wappen von ...»

«... Pius XII.!», schrie Immaculata. Sie warf den Schrubber zu Boden, sank auf die Knie und zog einen Rosenkranz aus den Falten ihres Habits. Dann begann sie, ehrfürchtig zu den Knochen gewandt, zu beten: «Gegrüßet seist du, Maria ...»

«Unsinn», sagte Giulia bestimmt. «Pius XII. ist in der Krypta des Petersdoms bestattet. Ich bin kein Pathologe, aber eines weiß ich genau: Pius ist 1958 gestorben. Und diese Knochen hier sind viel älter.»

Immaculata hatte das Beten eingestellt, griff wieder nach ihrem Schrubber und richtete ihn anklagend auf Petrus. «Ich möchte *sofort* wissen, wessen Leiche hier auf dem Fußboden liegt. Sollte es sich um einen Heiligen handeln, werden wir die Knochen einer ordnungsgemäßen Verehrung zuführen. Ansonsten verschwinden sie sofort aus meiner Wohnung.»

«Es ist *meine* Wohnung», sagte Petrus freundlich. «Und was die Leiche betrifft: Wir können sie nicht einfach verschwinden lassen. Wenn irgendwo eine nichtidentifizierte Leiche gefunden wird, muss man die Polizei holen. Die rücken dann mit der Mordkommission an und stellen alles auf den Kopf.»

«Was niemand möchte», sagte Giulia. «Immaculata möchte es nicht – weil sie hinterher putzen und aufräumen muss. Und der Heilige Vater möchte es auch nicht –

weil dann ganz Rom erfährt, wie es bei Papstens zu Hause aussieht. Denn die Polizisten werden es sich nicht nehmen lassen, in der Bar über ihre Nachforschungen zu plaudern. Also sollten wir selbst herausfinden, wer hier auf dem Teppich liegt.»

«Unser einziger Anhaltspunkt», sagte Francesco, «ist das Piuswappen. Was wissen wir denn über Pius XII.?»

«Er war Papst von 1939 bis 1958», sagte Giulia. «Ein ziemlich umstrittener Papst. Aber er hatte es auch nicht einfach. In seiner Zeit wimmelte es von Irren.»

Immaculata erhob sich. «Fromme Katholikinnen», sagte sie feierlich, «verehren ihn auch deshalb, weil er das Dogma von der leiblichen Aufnahme Mariens in den Himmel verkündet hat. Durch Pius XII. ist nun für alle Zeiten geklärt, dass Maria nicht starb, sondern direkt in den Himmel auffuhr.»

«Damit wäre jedenfalls klar», sagte Giulia, «wem diese Knochen *nicht* gehören.»

«Außerdem», fuhr Immaculata fort, «ist Papst Pius XII. wegen seiner gottesfürchtigen, begnadeten Haushälterin heute noch in aller Munde: Die Ordensschwester Madre Pascalina aus Bayern ist mein unbedingtes Vorbild. Sie beriet ihn in kirchlichen Angelegenheiten, sie unterstützte ihn in allen Lebensfragen und erledigte sogar seine Korrespondenz. Papst Pius» – sie straffte sich und blickte anklagend zu Petrus – «legte außerordentlich viel Wert auf ihre Meinung. Man sagt, Madre Pascalina sei die eigentliche Macht gewesen im Vatikan. Man nannte sie auch ‹Papessa›, die Päpstin, und –»

«Heiliger Vater!», schrie Francesco erschrocken. «Was ist denn passiert?»

Petrus war plötzlich auf dem Teppich zusammengesunken. Er betete direkt neben den Knochen und wirkte, was nicht häufig vorkam, ernst und völlig in sich gekehrt. «Die Grabungen», flüsterte er, «denkt an die Grabungen!»

Francesco hatte sich neben den Papst gekniet, legte ihm beruhigend die Hand auf die Schulter und blickte hilfesuchend zu Giulia, die nervös ihre Armreifen drehte.

«Pius XII. hat damals geheime Grabungen unter dem Petersdom angeordnet», flüsterte sie. «Um das Petrusgrab zu finden. Angeblich wurde es auch gefunden. Aber es waren keine Knochen drin, die von Petrus stammen konnten ...»

«Lies!», sagte Petrus leise und reichte Francesco ein Zettelchen. «Das habe ich eben in dem Schrein gefunden. Ganz unten, auf dem Boden. Unter einer letzten Schicht Papier.»

Francesco hielt den Zettel ehrfurchtsvoll vor sich. «Oh! Es ist Latein!»

«Gib schon her», sagte Giulia. «Steht nicht viel drauf. Ich übersetze mal: ‹Geborgen in den Nekropolen des Vatikans zum Osterfest 1949. Nicht reif ist die Welt für diesen Fund. Verborgen sei er, bis Gott ihn der Menschheit schenkt.›»

Sie ließ die Hand sinken. «Sie meinen ... es handelt sich hier ... um ...»

«Petrus», sagte der Papst leise. «Es sind die Gebeine des Apostels. Kniet euch zu mir, meine Freunde.»

Verwirrt kniete sich Francesco an den Rand des Teppichs. «Ich ... verstehe das nicht, Giulia sagte doch gerade, das Grab war leer ...»

«O mein Gott», sagte Giulia und kniete sich ebenfalls nieder. Sie fühlte sich völlig frei im Kopf, ihre Erkältung war auf einmal wie weggeblasen. «Dann hat Pius die Knochen also tatsächlich gefunden. Aber er hat sie nicht rausgerückt, sondern versteckt. Hier in der päpstlichen Wohnung … das ist unglaublich – das ist eine Sensation!»

«Wir werden der Welt die wahren Reliquien zeigen», sagte Petrus plötzlich entschlossen. «Es ist ein Zeichen des Herrn, das er durch mich, seinen unwürdigen Diener, den Menschen gegeben hat. In Zeiten der Finsternis, in denen die Menschheit nicht mehr glauben kann, zeigt uns Gott ein Wunder. Und von diesem Wunder werden wir verkünden.»

Er stand auf.

Stadt und Erdkreis, Kirche und Welt würden künftig anders zu ihm aufschauen. Er war nicht länger der dicke Priester aus Rom, den Gott der Herr – warum auch immer – zum Papst gemacht hatte. Er, der den Namen des Apostels führte, hatte nun auch seine Gebeine gefunden. Alpha und Omega, Anfang und Ende berührten sich. Alles würde anders sein von nun an. Die Knochen waren ein Zeichen des Herrn. Sie zeigten ihm, dass er auf dem richtigen Weg war.

«In drei Wochen ist Karfreitag. Denkt an die Prozession im Kolosseum, meine lieben Freunde. Den Kreuzweg. Bei dieser Gelegenheit werden wir den Menschen die Reliquien präsentieren. Und die ganze Christenheit wird zusehen.»

«O nein!» Wie eine Furie kam Immaculata aus ihrer Ecke geschossen. Mit energischer Geste verteilte sie großzügig Weihwasser aus ihrem Putzeimer über die

Gebeine. «Wenn Papst Pius XII. und seine gottesfürchtige Haushälterin Pascalina es für richtig befanden, den heiligen Petrus zu schützen, dann werden *Sie* ihn nicht der ungläubigen Masse im Kolosseum zum Fraß vorwerfen.»

Petrus, in Gedanken versunken, bemerkte sie nicht einmal.

«Hören Sie», Immaculata stellte sich direkt vor den Papst und klopfte herrisch mit ihrem Schrubber auf den Boden. «Die Reliquien werden den Vatikan nicht verlassen. Nur über meine Leiche!»

Petrus blickte interessiert auf.

«Das ist Gotteslästerei», fuhr Immaculata drohend fort. «Eitles, sündiges Treiben. Der Herr wird Sie strafen, wenn Sie es dennoch tun. ‹Stolz kommt vor dem Untergang und hochmütiger Sinn vor dem Fall› heißt es in der Bibel. Der Herr wird Sie verdammen und mit Höllenfeuer überziehen. Sie werden die ganze katholische Kirche in den Abgrund ziehen. Ganz Rom wird brennen, ach, die ganze Welt wird Schaden nehmen, wenn Sie es tun. Sie werden noch an meine Worte denken.»

Damit verließ sie das Arbeitszimmer, zornesrot und hocherhobenen Hauptes.

Petrus blickte ihr nach, dann schleppte er sich zu seinem Lieblingsohrensessel und versank in den Polstern.

«Ich verstehe, was sie meint», sagte er leise. «Es ist nicht immer gut, wenn man das Heilige ans Licht der Welt zerrt.»

Giulia und Francesco antworteten nicht. Sie starrten auf die bleichen Knochen auf dem päpstlichen Teppich, uralt und heilig.

«Aber ich werde an meinem Vorhaben festhalten», sagte Petrus leise. «Die Prozession im Kolosseum ist wahrhaft ein würdiger Rahmen, um den Apostel zu ehren. Wenn Gott es für Hochmut und Anmaßung hält, was ich vorhabe, wird er mich strafen. Er wird die Prozession scheitern lassen und mich zum Gespött der Welt machen. Aber ich muss doch tun, was ich für richtig halte, oder?»

Er unterbrach sich. Seine Worte kamen ihm plötzlich kraftlos vor.

Trotz der geschlossenen Tür konnten sie hören, wie sich auf dem Gang Immaculatas Putzeimer unheilvoll klappernd entfernte.

V

SCHOTTLAND, SCHLOSS BALMORAL

Die Türen zum Park standen offen, Regen sprühte in feinen Tropfen gegen die Glasscheiben und auf das grünblaue Schottenmuster des Teppichs.

Diskret musterte der Butler die Königin, bereit, die hohen Flügeltüren rasch zu schließen, um royaler Unpässlichkeit vorzubeugen. Doch Ihre Majestät schien entschlossen, dem rauen Klima der Hochebene zu trotzen. Langsam rührte sie in ihrer Teetasse und blickte hinaus auf den ehemals grünen Rasen von Schloss Balmoral, der inzwischen die Farbe von brackigem Moorwasser angenommen hatte.

«Die Herren vom Geheimdienst können jetzt eintreten», sagte sie.

Das Gesicht von Sir Alan Bell, Chef des MI6, hätte durchaus charismatisch gewirkt, wäre es nicht von großen, getönten Brillengläsern verborgen gewesen. Damit sah Sir Alan so langweilig aus, dass man ihn sofort wieder vergaß. Für einen Spion konnte das nur von Vorteil sein, weshalb die Mitarbeiter des MI6 diesen modischen Fehlgriff für eine raffinierte Tarnung hielten. Begleitet wurde Sir Alan von seinem Vatikanexperten, Dottore Inglese, einem kleinen, zappeligen Männchen mit Glatze.

«Mir sind Gerüchte zu Ohren gekommen», begann die Königin, nachdem der Butler den Herren einen Platz zugewiesen und sie mit Tee versorgt hatte. Auf dem Couchtisch standen mehrere goldumrandete Teller mit Gurkensandwiches, von denen sie den Gästen allerdings keines anbot. «Ungeheure Gerüchte, die mich in höchstem Maße beunruhigen. Gerüchte über die Kirche von England. Gerüchte über den Papst.»

Sir Alan Bell nickte. «Leider sehe ich mich nicht in der Lage, diese Gerüchte zu entkräften, Majestät.»

«Dann stimmt es also, was man sagt? Der Erzbischof von Canterbury, Primas von ganz England, hat sich dem Römer in die Arme geworfen?»

«Nun ja.» Sir Alan räusperte sich und setzte eine bedrückte Miene auf, die zusammen mit der faden Wirkung seines Brillengestells eine Aura ungeheurer Melancholie verbreitete. «Zumindest muss man bezweifeln, ob der Erzbischof noch mit voller Überzeugung an die Idee der englischen Staatskirche glaubt. Doch das eigentliche Übel muss man wohl darin erblicken, dass der Erzbischof mit seiner Haltung nicht allein steht. Ich möchte es so sagen: Wenn es nur der Erzbischof wäre – dieses Problem ließe sich lösen …»

«Sie denken an eine … finale Lösung?», erkundigte sich die Königin.

«Der Erzbischof ist alt. Wie schnell fängt man sich im Frühjahr eine Erkältung ein, die sich rasch zu einer Lungenentzündung ausweitet? Oder denken Sie an die Risiken des Straßenverkehrs, Majestät.»

«Und damit wäre es nicht getan?»

«Nein. Denn der Erzbischof ist nicht allein. Seit Jahren verzeichnen wir eine Übertrittswelle zur römisch-katholischen Kirche, die immer weiter anschwillt. Die Zahl der Gottesdienstbesucher bei den Päpstlichen ist bereits größer als in der Kirche von England. Und der Vatikan fördert diese Entwicklung nach Kräften: Schon vor längerer Zeit hat er in London ein Ordinariat errichtet, das übertrittswillige Mitglieder der Kirche von England unterstützen soll. Und der Höhepunkt war natürlich der Papstbesuch im letzten Herbst.»

Porzellan klirrte, als die Königin mit Nachdruck ihre Tasse absetzte. «Ich möchte nicht an diese hässlichen Bilder erinnert werden. Hunderttausende in der Londoner Innenstadt jubeln einem dicken Italiener zu, der in seinen Predigten ständig merkwürdige Vergleiche zwischen der christlichen Lehre und dem Fußballsport anstellt.»

«Vermutlich jubelten sie ihm gerade deshalb zu», wagte Sir Alan zu bemerken.

«Mag sein.» Indigniert musterte die Monarchin ihren Geheimdienstchef. «Mein Niveau ist dies jedenfalls nicht.»

«Uns liegen Informationen vor», sagte Sir Alan, «dass der Erzbischof weitere Schritte plant. Radikale Schritte. Majestät wissen ja, dass der Heilige Vater jedes Jahr am Karfreitag eine Prozession anführt. Einen sogenannten Kreuzweg. Die Gläubigen folgen dem Leidensweg des Heilands.»

«Sie wollen doch nicht andeuten, dass sich der Erzbischof von Canterbury dieser … Veranstaltung anschließen will?»

Die Königin saß immer noch völlig ruhig in ihrem Sessel, hatte aber ihre Stimme leicht erhoben. Sir Alan wusste diesen Ton einzuordnen. Normalerweise kam es danach zu Parlamentsauflösungen, nicht selten auch zu Kriegserklärungen.

«Genau das plant der Erzbischof», antwortete Sir Alan. «Ein spektakulärer Plan. Seit Jahrhunderten hat kein Würdenträger der Kirche Englands so engen Schulterschluss mit dem Papst gesucht.»

Nun mischte sich der Vatikanexperte ein: «Majestät müssen bedenken, dass der Kreuzweg in die ganze Welt übertragen wird. Live. Er stellt einen Höhepunkt im Kirchenjahr dar. Und er findet an einem ganz besonderen Ort statt.»

«Vermutlich in diesem lächerlichen Zwergstaat namens Vatikan», sagte die Königin.

«Nein, Majestät. In den Ruinen des Kolosseums. Ein Ort von besonderer Symbolkraft. Dort, so hält sich die Legende, wurden in der Antike die ersten Christen getötet. Im Auftrag der Cäsaren. Aber die Cäsaren sind tot – und das römisch-katholische Christentum lebt. Das Kolosseum steht für Leiden, aber auch für Todesmut und Triumph. Der Erzbischof von Canterbury weiß das natürlich.»

«Seit Jahrhunderten sind die englischen Monarchen das Oberhaupt der anglikanischen Kirche», sagte die Königin langsam. «Meine Vorfahren hatten gute Gründe, sich von Rom zu lösen und eine eigenständige englische Kirche zu begründen. Bedauerlicherweise mussten sie sich immer wieder mit Untertanen auseinandersetzen, denen die italienischen Päpste näherstanden als ihre Könige und Königinnen. Denken Sie an Thomas Morus.»

«Es gibt auch gute Nachrichten», beschwichtigte Sir Alan. «Dem MI6 ist es gelungen, einen Agenten im Umkreis des Papstes zu platzieren. Wir können also recht genau beobachten, was der Heilige Vater plant.»

«Ihr Agent sollte aber nicht nur beobachten, was der Heilige Vater plant», sagte die Königin. «Er sollte auch handeln!»

«An welche Aktivitäten dachten Majestät?», erkundigte sich Sir Alan.

«Bin ich der Chef des Geheimdienstes, oder sind Sie es?»

«Normalerweise bevorzugt der MI6 eher …»

«… finale Lösungen, ich weiß», sagte die Königin. «Ich verlasse mich da ganz auf Ihren langjährigen Erfahrungsschatz.»

«Und der Erzbischof von Canterbury?»

«Falls Sie eine Möglichkeit sehen, ihn von seinen empörenden Plänen abzuhalten, wäre dies zum Nutzen der Krone», sagte die Königin.

Sir Alan nickte zufrieden. «Dürfen wir hierbei auch Lösungen ins Auge fassen, die …»

«Tun Sie, was Sie für richtig halten», sagte die Königin. Sie beugte sich etwas nach vorne, ihre Stimme wurde jetzt leiser: «Ihnen dürfte ja wohl bewusst sein, welche Verantwortung in Ihren Händen liegt. Ich lasse das englische Königreich nicht lächerlich machen von einem Zwerg in weißem Kleid und Mütze. Ich habe Pläne, Sir Alan. Große Pläne. In Kürze werden Sie die Auferstehung der englischen Nation erleben. Sie wird sich auf ihre Wurzeln besinnen und glorreiche Siege erringen. Keine militärischen Siege – diese Zeiten sind vorbei. Aber es werden Triumphe sein, vor denen sich die Welt verneigen wird.»

Abrupt wandte sie sich ab und nahm sich mit spitzen Fingern ein Gurkensandwich. Sir Alan konnte abtreten.

Tod

Karfreitag

I

5.13 UHR

Er fiel unter dem Kreuz, immer und immer wieder. Jedes Mal, wenn er sich aufgerappelt hatte, stolperte er von neuem. Das Gewicht drückte ihn auf die Erde. Und er wusste, das nächste Mal würde er es nicht schaffen. Schweiß lief ihm in die Augen, er torkelte vorwärts. Die Menschenmassen verschwammen vor seinem Blick. *«Kreuziget ihn, kreuziget ihn!»*

Noch ein Schritt.

Und noch einer.

Dann fiel er.

Zum letzten Mal.

Erstarrt blieb er liegen. Die Kühle des Bodens kroch ihm in die Knochen. Er war unfähig sich zu rühren. Vor Angst. Vor Erschöpfung. Er hielt die Augen geschlossen, um seinen eigenen Tod nicht mit ansehen zu müssen. Doch er hörte Schritte. Sie kamen näher, immer näher.

Unerbittlich.

Energische Schritte, die in seinen Ohren dröhnten und erst kurz vor seinem Kopf zum Stillstand kamen.

«Selbstkasteiung ist der erste Schritt zur Besserung.»

Petrus öffnete die Augen. Nein, das hier war kein Traum. Über ihm schwebte, schwarz umrandet, das Gesicht von Immaculata. Allerdings, und das irritierte ihn, blickte sie nicht strafend, sondern wohlwollend auf ihn herab.

«Ich rechne es Ihnen hoch an, dass Sie die Passionszeit so ernst nehmen, Heiliger Vater. Auf den Steinfliesen neben dem Bett zu schlafen, zeugt von der eisernen Willenskraft, sich selbst über seinen Körper zu erheben. Das Fasten hat Ihnen gutgetan!»

Petrus erhob sich mühsam. Die Knochen taten ihm einzeln weh vom Sturz aus dem Bett, seine linke Schulter schmerzte. Und die Bilder seines Albtraums hielten ihn noch immer gefangen. Das Kreuz, er hatte das Kreuz getragen und war gefallen.

Er fröstelte in seinem Leinennachthemd und blickte sehnsüchtig auf sein prächtiges Himmelbett und die dicke Federdecke, die er gegen Immaculatas erbitterten Widerstand durchgesetzt hatte. Jetzt noch für einen Moment die Füße aufwärmen …

Aber da riss seine Haushälterin beide Fensterflügel auf, um die eiskalte Morgenluft gleichmäßig im Raum zu verteilen. Über den Dächern des Apostolischen Palastes erblickte er ein Stück grauen Himmels.

Karfreitag.

Und er hatte das Kreuz nicht halten können …

Heute Abend musste er es tragen. Die Welt würde zusehen, wie er das Kreuz während der Prozession schulterte, ohne zu wanken.

Das war seine erste Pflicht – als Stellvertreter Christi auf Erden.

II

18 UHR

«O my *god* ...», rief George-William Mortimer, Earl of Sunderness. Er blinzelte durch seine Brille, als könne er nicht glauben, was er da vor sich sah. Wie eine Erscheinung war die päpstliche Pressesprecherin im Gewühl der Journalisten und Fotografen aufgetaucht, die den Pressesaal des Heiligen Stuhls bevölkerten. In einem schwarzen Hosenanzug aus schmeichelndem Stoff, der ihre Figur karfreitäglich verhüllte und trotzdem betonte. Ihre dunklen Locken hatte sie zu einem strengen Knoten hochgesteckt. Auf ihrem Dekolleté blitzte ein Kruzifix aus Diamanten.

Ein wahrer Blickfang.

Der Earl seufzte.

«Sie kennen die Contessa nicht?», fragte der französische Kollege von Le Monde süffisant, während er ein schmales, silbernes Aufnahmegerät aus der Tasche zog. «Dachte ich mir schon. Bei den Vaticanisti habe ich Sie noch nie gesehen.»

«Bei den Vaticanisti?»

«Sie sind wirklich neu hier», sagte der Franzose und lehnte sich lässig in seinem Klappstuhl zurück. «Vaticanisti – so nennen sich die am Heiligen Stuhl akkreditierten Journalisten. Die Vatikanexperten der Weltpresse. Zu denen Sie sich doch auch bald zählen wollen, oder?»

«Ich schreibe für den Tatler», sagte der Earl.

«Das ist doch dieses britische Klatschmagazin?»

«Wer Klatsch lesen will, greift zur Sun», antwortete der Earl ungerührt. «Zu dieser primitiven, billigen Boulevardzeitung für die ungebildete Masse. Im Tatler finden Sie kultivierte Gesellschaftsreportagen aus gehobenen Kreisen. Adel vor allem. Aber auch neues Geld. Hauptsache gehoben.»

«Und warum recherchiert ein kultivierter Gesellschaftsreporter im Vatikan?»

«Im Juni-Heft starten wir eine Serie über den italienischen Hochadel. Dazu gehören einige der ältesten Familien Europas. Die Medici in Florenz, die Borghese in Rom. Eng verflochten mit der Kirche, fast alle Päpste der frühen Neuzeit kamen aus diesen Clans. Und sie sind immer noch sehr einflussreich. Bei der Prozession später im Kolosseum werden einige dabei sein. In der Nähe des Heiligen Vaters, natürlich.»

Der Vaticanista von Le Monde musterte seinen Nachbarn. Der Earl wirkte trotz der Schwüle gepflegt, ganz im Gegenteil zu den hier versammelten verschwitzten Reportern. Seine rotblonden Haare waren akkurat gescheitelt, er trug eine Brille mit Goldrand. Über dem Revers seines dezenten, grauschwarzen Anzugs ringelte sich eine schmale Uhrenkette. Das Einstecktüchlein in der Brusttasche saß perfekt, und selbst die Blässe des schlanken, beinahe hageren Gesichts unterstrich, dass der Earl anderes zu tun hatte, als hektisch Artikel in ein Notebook zu klopfen.

«Willkommen», sagte Contessa Giulia da gerade in das allgemeine Gemurmel. Sie stand nun vorne im Pressesaal am Mikrophon, direkt unter den beiden goldenen, gekreuzten Schlüsseln, dem Emblem des Papstes. «Herzlich willkommen zu unserer außerordentlichen Pressekonferenz …»

«Wirklich bemerkenswert», flüsterte der Earl. «Ich habe gehört, dass sie sich sehr … offenherzig kleiden soll?»

«Nicht am Karfreitag. Da liegt alles im Grabe. Aber warten Sie ab: In zwei Tagen ist Ostern.»

«Karfreitag ist ein Tag der Buße und Einkehr», fuhr Giulia fort und schickte einen strafenden Blick in Richtung des Franzosen. «Wir beten an diesem Tag den Kreuzweg des Herrn. Seit vielen Jahrzehnten ist es Tradition, dass der Heilige Vater mit seinem Kreuzweg am Kolosseum an die Leiden des Herrn erinnert. So wird es auch in diesem Jahr sein. Und doch, liebe Kolleginnen und Kollegen, ist in diesem Jahr alles anders.»

Allgemeines Geraune setzte ein, einige der Vaticanisti klappten sofort ihre Notebooks auf, die anderen griffen gleich nach Smartphone und iPad.

«Dem Heiligen Geist hat es gefallen, unseren Heiligen Vater an einen verborgenen Ort im Vatikan zu führen.» Giulia setzte eine kunstvolle Pause. «Erst vor wenigen Wochen fand Papst Petrus II. einen Schatz, der künftig zum Wertvollsten gehören wird, was der Vatikan in seinen Mauern birgt. Es handelt sich» – Giulias Stimme zitterte – «um die Gebeine des Apostels Petrus. Der Heilige Vater wird sie heute erstmals der Stadt Rom und der ganzen Christenheit zeigen. Er hat Menschen aus seiner Diözese gebeten, die Reliquien bei der Prozession mitzuführen. Ihnen voran wird der Heilige Vater schreiten, das Kreuz auf der Schulter.»

Jetzt gab es kein Halten mehr. Die Journalisten twitterten, telefonierten, klapperten auf ihren Tastaturen, einige sprangen auf, riefen dazwischen.

«Ruhe», sagte Giulia. «Bitte?»

Der spanische Kollege hatte das Rennen gemacht. «Contessa, wie kann der Heilige Vater die Gebeine des Petrus gefunden haben, wenn doch Papst Pius XII. schon vor Jahrzehnten das Grab des Apostels entdeckt hat?»

«In den Jahren 1940 bis 1949 fanden unter dem Petersdom Ausgrabungen statt, das ist richtig», sagte die Contessa. «Bisher ging die Wissenschaft davon aus, dass dabei zwar das Grab, nicht aber die Gebeine des Apostels gefunden wurden. Aber ganz offensichtlich hat Pius XII. die Gebeine gefunden und aus Gründen, die wir nicht kennen, vor der Welt verborgen. Die Reliquien wurden im Nachlass von Pius gefunden. Sie waren mit Hinweisen versehen, die klar darauf schließen lassen, dass Pius die Knochen in der Nekropole des Vatikans geborgen hat. Selbstverständlich haben wir sie von einer kurzfristig einberufenen Expertenkommission wissenschaftlich untersuchen lassen. Sie stammen eindeutig aus dem ersten Jahrhundert nach Christus.»

Der amerikanische Kollege versuchte sich vorzudrängeln, aber Giulia ignorierte ihn.

«Ich habe noch weitere gute Nachrichten», fuhr Giulia fort. «Wie Sie wissen, haben sich die Christen in England vor einigen Jahrhunderten von Rom abgewandt. Aber der Heilige Geist hat in unseren Brüdern und Schwestern auf der Insel eine große Sehnsucht hervorgerufen, sich wieder mit der heiligen katholischen Kirche zu vereinigen. Es ist ein wunderbares Zeichen, dass heute der

Erzbischof von Canterbury bei uns weilt und an der Prozession teilnehmen wird. Der Heilige Vater ist sich sicher, dass viele Millionen englische Christen ihn im Gebet auf diesem Weg begleiten werden.»

«Überrascht?», fragte der französische Vaticanista von der Seite.

«Solche Gerüchte gibt es schon länger», sagte der Earl. «Die Queen tobt, heißt es. Aber der Heilige Geist hat den Erzbischof anscheinend so gründlich erleuchtet, dass sogar die Königin machtlos ist.»

«Neben dem Erzbischof von Canterbury wird der Heilige Vater von einem weiteren geistlichen Würdenträger begleitet werden, der Ihnen kein Unbekannter sein dürfte», sagte Giulia und hob die Stimme. «Es handelt sich um Kardinal Oscuro.»

«Oscuro!» Der Franzose bearbeitete sein Notebook. «Das ist tatsächlich eine Sensation.»

«Sie wissen, liebe Kolleginnen und Kollegen, dass es um Kardinal Oscuro immer wieder unschöne Gerüchte gab.» Zum ersten Mal an diesem Abend lächelte Giulia. «Was auch immer gewesen sein mag: Der Heilige Vater und Kardinal Oscuro wandeln heute gemeinsam auf den Spuren des Herrn, brüderlich vereint im Glauben.»

«Was hat es denn auf sich mit diesem geheimnisvollen Oscuro?», erkundigte sich der Earl.

«Kardinal Oscuro wollte den Papst umbringen. Gleich mehrmals. Petrus hat ihn überführt und in die Verbannung nach Sizilien geschickt. So heißt es jedenfalls. Geredet wird ja viel im Vatikan, aber diese Gerüchte halten sich hartnäckig.»

«Der Kreuzweg des Herrn ist ein schwerer Gang»,

fuhr die Contessa fort. «Er gemahnt uns an Leid und Tod. Und doch ist heute auch ein Tag der Freude. Ich bin mir sicher, liebe Kolleginnen und Kollegen: Dieser Tag wird in die Geschichte der Kirche eingehen.»

Giulia nickte gemessen – und entschwand, ohne noch einmal auf die zahlreichen Rufe der Journalisten einzugehen. Als sich die Doppeltür hinter ihr schloss, schwoll der Lärm an. Die Sensation war perfekt:

Die Rückkehr des Apostels.

Die Heimkehr der englischen Christen.

Die Versöhnung der Unversöhnlichen.

Nur George-William, Earl of Sunderness, notierte nichts in sein braunes, in Wildleder eingeschlagenes Notizbuch. Er beobachtete die Vaticanisti in ihren durchgeschwitzten Hemden. Die meisten Kollegen verließen in fliegender Hast den Konferenzraum, der Franzose neben ihm diktierte laut etwas in das Freisprechmikrophon seines Handys und ruderte dabei mit beiden Armen.

Der Earl dagegen blickte nachdenklich zu der Tür, hinter der Giulia gerade verschwunden war.

III

19.37 UHR

Das Kolosseum war groß, grau und grässlich.

Nichts hat sich verändert, dachte Petrus, als sie die Straßensperre erreichten. Düster ragte der antike Koloss hinter den getönten Autofenstern auf.

Hinter den Zäunen standen bereits die Übertragungswagen und Polizeiautos, dazwischen hohe Scheinwerfer. Zwei Techniker entrollten ein armdickes Kabel, eine Gruppe von Carabinieri diskutierte lautstark über die Anordnung der Absperrgitter. Hässlich, dachte Petrus noch einmal. Eine riesenhafte, düstere Ruine, nur dazu bestimmt, Menschen unter dem Jubel anderer Menschen umzubringen. Tausende, Zehntausende waren dort drin gestorben, erstochen von Gladiatoren, zerrissen von wilden Tieren.

Als Kinder hatten sie dort gespielt, damals, als sich weit weniger Besucher auf den Zuschauerrängen verloren. Der baufällige Bereich in der Mitte, das komplizierte, labyrinthische System von Gängen unter der ehemaligen Manege, war verbotenes Gelände, doch gerade hier hatten sie sich am liebsten aufgehalten. In einem heißen römischen Sommer, kurz vor Ferragosto, hatten sie eine Legion gegründet. Carlo Moreni, sein Banknachbar seit der ersten Klasse, wurde zum Cäsar gekrönt; er selbst brachte es immerhin bis zum Centurio. Gemeinsam zogen sie gegen schattenhafte Feinde, die hinter bröckelndem Gemäuer lauerten: Katzen, verirrte Touristen, Ratten.

Damals hatte Petrus angefangen, das Kolosseum nicht zu mögen. Vor dem Eingang standen jetzt in den Sommermonaten Schauspieler, verkleidet als römische Soldaten, mit denen man sich fotografieren lassen konnte. Doch all die Japaner und Amerikaner hatten die unheimliche Aura nicht wegknipsen, die Eis- und Postkartenverkäufer die Geister nicht fortschreien können.

Petrus fühlte sie hier ganz nah.

Er dachte an den Gottesdienst, den er gerade im Petersdom gehalten hatte: zum Gedenken an die Leiden des Herrn. Er dachte an seinen Traum. Er dachte an Immaculatas düstere Worte.

Und schloss für einen Moment die Augen.

IV

20.30 UHR

Der Tresor stand auf dem Boden eines kleinen Raums, tief im Bauch des Kolosseums: ein Würfel aus Stahl, schwärzlich schimmernd, hüfthoch. In einem Display blinkte eine Zahlenreihe: 02:31, 02:30, 02:29 …

«Bald bist du wieder bei uns, mein Junge», sagte Petrus und beobachtete die Zeitschaltuhr. «Hoffentlich geht es dir gut.»

«Es geht ihm hervorragend», sagte Antonio Metodozzi. «Wie Sie wissen, habe ich unseren Freund nach allen Regeln der Kunst präpariert – Sie waren schließlich dabei, Heiliger Vater. Hier im Tresor konnte er sich ausschlafen, fünf Wochen lang. Nun müsste er – wer auch immer es sein mag – fit sein für den großen Auftritt.»

01:52, 01:51, 01:50 … Die letzten zwei Minuten waren angebrochen.

«Sie wollen immer noch nicht glauben, dass wir den heiligen Petrus gefunden haben?», fragte der Papst.

«Wir haben die Gebeine eines Mannes gefunden, der im ersten Jahrhundert nach Christus gelebt hat.»

«Eines Tages werden Sie im Grabe liegen, Signor Metodozzi», sagte Petrus. «Und was wird von Ihnen übrig bleiben?»

«Knochen.»

«Richtig. Und auf keinem wird geschrieben stehen: ‹Dieser Oberarm gehörte Antonio Metodozzi, Chefarchäologe des Vatikans, unverbesserlicher Anhänger von Juventus Turin und größter Skeptiker seit dem ungläubigen Thomas.›»

«Ich bin Wissenschaftler. Ich glaube nur, was ich sehe.»

«Sie könnten mehr sehen, wenn Sie endlich glauben würden. Für einen vatikanischen Chefarchäologen sind Sie reichlich verstockt, mein Lieber.»

00:31, 00:30, 00:29 …

«Ich bin nicht der einzige Wissenschaftler, der Zweifel hegt.»

«Natürlich nicht. Die Professoren standen Schlange, um die Gebeine zu untersuchen. Genau deshalb habe ich sie in diesen Tresor mit Zeitschaltuhr packen lassen. Hier waren sie in Sicherheit. Vor Dieben jeder Art – und, weitaus schlimmer, vor Kleingeistern und Ungläubigen.»

«Aber die Ungläubigen und Kleingeister werden wiederkommen. Nach der Prozession.»

«Mag sein. Aber bei der Prozession wird die Stadt Rom, die ganze Christenheit, die ganze Welt diese Knochen verehren. Millionen Pilger werden in den nächsten Monaten kommen und zu Hause berichten, dass der Apostel zurückgekehrt ist. Was zählen da die Zweifel einiger Querulanten? Im Übrigen, mein Freund: Was will die Wissenschaft schon ausrichten? Auf keinen Fall kann sie beweisen, dass es *nicht* die Gebeine des Apostels sind. Die Stimme des Herzens übertönt die kalte Vernunft. Und mein Herz sagt mir, dass es sich hier um die Gebeine Petri handelt. Basta!»

Der Tresor piepte grell. Das Display sprang auf 00:00. Es klickte mehrmals.

Petrus bückte sich und zog die gepanzerte Tür auf: Vor ihnen, hell bestrahlt, glänzte der Totenschädel, umgeben von den übrigen Knochen. «Alles da?»

«Der ganze Petrus. Wie könnte es auch anders sein», antwortete Metodozzi lakonisch.

«Dann machen wir jetzt die Fotos», sagte Petrus. «Ich habe meine Leibfotografin, Signorina Crederci, gebeten, eine stimmungsvolle Serie hier im Kolosseum zu knipsen. Weißes Gebein auf schwarzem Stein, großartig ausgeleuchtet mit Scheinwerfern und allem Pipapo. Ganz ohne mich, übrigens: Hier geht es nur um ihn.»

«Signorina Crederci möchte unten in der Manege fotografieren. Genau im Mittelpunkt des Amphitheaters.» Metodozzi deutete auf eine Plastikwanne in der Ecke. «Ich packe die Gebeine jetzt zusammen und bringe sie selbst hinunter.»

«Mein Privatsekretär wird Sie begleiten. Signorina Crederci hat eine Viertelstunde», sagte Petrus. «Danach kommen die Reliquien in die Sakristei. Francesco hilft Ihnen dabei. Haben Sie alles vorbereitet?»

Metodozzi seufzte. «Aus konservatorischer Sicht ist es völliger Wahnsinn, diese Knochen – ob heilig oder nicht – bei einer Prozession mitzuführen. Noch dazu, wenn sie von Kindern und alten Leuten getragen werden.»

«Aber Sie haben doch eine Lösung gefunden?»

«Wir nähen sie auf großen, roten Samtkissen fest. Das sieht würdig aus und schützt sie zumindest ein bisschen, falls jemand stolpert.»

«Sehen Sie – es geht doch! Bei der Prozession bleiben Sie bitte in meiner Nähe. Falls etwas passiert mit den Reliquien.»

Er zog die Gummihandschuhe an, die Metodozzi ihm reichte.

Dann nahm er behutsam den Schädel aus dem Tresor und hielt ihn vor sich. «Du wirst schon auf uns aufpassen, alter Freund!»

V

20.40 UHR

Noch zwanzig Minuten.

Nervös prüfte Marietta Crederci mit ihrem Belichtungsmesser die Umgebung. Vorsichtshalber hatte sie drei verschiedene Fotoapparate mitgebracht, die sie nacheinander aus ihren großen, schwarzen Umhängetaschen holte. Die Fernsehkameras waren weiter oben aufgebaut – für einen kurzen Moment würde sie ungestört sein.

Marietta rollte eine große Leinwand auf, stellte eine weiße Styroporplatte im rechten Winkel dazu und umwickelte einen Säulenstumpf mit einem schwarzen Samttuch. Darauf drapierte sie den Schädel.

Noch zwölf Minuten.

Mit einer Hand griff sie in ihr langes, rotes Haar, mit der anderen zog sie eine spitze Nadel aus ihrer Manteltasche. Mit geübtem Griff steckte sie sich die Haare zu einem Knoten hoch. Sie strich sich eine Strähne aus dem Gesicht. Fertig.

Noch elf Minuten.

Entschlossen trat sie auf den Scheinwerfer zu und knipste ihn so schnell an, dass Antonio Metodozzi, der die Aufnahmen aufmerksam beobachtete, für einen Moment geblendet zurückwich.

VI

20.41 UHR

Er konnte kaum glauben, was er da sah. George-William Mortimer, Earl of Sunderness, stand in völliger Dunkelheit und traute seinen Augen nicht. Es hatte ihn nicht allzu viel Mühe gekostet, diesen überaus günstigen Platz unterhalb des Podiums zu erreichen, die regelmäßigen Besuche im Fitnesscenter machten sich eben bezahlt. Einzig seine dunkle Barbour-Jacke war aufgerissen, als er sich an einem Gestrüpp vorbeigequetscht hatte. Nun stand er da und starrte gebannt durch sein kleines Nachtsichtgerät.

Gestern schon war er im Kolosseum gewesen, hatte die Wächter bestochen und sich mit einem Plan auf die Suche gemacht. Schließlich war er hier gelandet, abseits der Scheinwerfer und Fernsehkameras. Ein optimaler

Beobachtungsposten, von dem aus er einen Großteil des Kreuzweges im Blick hatte. Direkt hinter ihm führte eine schmale Treppe nach oben zu den Ausgängen und von dort aus weiter in die oberen Ränge. Schließlich musste er später schnell und unauffällig verschwinden.

Er ließ den Petrusschädel nicht aus dem Blick, was sich schwierig gestaltete, weil die kleine Fotografin wie ein Irrwisch um die Reliquie tanzte. Sie rollte eine Leinwand auf, dekorierte einen Säulenstumpf, brachte das Stativ in Position. Und dann knipste sie den Scheinwerfer an. Ihre rote Mähne flammte auf, durch eine heftige Bewegung löste sich die Hochsteckfrisur, die Haare fielen ihr bis auf die Hüften und hüllten die ganze Gestalt für einen Moment in einen undurchsichtigen Schleier.

«O my goodness», entfuhr es dem Earl. Mit dem Nachtsichtgerät zoomte er den Petruskopf heran. Glänzend lag er auf dem präparierten Säulenstumpf. Die Fotografin beugte sich über ihn. Und ihre langen Strähnen schienen den Totenschädel zu streicheln.

VII

20.50 UHR

Ein Blitzlicht flammte auf und erlosch.

Kardinal Oscuro trat an den äußersten Rand der Tribüne, hielt sich an den Steinen des Rundbogens fest und schaute in die Tiefe: Das Kolosseum war ein Gebirge aus

Ziegeln und Kalkstein, zerklüftet und ungestalt, zerrissen von Schluchten voller Finsternis.

Warum war er zurückgekommen?

Für einen kurzen Moment schloss er die Augen und stellte sich vor, er stünde nicht im Kolosseum, sondern auf der Terrasse seiner Villa: Tief unten lag das Mittelmeer, glatt und stahlblau. Ganz fern am Horizont war die Küste Afrikas zu sehen, ein schmaler Streifen, der in der mittäglichen Hitze merkwürdig flimmerte. Die Zitronen- und Orangenbäume standen in voller Blüte und verströmten ihren herben Duft. Mächtige Bougainvilleen rankten an den Balustraden empor. Zur Mittagszeit war es völlig still auf der Terrasse; nur einige Eidechsen huschten über die warmen Marmorplatten.

Eine Idylle, ein Ort des Friedens. Auf merkwürdige Weise war er dort glücklich gewesen.

Warum war er zurückgekehrt?

Damals, vor langer Zeit, hatte er einen Krieg begonnen und verloren; er hatte zu töten versucht, doch sein Opfer lebte. Und alle wussten: Es war noch nicht vorbei. Immer noch ruhten die Hoffnungen auf ihm. Wollte er ihnen gerecht werden?

Er dachte an die Zitronenbäume und den leichten Wind.

Er dachte an den übermäßigen Schmerz, den er gespürt hatte, damals.

Er dachte an die Gründe, aus denen er hatte töten wollen: Weil die Christenheit ein starkes, männliches Papsttum brauchte. Einen Führer, der die Fackel durch die Dunkelheit trug. Und keinen Propheten der Freundlichkeit.

Die Schmach der Verbannung, die Schmach, noch am

Leben zu sein. Petrus hatte Milde walten lassen. Er hatte ihm den Blick aufs Meer geschenkt und den Duft der Bougainvilleen. Dafür hatte er ihm seine Macht genommen, seinen Stolz.

Warum war er zurückgekehrt …?

Oscuro trat zurück in den Schatten des Rundbogens. Wieder ein Blitzlicht; im grellen Schein sah er auf seine Armbanduhr:

Noch fünf Minuten.

Dann würde er sich entscheiden müssen.

VIII

20.53 UHR

Eine Lichtgestalt, ein zartes, ätherisches Wesen.

Francesco hatte das Gefühl, etwas Unrechtes, geradezu Unreines zu tun, als er sich im Schatten einer Kolonnade verbarg und beobachtete, wie Marietta Crederci mit schnellen, sicheren Bewegungen ihre Fotos machte. Inzwischen hatte man die Fackeln in den Bogenlaibungen entzündet; Mariettas rote Haare leuchteten im Flammenschein und umstrahlten ihre zierliche Gestalt wie ein Heiligenschein. Sie huschte hin und her, umtanzte den Totenkopf, rückte ihn in die richtige Position, hob ihn hoch ins Licht, setzte ihn für einen Moment auf den Boden und kramte in einer ihrer Taschen nach einem anderen Blitz. Sie bettete die Reliquie zurück auf eine Säule und verschwand wieder hinter ihrer Leica.

Aus der Entfernung wirkte die Fotografin in ihrem hellen Mantel noch zierlicher und durchscheinender, als sie in Wirklichkeit war. Wenn Francesco ihr auf den Fluren des Vatikans begegnete, staunte er jedes Mal, wie sie all ihre Taschen und Kameras so leichtfüßig tragen konnte. Einzig ihre Hände waren zupackend und kräftig: wenn sie ihr Stativ aufschraubte, die Kamera in die Hand nahm, abdrückte.

So wie jetzt.

Ein Blitzlichtgewitter ergoss sich über die sterblichen Überreste des heiligen Petrus. Ein magisches Spektakel. Francesco konnte den Blick nicht von der Fotografin lösen. Noch nie hatte er sie so im Rampenlicht gesehen; normalerweise verschwand sie bei Papstaudienzen und Gottesdiensten völlig hinter ihrer Kamera. Während ihr Vorgänger, Massimo d'Alana, ein behäbiger Piemonteser, vor einigen Monaten noch stets unüberhörbar schnaufend und gestikulierend neben dem Papst hergetrabt war, vergaß man ihre Gegenwart sofort. «Ich mache mich unsichtbar, um das Heilige sichtbar zu machen», hatte sie einmal zu Francesco gesagt.

Dass Marietta fast noch schüchterner war als er selbst, verblüffte ihn immer wieder. Sie war in einer Klosterschule in Florenz erzogen worden und hatte dort schon als Kind stundenlang vor den goldglänzenden Altarbildern gebetet. «Leuchtende Bilder» wollte sie schaffen. Und dabei selbst im Hintergrund bleiben.

«Sie macht großartige Fotos», sagte Giulia, die neben ihm auf das Podest getreten war. «Und», setzte sie mit einem kurzen prüfenden Seitenblick auf Francesco hinzu. «Sie sieht zauberhaft aus.»

Trotz der düsteren Beleuchtung meinte sie, eine deutliche Veränderung in Francescos Gesichtszügen wahrzunehmen.

«Hey, hey, du musst nicht gleich verlegen werden. Ich meine ja nur, dass sie ihre großartige Arbeit mit einem sehr angenehmen Wesen zu verbinden weiß.»

Giulia ärgerte sich. Und sie ärgerte sich, dass sie sich ärgerte. Meine Güte, das sollte eigentlich nur eine kleine Spitze sein – und sofort hatte sie ins Schwarze getroffen. Mariettas engelsgleiche Gestalt musste ja Francescos schwärmerisches Gemüt erregen. Wahrscheinlich gab es da eine geheime metaphysische Verbindung zwischen Klosterschülern. Na ja, ihr konnte es egal sein. Und Francesco sündigte nicht einmal in Gedanken – wie sie aus eigener Erfahrung wusste.

IX

21.01 UHR

«Nehmen wir einmal an, der Papst würde sterben: Wen würden die Kardinäle zum Nachfolger wählen?»

«Das weiß nur Gott allein», antwortete Oscuro.

Er sah sich nicht um und wusste doch, wer da neben ihm stand. Sein Blick verlor sich in den Tiefen des Kolosseums.

Die kleine Fotografin hatte inzwischen ihre Taschen zusammengepackt und die Leinwand eingerollt.

«Petrus ist ein milder Papst. In der Regel wählt man

einen Kandidaten, der das Gegenteil seines Vorgängers verkörpert.»

«Sie halten mich für grausam?», sagte Oscuro.

«Petrus liebt die Menschen – Sie lieben die Kirche. Petrus liebt das Leben – Sie lieben Gott. Petrus versteht die Menschen – Sie wollen die Menschen führen. Es gibt viele Kardinäle, die sich nach Führung sehnen.»

«Aber Gott der Herr hat Petrus ausgezeichnet, mehr als alle Päpste vor ihm», sagte Oscuro. «Er hat ihm die Gebeine Petri überlassen. Und er hat ihm die Stärke gegeben, sie den Menschen zu zeigen. Pius XII. hatte diese Kraft nicht. Er hat die Gebeine verborgen, heißt es. Bis Petrus sie gefunden hat.»

«Aber wie würden die Menschen denken, wenn dieser Abend in einer Katastrophe endete? Sie würden denken, dass Gott seine Entscheidung korrigiert hat. Weil er keinen Unwürdigen auszeichnen will.»

«Dann müsste er am heutigen Abend sterben», sagte Oscuro. «Morgen wäre es zu spät. Morgen hätte er die Reliquien gezeigt und wäre ein Märtyrer, sollte er einem Anschlag zum Opfer fallen.»

«Alles ist vorbereitet.»

«Nach dem vereinbarten Plan?»

«So ist es.»

«Es gibt nur eine Stelle, von der man treffen kann.»

«Ich wiederhole: Alles ist vorbereitet.» Und nach einem kurzen Schweigen: «Es ist nicht auszuschließen, dass es Gott dem Herrn bei einem Konklave gefällt, Kardinal Oscuro zum neuen Pontifex zu erheben. Werden Sie sich dann noch an alles erinnern, was Sie versprochen haben?»

«Ich vergesse nie.»

«Da haben wir etwas gemeinsam.»

X

21.04 UHR

Vorsichtig hob Petrus das Kreuz an.

Es war in diesem Jahr nicht aus leichtem Holz gefertigt wie in den Jahren zuvor, sondern lag schwer in der Hand. So wollte es der päpstliche Zeremonienmeister Vittorio. Nichts peinlicher als ein Kreuz, das entspannt auf der Schulter balanciert wurde, fand er. Vittorio war schon immer ein Freund der ganz großen Inszenierung gewesen. Drama und Tragödie, hatte er deklamiert, müssten an diesem Abend zu sehen sein. Jesus sei schließlich auch nicht nach Golgatha spaziert.

Da Petrus kein Schwächling sein wollte, hatte er zugestimmt.

Ein Fehler, wie er jetzt feststellen musste.

Ein letzter, entschlossener Ruck: Petrus überlegte kurz, welche Schulter weniger schmerzte, und entschied sich für die rechte Seite.

«Jeder hat sein Kreuz zu tragen», räsonierte Immaculata. «Sollte es ausgerechnet Ihnen zu schwer sein, Heiliger Vater?»

Petrus drehte sich um. Die improvisierte Sakristei in den Tiefen des Kolosseums bot wenig Platz, doch immerhin so viel, dass Immaculata zwischen Kleiderständern und Ablagetischen ein Bügelbrett hatte aufklappen können. Dort stand sie nun, ließ mit lautem Zischen selbst winzigste Fältchen verschwinden, wobei sie fortwährend über die schlechten Lichtverhältnisse in den Gewölben des Kolosseums lamentierte. Nebenbei verfolgte sie die päpstlichen Verrenkungen vor dem großen Wandspiegel.

«Als der Herr das Kreuz auf seine Schultern lud», tönte Immaculata, «hatte man ihn bereits gefoltert und geschlagen. Ihre päpstlichen Rückenschmerzen beruhen, wenn ich das richtig sehe, nur auf einer etwas unbequemen Nacht auf dem Boden. Sollte Ihnen das Vorbild des Gottessohns nicht Ermutigung und Ansporn sein?»

Petrus überhörte den scharfen Ton in ihrer Stimme. Seit er sich gegen Immaculatas erklärten Willen entschlossen hatte, die Reliquien zu zeigen, hatte er bei seiner Haushälterin gar nichts mehr zu lachen. Trotzig hob er das Kreuz ein Stück höher. Nur noch ein paar Zentimeter, dann hätte er es auf der rechten Schulter liegen.

«Warum zögern Sie, Heiliger Vater?»

Jetzt!

Petrus schwang den Kreuzstamm auf seine Schulter.

Dann schrie er auf, ließ ihn fallen und schleppte sich, seine rechte Schulter mit der einen Hand umklammernd, auf den Stuhl, der vor dem großen Wandspiegel stand.

Am schlimmsten war, dass Immaculata gar nichts sagte. Sie bügelte einfach ruhig weiter.

«Peter!», sagte da eine Stimme hinter ihm. «May I help you?»

Im Spiegel sah er das runde, lebhafte Gesicht des Erzbischofs von Canterbury.

«Wenn ich Gottes Sohn wäre, hätte ich kein Problem», sagte Petrus. «Aber ich bin ja nur der Stellvertreter.»

«Wir werden alle nicht jünger, Heiliger Vater», antwortete der Erzbischof.

«Und Sie sehen aus, als ob Sie wirklich große Schmerzen haben. Ich mache Ihnen einen Vorschlag: Sie schnappen sich einen der Petrusknochen. Und das Kreuz übernimmt in diesem Jahr die Kirche von England.»

XI

21.24 UHR

Weißer Strich auf schwarzem Stein.

Es war so einfach.

Die Fernsehleute hatten mit breiten Strichen markiert, welchen Weg die Prozession nehmen würde. Lange Striche für die Wege. Punkte für alle Stellen, an denen der Papst und sein Gefolge haltmachen würden.

Weiß auf Schwarz: wie bei einer Schießscheibe.

Er würde das Fadenkreuz direkt auf den Punkt richten, den die Kameraleute auf den dunklen Fels gezeichnet hatten.

Dann würde er warten.

Sie hatten es genau berechnet, sie hatten es ausprobiert und gestern noch einmal nachgestellt. Es gab nur eine Station auf dem Prozessionsweg, bei der Petrus so frei und ungeschützt stehen würde, dass ein Schuss möglich war:

Dritte Station: Jesus fällt zum ersten Mal unter dem Kreuz.

Und es gab nur eine Stelle im weiten Rund des Kolosseums, von der aus ein Schuss auf die kleine, steinerne Terrasse möglich war, auf der Petrus stehen und beten würde. Sie lag in der obersten Reihe der Rundbögen und war für Touristen verschlossen.

Aber nicht für ihn.

Mit seiner dunklen Hose, der dunklen Jacke und der schwarzen Tasche fiel er im Schattenspiel der Kolonnaden und Säulengänge nicht auf.

Eine große Gittertür versperrte den Weg. Er zog einen Schlüsselbund aus der Hosentasche und öffnete. Die Tür zog er zu, schloss aber nicht ab. Nach dem Schuss würde er höchstens fünf Minuten haben, um aus dem Kolosseum zu verschwinden.

Er ging dicht an der Wand entlang. Von unten aus konnte man ihn nicht sehen. Alles lief nach Plan, er lag optimal in der Zeit. In zehn Minuten würde der Papst auf dem weißen Punkt stehen. Bis dahin würde er seinen Platz erreicht, Gewehr und Zielfernrohr aus der Tasche genommen und montiert haben.

Die zweite Gittertür.

Wieder zog er den Schlüsselbund aus der Tasche.

Er suchte den richtigen Schlüssel heraus, steckte ihn ins Schloss, drehte um. Er zog an der Tür – sie bewegte sich nicht.

Er blickte an den Gitterstäben hinauf und sah, dass eine dicke Kette um Tür und Rahmen gewickelt und mit einem Vorhängeschloss versperrt war. Unmöglich, sie aufzubrechen, vor allem nicht in wenigen Sekunden.

Also Plan B.

Aber es gab keinen Plan B.

XII

21.26 UHR

«Es ist ganz einfach», flüsterte Giulia ihm zu. «Wenn du immer *hinter* der Kamera bleibst, bist du nie im Bild.»

Francesco nickte. Es war der erste Kreuzweg, den er live erlebte, und er empfand als ernüchternd, was er sah. Früher war er immer ergriffen gewesen von der unheimlich-magischen Atmosphäre in den alten Mauern. Er liebte das rotgelbe Leuchten der Fackeln in den Bogengängen, das nachtschwarze, weit geschwungene Rund, in dem die Prozession ihren Anfang nahm, das Flammenkreuz, die schwermütigen Gesänge der Betenden. Niemals hatte er darüber nachgedacht, dass diese stimmungsvollen Bilder nur deshalb auf dem Fernsehschirm zu sehen waren, weil ein Kamerateam sie einfing.

Jetzt wusste er es.

Vor der Gruppe, die mit ernster Miene und gemessenen Schrittes durch das Kolosseum zog, fuhr ein Kamerawagen. An einer langen Stange hing ein Mikrophon über dem Heiligen Vater, der zwischen Kardinal Oscuro und dem Erzbischof von Canterbury die Prozession anführte.

Francesco sah nur den Rücken von Petrus, der auf

einem riesigen roten Kissen den Totenschädel seines Namensvetters vor sich her trug. Von der Seite blickte er auf die Gesichtszüge von Oscuro, die im Kerzenschein diabolisch flackerten. Der Erzbischof von Canterbury war dagegen ganz unter seinem dunklen, schweren Kreuz verschwunden. Obwohl er von mächtiger Statur war, krümmte er sich unter der Last. Vor den dreien huschte Marietta Crederci trotz ihrer schweren Fototaschen wie ein Irrlicht hin und her.

«Zweite Station», dröhnte es aus den Lautsprechern. «Jesus nimmt das Kreuz auf seine Schultern.»

Francesco blickte wieder auf den Erzbischof, der unter seiner Last bedenklich schwankte. Die Gesänge lullten ihn ein. Um ihn herum leuchteten tausend Lichtpunkte; Mütter, Kinder, Großväter mit Kerzen, die in bunten Papiermanschetten steckten. Wenn er zur Seite sah, konnte er ihre Gesichter sehen: traurig. Feierlich.

Benommen wie er.

Wie im Traum setzte er einen Fuß vor den anderen.

XIII

21.27 UHR

Jetzt sangen sie wieder.

Er musste nach oben, ganz nach oben. Das war seine einzige Chance. Noch drei Steine, und er hatte es geschafft.

Der schwarze Travertin war porös und zerlöchert,

sodass er schnell vorankam. Aber seine Hände rutschten an dem bröseligen Stein leicht ab.

Die Gesänge verstummten, dann hallten Worte durch die Arena, verzerrt, ohne Sinn. Ein verschwommenes Echo folgte.

Der letzte Stein.

Er zog sich auf die Mauerbrüstung, schwer atmend, und blickte hinunter.

Es war so, wie er es erwartet hatte: Von hier oben hatte er zwar die Sicht, aber keine Deckung. Wenn er sich schnell bewegen oder gar aufrichten würde, wäre er gut zu sehen von unten, ein schwarzer Schatten vor der schwarzen Wand, zu groß für eine Katze.

Also blieb er liegen, den Körper auf den Stein gepresst, und tastete nach seiner Tasche. Gleich würden sie wieder singen. Dann würde wieder Stille sein. Und in diese Stille hinein würde er schießen müssen.

Er öffnete die Fototasche.

Gewehr, Zielfernrohr und Schalldämpfer konnte er in völliger Dunkelheit zusammenstecken. Er hatte es oft geübt, aber nie im Liegen. Auf den Schalldämpfer konnte er notfalls verzichten, doch wenn das Gewehr herunterfiel, war alles vorbei. Mit den Fingerspitzen zog er die Waffe zu sich heran, vier Klicks, alles war eingerastet. Er legte die Waffe an und bemühte sich, seinen Atem zu beruhigen, der vom Klettern her noch stoßweise ging.

Wenn er seinen Atem beruhigt hätte, würden auch seine Hände nicht mehr zittern.

Wenn seine Hände nicht mehr zittern würden, könnte er schießen.

Er blickte durch das Zielfernrohr.

XIV

21.28 UHR

Wieder hörte Francesco die blecherne Stimme aus dem Mikrophon: «Dritte Station: Jesus fällt zum ersten Mal unter dem Kreuz.»

Sie standen nun nahe dem Eingang, genau in der Mitte zwischen vier Feuerschalen, wie die Markierung es befahl.

«Jesus fällt, doch gütig und demütig steht er wieder auf.»

Aus dem Augenwinkel nahm Francesco eine kleine Bewegung war. Einen Lufthauch, ein Sirren. In die Gruppe vor ihm kam Bewegung: Der Erzbischof von Canterbury schwankte nun stärker, er umklammerte das Kreuz, und tatsächlich, er fiel, kippte nach vorne, sank auf seine Knie und presste dabei das Kreuz an seinen Körper, als ginge es um sein Leben. Ein Stimmwirrwarr hob an, die Kerzen irrlichterten aufgeregt im Rund des Kolosseums.

Die Gesänge verstummten. Noch ehe Francesco reagieren konnte, hatte der Papst das Kissen mit dem Schädel an Antonio Metodozzi übergeben und beugte sich zum Erzbischof von Canterbury. Der rührte sich für einen Moment lang nicht, zusammengekrümmt lag er über dem Kreuz. Oscuro wechselte die Seiten und stützte dem Erzbischof den Rücken, während der Papst ihm aufhalf. Der Engländer schien leicht verwirrt, aber ansonsten wohlauf. Francesco überlegte gerade, ob er einen Arzt rufen sollte, als plötzlich Antonio Metodozzi vorbeirannte, ihm das Kissen mit der Reliquie in die Hand drückte und verschwand.

Als er wieder auf seinen Füßen stand, brandete spontaner Beifall auf, einige der Zuschauer wischten sich Tränen der Rührung aus dem Gesicht. In Zeitlupe zeigten die Übertragungsteams auf den großen Leinwänden, wie der Erzbischof unter dem Kreuz zusammenbrach und, gestützt von Petrus, wieder aufstand.

Die Gesänge setzten erneut ein.

Der Erzbischof schulterte sein Kreuz von neuem. Der Papst suchte nach Metodozzi und blickte für einen Moment irritiert, als Francesco ihm die Reliquie überreichte. Dann setzte sich der Zug wieder in Bewegung.

Nur Francesco bemerkte im Weitergehen eine frisch abgebrochene Steinplatte am Rand des vorgezeichneten Weges. Für einen Moment sah er nach unten, in die Katakomben des Kolosseums. Die Gebete brandeten an sein Ohr, die Lichter, das Gemurmel, die Menschenmassen, Scheinwerfer und Kamerawagen – seine Sinne spielten ihm einen Streich, er schwankte, fast wäre er selbst gestürzt.

Tief unten im Abgrund leuchtete eine helle Gestalt. Verkrümmt. Unbeweglich. Starr.

Ein Trugbild? Hervorgerufen durch das Schattenspiel und die Lichtreflexe der Fackeln?

Er wollte stehen bleiben, hinunterschauen, aber die Gruppe zog schon weiter, beobachtet von den Kameras und damit der ganzen Welt. Also ging auch er vorwärts, verstört und benommen.

Irgendwo musste ein Sanitäter sein, ein Arzt. Er wollte rufen, aber die Gesänge setzten wieder ein und dröhnten, verstärkt von den großen Lautsprechern, durch die Manege.

XV

Petrus liebte seine Heimatstadt und empfand sich, mochte ihn auch die Welt als Oberhaupt der katholischen Kirche sehen, in erster Linie als Ortsbischof der Stadt Rom. Er besuchte Sonntagsgottesdienste und Rosenkranzgebete in den Gemeinden der Stadt, kümmerte sich um zerfallende Kirchen und verwahrloste Jugendliche, taufte Kinder und erklärte den Pfarrern, wie sie ihre Herde beisammenhalten konnten.

Neben der Heiligen Jungfrau war *Mamma Roma* das wichtigste weibliche Wesen in seinem Leben, immer bereit, ihren Sohn zu trösten und ihm, wichtiger noch, ein gutes Abendessen zu bereiten. Zur Freude des Papstes hatte sie überall in der Stadt für Trattorien und Ristorantes, Enoteken, Pizzerien und Bäckereien gesorgt, nicht viel anders als die Heilige Jungfrau, die sich genauso eifrig um eine große Zahl von Marienkirchen und Marienkapellen gekümmert hatte. Als besonders befriedigend empfand Petrus, dass *Mamma Roma* und die Heilige Jungfrau einander ergänzten: Nicht selten lag in der Nähe einer Kirche, vor deren Hauptaltar Petrus für die Stadt und den Erdkreis betete, eine entzückende Osteria, die durch traditionelle römische Küche zu überzeugen wusste und eine versteckte Ecke besaß, in der nicht jeder den Heiligen Vater erkannte.

So wie bei Gino.

Das kleine Fischlokal, nicht weit vom Vatikan gelegen, bestand aus einem einzigen großen Gastraum, darin einige wenige Tische mit appetitlich blau-weiß gestreiften Leinentischdecken. Wie hatte sich Petrus auf diesen Moment gefreut. Eilig hatte er das Kolosseum in einem großen, schwarzen Wagen verlassen, eilig war er ausgestiegen und die letzten Schritte selbst hierhergelaufen. Es war kurz vor Mitternacht, und das Ristorante brummte. Gleich hinter der Vitrine mit frischem Schwertfisch, Krebs und Dorade gab es einen kleinen Tisch, der eigentlich Stammgästen vorbehalten war. Dorthinein zwängte sich Petrus, zufrieden aufseufzend, Giulia setzte sich ihm gegenüber. Niemand nahm Notiz von ihnen.

«Ein Triumph», sagte Petrus, noch ganz beschwingt von den Ereignissen.

«Eher eine Katastrophe», sagte Giulia. «Aber niemand hat etwas gemerkt. Gott sei Dank.»

«Tanti Auguri! Herzlichen Glückwunsch!» Gino erschien mit seinem strahlenden, runden Gesicht und brachte Brot und Wasser. Er verbeugte sich ein kleines Stück vor dem Papst und etwas tiefer vor Contessa Giulia. Auf seiner Glatze tanzten Sommersprossen. «Sie haben die Knochen des Apostels gefunden! In einer Kiste unter Ihrem Bett, die Sie jahrelang nicht beachtet haben – heißt es.»

«In Rom wird zu viel geklatscht», sagte Petrus. «Was gibt es zu essen, Gino?»

«Heute ist ja Karfreitag. Ich empfehle als Vorspeise ein paar Crudités, Muscheln, Krebse, Schnecken. Danach vielleicht ein Carpaccio von Lachs und Thunfisch. Als Primo Pasta e Ceci, also Maltagliati mit Kichererbsen, etwas Knoblauch und Petersilie, danach, Heiliger Vater, würde ich vorschlagen, Sie suchen sich einen Fisch aus der Vitrine, den ich Ihnen höchstpersönlich im Backofen gare, mit ein paar gebackenen Kartoffeln. Oder, ganz traditionell Baccalà, Stockfisch, den ich mit Rosinen und Pinienkernen serviere, wenn es recht ist, Heiliger Vater, geschmort in frisch pürierten Tomaten. Als Dolce, nun ja, es ist Karfreitag, hätten wir vielleicht noch ein kleines Schlückchen Vin Santo mit eine paar winzigen, hausgemachten Cantuccini. Die Mandelkekse darf man ja nicht wirklich als Süßigkeit werten. Und ein Caffè danach wird ja wohl erlaubt sein.»

«Sehr gut, mein Freund. Die Schnecken können Sie weglassen, aber auf den Stockfisch freue ich mich schon seit dem Kreuzweg. Machen Sie uns doch einfach einen großen Antipasti-Teller zurecht, aber ohne diese rosa Tierchen mit den vielen Beinen, danach die Maltagliati, aber ohne Petersilie, dafür mit ordentlich Knoblauch ...» Gino nickte diensteifrig und ging.

«Warum bist du so miesepetrig, Giulia?», fragte Petrus, trank einen großen Schluck Wasser und tupfte sich mit einer Serviette das Gesicht ab. Er sah erhitzt aus, etwas müde und so euphorisiert und rauschhaft beglückt wie ein kleiner Junge, dessen Lieblingsverein sich am letzten Spieltag die Meisterschaft gesichert hatte.

«Es war ein Triumph!», fuhr er fort. «Der Höhepunkt meines Pontifikats. Der Papst gibt den Römern ihren Apostel zurück. Und heißt auch noch genauso. Das ist doch spektakulär! Ich weiß ja, dass du zur Skepsis neigst. Doch heute hättest du tatsächlich einmal Anlass, dich mit mir zu freuen.»

«Mag sein, dass es ein Triumph war», sagte Giulia nüchtern, «aber leider sind wir auch nur knapp an einer Katastrophe vorbeigeschrammt. Es fehlten nur Sekunden, und Sie wären zum Gespött der Christenheit geworden.»

Petrus setzte sein Glas ab. «Ach ja?»

«Dritte Station. Jesus stürzt unter dem Kreuz.»

«Giulia!» Petrus, der für einen Augenblick besorgt ausgesehen hatte, lächelte wieder breit. «Du kommst aus Italien! Du bist Römerin! Du musst doch Sinn haben für Theatralik! Für Pathos! Ich jedenfalls fand es großartig: Der Erzbischof von Canterbury, Primas der englischen Kirche, nimmt zum ersten Mal an einer katholischen Prozession teil. Und ist so gerührt, dass er gleich unter dem Kreuz stürzt. Ein Zeichen tiefster Ergriffenheit. Ich bin mir sicher, dass er es nicht gespielt hat. Was missfällt dir daran?»

«Sie haben es gar nicht bemerkt, nicht wahr?»

«Wovon sprichst du, meine Liebe?»

Giulia beugte sich vor. «Der Erzbischof von Canterbury ist nicht vor Rührung gestürzt. Er wurde angeschossen. Und hat nur deshalb überlebt, weil er eine kugelsichere Weste trug. Zum Schutz vor anglikanischen Fanatikern, die seine Teilnahme am Kreuzweg ablehnen.»

Petrus sah sie fassungslos an.

«Wir haben ihn in die Gemelli-Klinik bringen lassen», sagte Giulia. «Gleich nach dem Kreuzweg. Er wurde durchgecheckt und ist wohlauf.»

Petrus zupfte ein Stück Weißbrot in kleine Stückchen und schwieg lange.

«Warum hat er den Kreuzweg nicht abgebrochen?», fragte er dann.

«Er wollte nicht. Die Sicherheitsleute standen bereit und hätten ihn sofort weggebracht. Aber er ist aufgestanden, hat sich das Kreuz geschnappt und ist weitermarschiert.»

«Und der Schütze ...»

«... ist über alle Berge. Er saß quasi auf dem Dach des Kolosseums: ganz oben auf den billigen Plätzen, direkt unter den quadratischen Fensteröffnungen. Die Polizei kümmert sich um die Sache. Sehr diskret, natürlich. Die ganze Sache soll schließlich nicht an die große Glocke gehängt werden. Sonst könnte sich Ihr Triumphzug leicht in ein Debakel verwandeln.»

Erleichtert registrierte Giulia, dass sich Gino mit einem enormen Antipasti-Teller näherte, auf dem sich zartfarbenes Lachscarpaccio, Bruschette und Muscheln türmten. Die päpstliche Laune war dringend reparaturbedürftig, und niemand vermochte dies so perfekt wie ein römischer Koch.

«Schmeckt es?», fragte Giulia, nachdem Petrus – nachdenklich schweigend – den halben Teller in sich hineingeschaufelt hatte.

Petrus brummte eine unverständliche Antwort. Doch da näherte sich Gino schon mit den hausgemachten Maltagliati, hauchdünn und goldgelb. Der Papst aß schweigend weiter. Er war nicht zum Reden aufgelegt.

«Trotzdem haben Sie natürlich recht.» Giulia startete einen Tröstungsversuch. «Der Sturz war eine Sensation. Es gibt irre Fotos: das Kolosseum im Fackellicht, der Erzbischof auf dem Boden, das Kreuz über seinem Körper ...»

Petrus wischte den letzten Rest der Kichererbsen mit einem Stück Weißbrot aus seinem Teller und tupfte sich den Mund ab. «Wer kümmert sich bei der Polizei darum?»

«Commissario Brunelli.»

«Der Commissario ist mir noch einen Gefallen schuldig. Er soll dich auf dem Laufenden halten. Ich möchte alles wissen, jede Einzelheit. Buona sera, Padre!»

Francesco kam hereingestürzt, ließ sich neben Petrus auf einen Stuhl sinken, schenkte sich ein Glas Wasser ein und trank es mit geschlossenen Augen rasch aus.

«Du siehst bedrückt aus, mein Sohn», sagte Petrus. «Mir geht es nicht anders. Ich habe eben erst erfahren, was passiert ist. Setze dich und bestelle ein Primo. Das wird dich stärken.»

«Man hat sie nicht gefunden», sagte Francesco. «Sie ist einfach weg. Spurlos verschwunden.»

«Du sprichst ... von einer Frau, mein Sohn?»

«Ich dachte, Sie wissen es, Heiliger Vater?»

«Offenbar nicht», sagte Petrus langsam.

«Marietta Crederci ist verschwunden. Sie ist abgestürzt. Während der Prozession. Ich habe sie noch dort unten liegen gesehen, in den Katakomben. Im Fackellicht konnte ich nicht viel erkennen, aber sie hatte ja diesen hellen Mantel an. Ganz reglos, wie tot sah sie aus. Erst dachte ich, es sei eine Einbildung. Dann wollte ich nachsehen, aber ich konnte nicht weg, weil ich mitten in der Gruppe ging und ständig die Kameras auf uns gerichtet waren. Ich habe den Sanitätern Bescheid gesagt, aber erst ein paar Minuten später. Und nach der Prozession bin ich sofort hinuntergerannt – aber da war nichts mehr.»

Er schloss kurz die Augen.

«Außer einer Blutspur haben sie nichts gefunden», flüsterte er. «Keine tote Marietta Crederci und keine lebende. Die Polizei kümmert sich jetzt darum. Commissario Brunelli ...»

Petrus räusperte sich und blickte von seinem völlig aufgelösten Privatsekretär zu seiner ausnahmsweise einmal stummen Pressesprecherin.

«Ihr wisst, meine Lieben, dass ich diesem Tag mit besonderer Erwartung entgegengesehen habe. Karfreitag ist gewöhnlich ein Tag der Trauer, aber in diesem Jahr sollte der Karfreitag auch ein Tag der Freude sein: Ich wollte der Menschheit die Gebeine des Apostels zurückgeben. Und natürlich wollte ich auch ein wenig *bella figura* machen. Aber offenbar hielt Gott der Herr es für richtig, mich für meine Eitelkeit zu strafen. Er hat einen Killer bestellt, der auf den armen Erzbischof geschossen hat. Und er hat meine Leibfotografin erst abstürzen und dann verschwinden lassen. Und vermutlich» – jetzt nahm seine Stimme einen leicht drohenden Ton an – «hat er sich auch sonst noch so einiges einfallen lassen, von dem ich bislang nichts weiß. Nun aber möchte ich es wissen. Alles! Sofort! Wer hat mir noch etwas zu sagen?»

«Das Secondo», sagte Gino eilfertig und brachte eine riesige Pfanne mit Stockfisch und Kartoffeln, die er mitten auf den Tisch stellte. Der süßliche Geruch der Rosinen war betörend.

«Erst essen wir», sagte Petrus. «Gino, bringen Sie dem Pater ebenfalls einen Teller. Das hier reicht für uns alle. Lasst uns erst essen und dann reden. Ich möchte zunächst mein inneres Gleichgewicht wiederfinden.»

Doch das innere Gleichgewicht Seiner Heiligkeit war offenbar empfindlich gestört, denn Petrus aß langsam und kaute gründlich. Auf seiner Stirn zeigte sich eine tiefe Falte, die im Fortgang der Mahlzeit allerdings zusehends verschwand.

Schließlich schob er den Teller weg. «Nun?»

«Sonst gibt es keine Überraschungen.» Giulia lächelte ihr Lächeln für kritische Pressevertreter.

«Nur ein angeschossener Erzbischof und eine verschwundene Leibfotografin?»

«Sonst nichts.»

«Dann werde ich euch nun mitteilen, was zu tun ist.»

Gino erschien. «Ich würde nun die Cantuccini auftragen, Heiliger Vater, wenn es recht ist?»

«Nicht nötig», tönte es in diesem Augenblick. Wie aus dem Nichts erschien hinter der Fischvitrine eine magere Gestalt in Ordenstracht. «Ich habe selbst etwas dabei, das dem Heiligen Vater den Karfreitag versüßen wird.»

«Immaculata!», stöhnte Petrus. «Wie hast du mich gefunden?»

«Das bleibt mein Geheimnis», sagte Immaculata zufrieden und nahm unaufgefordert Platz. Auf ihrem Schoß balancierte sie eine riesige, altmodische Handtasche.

«Um die wichtigsten Fragen gleich zu klären», sagte Petrus. «Wir haben Fisch gegessen, nicht wahr, Gino? Wie es für den Karfreitag vorgeschrieben ist.»

Gino nickte eingeschüchtert.

«Darf ich dich einladen, liebe Immaculata? An diesem besonderen Tag? Oder möchtest du nur ein Stückchen Brot als Primo? Dazu einen Schluck Diätwasser aus der Leitung?»

Immaculata antwortete nicht, sondern öffnete das Monstrum auf ihrem Schoß. «Alle, die bei der Prozession dabei waren, trafen sich danach in der Sakristei. Sie legten ihre Gewänder ab, vor allem aber übergaben sie ihre

Reliquien an Signor Metodozzi. Unser Chefarchäologe wirkte etwas ... durcheinander. Aber er überprüfte jeden der edlen Knochen sehr sorgfältig und legte ihn in eine Wanne. Danach wollte er die Gebeine wieder in seinem Tresor verschließen.»

Petrus, misstrauisch geworden, beugte sich vor. «Und das hat er nicht getan?»

«Er hat es getan. Nur ein Stück wollte er nicht zurücklegen. Dieses hier!»

Immaculata griff in ihre Tasche.

Giulia schrie auf.

Zwischen Wasserflasche und Gläsern, zwischen Salzstreuer, Essig und Ölfläschchen platzierte Immaculata einen Totenschädel auf dem Tisch.

«Dieses Stück wollte er nicht einpacken. Das Verfallsdatum stimmt nicht, wenn ich ihn richtig verstanden habe. Außerdem hat dieser hier», sie tätschelte den Schädel fast zärtlich, «und das habe *ich* zum Beispiel sofort gesehen, ein vollkommen intaktes Gebiss. Anders als der Schädel, den ich auf dem Dachboden gefunden habe. Es handelt sich, da ist sich der Dottore ganz sicher, zweifelsfrei um einen Totenkopf, der nicht aus dem ersten Jahrhundert nach Christi Geburt stammt, sondern, sagen wir mal, aus dem letzten Jahrzehnt unseres Jahrhunderts. Jedenfalls, so sagt der Dottore, ist es nicht der, den er kurz zuvor aus dem Tresor geholt hat.»

Sprachlos starrte Petrus auf Immaculata.

«Es ist nicht so, dass ich Sie nicht gewarnt hätte, Heiliger Vater. Niemals hätten Sie die Reliquien dieser verdorbenen, sündhaften Menschheit präsentieren dürfen. Sie haben das Heiligste, was Sie hatten, aufs Spiel gesetzt und ihre Hoffart hat die bösen Kräfte geweckt. Dafür werden Sie bezahlen. Die Mächte der Unterwelt werden kommen und uns alle verschlingen.»

Sie sah außerordentlich zufrieden aus. Energisch stand sie auf und ließ den Verschluss ihrer schwarzen Riesenhandtasche zuschnappen.

«Der Heilige Vater wünscht keinen Nachtisch», sagte sie zu Gino, der gerade mit einem großen Tablett voll Cantuccini und Vin Santo auf sie zusteuerte. «Der Heilige Vater hat eben einen schweren Schicksalsschlag erlitten und möchte jetzt sofort ins Bett.»

Karsamstag

1

Francesco hatte die Nacht im Gebet verbracht. In seinem kleinen Dachzimmer, vor dem Bild des heiligen Franz von Assisi.

So düster, dunkel und todesschwer wie diese Nacht konnte keine andere sein. Die Gesänge im Kolosseum dröhnten durch seinen Kopf, die megaphonverzerrten Stimmen, die Gebete, die Kunde vom Tod des Herrn. Aber noch schlimmer als all die Stimmen und Geräusche waren die Bilder: Die mächtige Gestalt des Erzbischofs von Canterbury, der vor seinen Augen langsam zusammensank. Und der Blick hinunter in den Abgrund, in dem er Marietta Crederci liegen sah, reglos in einem der Schächte.

Als er aufstand, taten ihm die Knie weh. Vier Uhr, zeigte sein altmodischer Wecker. Um diese Zeit waren noch nicht einmal die Arbeiter in den Vatikanischen Gärten unterwegs. Leise verließ Francesco sein Zimmer und tastete sich, um niemanden zu wecken, vorsichtig die knarrenden Stufen der Dienstbotentreppe hinunter.

Niemals würden ihm die Vatikanischen Gärten seine umbrischen Hügel ersetzen: nicht das schattige Rieti-Tal, die verschlungenen kleinen Pfade, die uralten Buchen und Eichen. Nicht sein Kloster, diese Einsiedelei, weit oben in den Bergen, an die Felsen geklebt. Nicht die frische Luft, fernab vom Smog der Stadt. All dies war nicht seine Welt: die beschnittenen, gezähmten Buchsbäume, die begrenzten Wege, die stacheligen Agaven, die künstlich angelegte Grotte der Madonna von Lourdes. Aber wenn er die Augen schloss, konnte er die Vögel singen hören, die gerade erwachten. Und er konnte hinten, am großen Brunnen, dem Wasser lauschen und sich vorstellen, er säße an einem der Bäche im Wald.

Dazu würde er heute Morgen keine Zeit haben. Er musste sich beeilen, bis die Gärtner mit ihren Harken und Schaufeln auftauchten. Er musste sich beeilen, um zur Morgenmesse in der Hauskapelle zurück zu sein. Und er beeilte sich, weil er sich getrieben fühlte von einer merkwürdigen, unerklärlichen Unruhe.

Ohne Umwege ging er den Kiesweg entlang, der ihn direkt zum alten Gärtnerhaus führte. Seit ihrer Berufung zur päpstlichen Leibfotografin wohnte Marietta Crederci dort, mitten im Park. Sie sollte sich Tag und Nacht bereithalten, immer in der Nähe des Papstes, unsichtbar, aber stets präsent. Die Idee mit dem Gärtnerhaus stammte von Petrus selbst, dem das verwunschene, leerstehende Gebäude eines Tages bei seinen Spaziergängen aufgefallen war. Das zweistöckige Häuschen mit dem mittelalterlichen Turm hatte Marietta von der ersten Minute an bezaubert.

Einmal, im letzten Herbst, hatte Francesco sie dort

besucht. Sie wollte ihm ihre Aufnahmen der Giotto-Fresken in Assisi zeigen, die sie kurz vor dem Erdbeben gemacht hatte: Wunderschöne Bilder aus dem Leben des heiligen Franz, die Francesco schon als Kind so sehr bewundert hatte. Anschließend hatte sie ihn auf eine Tasse Tee eingeladen. Es war ein kühler Tag, sie saßen draußen auf der Steinbank vor dem Eingang, Marietta in eine lange, viel zu große Strickjacke gewickelt, mit deren Ärmeln sie die heiße Teetasse umfing. Sie war schüchtern, wie immer, und hatte nicht viel geredet.

Ein leichter Wind war aufgekommen, Francesco hörte die Blätter der Zwergpalme vor dem Haus knistern, die mächtigen Schirmpinien rauschen und in der Ferne den Wasserfall des großen Felsenbrunnens. Die eisenbeschlagene Tür mit den Blumenornamenten war geschlossen, die grünen Fensterläden zugeklappt.

Warum war er hierhergegangen?

Was hatte er hier zu suchen?

Mariettas zarte Gestalt ging ihm nicht aus dem Sinn, wie sie auf dem Boden der Katakomben lag, in ihrem weißen Mantel.

Er stand auf und ging einmal um das ockerfarbene Häuschen herum. In der Wand waren marmorne Reliefs eingelassen, die Szenen aus dem Leben des heiligen Petrus zeigten, dazu die gekreuzten Schlüssel und Engel, die seine Tiara in den Himmel hoben. Nicht weit von hier, so hatte Francesco gehört, war der Apostel hingerichtet worden, gekreuzigt mit dem Kopf nach unten.

Der Messingknauf der Haustür wirkte wie frisch poliert. Francesco drückte leicht dagegen. Nichts. Doch als er daran drehte, öffnete sich die Tür knarrend.

Francescos Sandalen klapperten auf dem alten Mosaikfußboden. Es roch frisch, kühl und sauber; einen Moment lang meinte er, einen leichten Lavendelduft wahrzunehmen. Der schmale Flur mündete in eine winzige Küche, die mit ihren zwei Herdplatten und dem blankpolierten Wasserkocher unbenützt wirkte. Eine kleine, halbhohe Eisentür führte von dort in das mittelalterliche Türmchen. Francesco rüttelte an der Klinke, doch die Tür blieb fest verschlossen. Er erinnerte sich, dass Marietta etwas von einer Dunkelkammer gesagt hatte, die sie sich dort eingerichtet habe. Weil sie eine Anhängerin der alten, handwerklichen Fotokunst sei und die technische Perfektion der modernen Apparate als unheimlich und kalt empfinde.

Eine Holztreppe daneben führte in den ersten Stock. Francesco stieg vorsichtig hinauf. Es war ihm unangenehm, in die privaten Räume eines anderen Menschen einzudringen, außerdem fühlte er sich die ganze Zeit beobachtet. Erst jetzt wurde ihm bewusst, dass die Wand entlang der Treppe voll mit Bildern hing. Es waren alles Porträts: junge Männer, alte Frauen und Kinder, immer wieder Kinder, die ernst und direkt in die Kamera blickten und ihn, den Eindringling, im Halbdunkel streng zu mustern schienen. Oben öffnete sich der Raum zu einem lichten Wohnatelier. Ein riesiger weißer Schreibtisch zog sich unter den Fenstern entlang, vollgehäuft mit Mappen und Fotos, mit schwarz-weißen Abzügen und Vergrößerungen.

Auf fast allen sah man Papst Petrus. Bei seinem Krankenbesuch vergangene Woche im Viertel San Lorenzo. Bei der traditionellen Fußwaschung in der Lateransbasilika, eben erst, am Gründonnerstag. Und bei seinem triumphalen Englandbesuch Anfang des Jahres, staunend und glücklich wie ein Junge, in einer riesigen Menschenmenge.

Auf dem Fensterbrett stand eine kleine silberne Marienstatue, zwei Votivkerzen daneben waren fast heruntergebrannt.

Francesco drehte sich um. Das Bett in der Nische unter der Dachschräge war mit einer weißen Tagesdecke akkurat überzogen. Ein paar Bücher lagen daneben auf dem Fußboden. Francesco bückte sich, um die Titel zu lesen: ein «Handbuch der modernen Fotografie». Eine kleine, ziemlich abgegriffene Ausgabe des Neuen Testaments. Und ein Band mit Liebesgedichten von John Keats. Als er ihn aufhob, öffneten sich die Seiten, und ein Foto flatterte heraus: ein Schnappschuss, wie er im Urlaub entsteht, ein Mann, lachend mit Oberlippenbart, die Sonnenbrille ins Haar geschoben.

Francesco musste zweimal hinsehen, ehe er erkannte, wen das Bild zeigte: Es war Antonio Metodozzi, der Chefarchäologe des Vatikans. Und hier war er ganz offensichtlich nicht im Dienst.

Francesco drehte das Foto unschlüssig zwischen seinen Fingern. Die Schrift auf der Rückseite war fast verblasst, und trotzdem hatte er keine Mühe, zu entziffern, was da stand: «Amore, fino all'infinito, Antonio.»

II

SCHOTTLAND, SCHLOSS BALMORAL

Die Corgis hatten sich schmutzig gemacht. Kläffend wetzten sie ihre schlammigen Pfoten auf dem Schottenmusterteppich.

«Lassen Sie nur, das können Sie später noch beseitigen», sagte die Queen zu ihrem Butler, der besorgt hinzugeeilt war. «Die kleinen Schätzchen sollen sich auch einmal austoben dürfen.»

Sie überreichte ihm Hut und Wachstuchmantel, nahm sich einen Scone vom Teetisch, bestrich ihn dick mit Clotted Cream und Erdbeermarmelade und ließ die drei Hunde reihum abbeißen. Hinter ihrem Rücken hörte sie ein heiseres Hüsteln.

«Nun?», fragte sie eisig, ohne sich umzudrehen. «Was haben Sie mir zu berichten?»

Sir Alan Bell, der im Besuchersessel auf sie gewartet hatte, räusperte sich. «Sie haben sicher am Karfreitag die Übertragung im Fernsehen gesehen.»

«Allerdings habe ich das. Fast bis Mitternacht habe ich meine Zeit vertan, um einem überheblichen Römer dabei zu beobachten, wie er die anglikanische Kirche vor aller Welt demütigt. Und als wäre das noch nicht genug, musste der Erzbischof von Canterbury noch diesen melodramatischen Sturz inszenieren. Ein Skandal – den Sie mir sicher umgehend erklären werden.»

«Natürlich sammeln wir Informationen», sagte Sir Alan und verknotete seine Hände ineinander. «Und diese lassen darauf schließen, dass die Stimmung im Umkreis des Papstes äußerst schlecht ist. Es gibt eine erhebliche interne Krise im Vatikan – wenn mich nicht alles täuscht.»

Die Queen dreht sich langsam um und musterte Sir Alan. «Das nächste Mal wünsche ich keine interne Krise, sondern eine öffentliche Katastrophe. So öffentlich, dass wirklich jeder meiner Untertanen davon erfährt. Sie sollen begreifen, dass es dumm ist, sich an einen erschreckend gut gelaunten Italiener mit merkwürdigen religiösen Ritualen zu binden. Heimat und Geborgenheit bietet allein die anglikanische Kirche Englands.»

«Natürlich, Majestät.»

«England befindet sich in einer schwierigen Situation», fuhr die Queen fort. «Dumme Klatschgeschichten am Hof. Die Finanzkrise in der City. Eine unfähige Regierung. Die Menschen sehnen sich nach guten Nachrichten; sie wollen stolz sein auf ihr Land. Da Kriege aus der Mode gekommen sind und wir ökonomisch nichts mehr ausrichten können gegen China, müssen wir die wahren englischen Traditionen stärken. Wir müssen unseren Bürgern und der ganzen Welt zeigen, zu welchen bedeutenden Leistungen unsere Kultur im Stande war und im Stande ist. Ägypten hat die Pyramiden hervorgebracht, Griechenland die Demokratie, Amerika die Mondrakete. Und wir, Sir Alan? Welche kulturelle Errungenschaft wurde auf unserer Insel geboren?»

«Die Monarchie!»

«Unsinn. Könige gab es schon vor Jahrtausenden. Königinnen übrigens auch.»

«Die … Teezubereitung?»

«Kommt aus China.»

«Die Fuchsjagd?»

«Werden Sie nicht lächerlich, Sir Alan. Die Fuchsjagd ist ein Altherrensport für die Trottel aus dem Oberhaus. Aber Sie sind auf der richtigen Spur. Welche Sportart hat England der Menschheit geschenkt? Und jetzt sagen Sie bitte nicht ‹Kricket›.»

«Vielleicht ...»

«Ich meine natürlich den Fußball! Von unserer Insel hat er seinen Siegeszug um die ganze Welt angetreten. Unsere Liga gilt als die stärkste der Welt – bis heute. Und darum wünsche ich, dass sich der englische Fußball wieder zu seiner alten Herrlichkeit erhebt. Die Menschen in England sollen stolz sein auf ihre Nationalmannschaft. Dann werden sie stolz sein auf ihr Land.»

«Ein großartiger Plan.»

«In Kürze beginnt die Europameisterschaft. Im eigenen Land, Sir Alan! Wir werden den Titel holen. Und daran wird uns niemand hindern. Dieser Sieg steht im Zentrum meiner Politik. Ich arbeite seit Jahren darauf hin. In dieser Situation kann ich es mir nicht erlauben, dass mir ein Ausländer wie dieser Papst die Show stiehlt.»

«Natürlich, Majestät», sagte Sir Alan eifrig. «Es ist nur so: Um den Papst zu schädigen, müssen wir mehr über ihn wissen. Darum haben wir ja einen Agenten in seine Umgebung eingeschleust. Er ist äußerst zuverlässig und seine Tarnung perfekt. Der Agent wird weiter in das Umfeld des Papstes vordringen und dann zu einem geeigneten Zeitpunkt, in Absprache mit uns ...»

Ihm versagte die Stimme.

In Absprache mit uns ist gut, dachte Sir Alan.

Wenn er sich nur endlich einmal melden würde, unser Agent ...

III

Behutsam öffnete Giulia die Tür zum päpstlichen Arbeitszimmer.

Nichts schlimmer, als Petrus im Zustand schlechter Laune zu stören. Unweigerlich musste man dann endlose Tiraden über die Schlechtigkeit der Welt, die fußballerische Unfähigkeit der Squadra Azzurra und den vatikanischen Intrigensumpf über sich ergehen lassen; überdies riskierte man sinnlose Arbeitsaufträge, die zwei Tage später schon wieder vergessen waren.

Doch Giulias Befürchtungen waren überflüssig: Petrus saß an seinem Schreibtisch, eigentlich nicht sein bevorzugter Aufenthaltsort, und unterzeichnete Briefe, die Francesco ihm geduldig vorlegte. Ein bemerkenswerter Stimmungswandel: Gestern Nacht noch war Petrus völlig kraftlos in seinen Lieblingsohrensessel gesunken, hatte widerspruchslos an Immaculatas Fastentee genippt und war bald, mürrisch und enttäuscht, in seinem Schlafzimmer verschwunden.

«Dein Krankenschwesternblick ist unnötig», sagte Petrus vergnügt. «Ich habe einige Rosenkränze gebetet, einen langen Spaziergang durch die Vatikanischen Gärten unternommen und mit Commissario Brunelli telefoniert. Jetzt geht es mir besser. Später werden wir übrigens ins Kolosseum fahren. Ich möchte den Tatort besichtigen.»

«Es gibt keinen Tatort», sagte Giulia. «Zumindest nicht offiziell. Ein englischer Kleriker ist unter dem Kreuz gestürzt – mehr ist nicht passiert.»

«Und die päpstliche Leibfotografin ist verschwunden», wandte Francesco ein.

«Was aber niemand weiß», sagte Giulia. «Und es weiß auch niemand, dass der apostolische Schädel nicht echt ist. Gut, dass er nach seinem kurzen Aufenthalt in Immaculatas Handtasche sofort zurück in den Tresor gewandert ist.»

«Wir werden diesen Fragen auf den Grund gehen», sagte Petrus. «Ich fühle mich erfrischt vom Gebet, und die Cornetti haben mich gestärkt. Völlig unbemerkt von Immaculata. Francesco hatte sie freundlicherweise unter einer Bank in den Vatikanischen Gärten versteckt. Diät-Cornetti natürlich. Wir haben ja noch Fastenzeit.»

Giulia beschloss, die wiederhergestellte päpstliche Hochstimmung nicht zu zerstören. Darum verschwieg sie ihm, dass Immaculata ein neues Hobby pflegte: die Beobachtung von Singvögeln in den Vatikanischen Gärten. Sie hatte zu diesem Zweck ein Fernglas aufgetrieben und widmete sich vor allem dann der Ornithologie, wenn Petrus zu einem Spaziergang in den Park aufbrach. Mit zufriedener Miene stand sie, wenn der Heilige Vater mit seinem Brevier über die Kieswege schritt, am Fenster der päpstlichen Wohnung, umklammerte den Feldstecher und machte sich Notizen in einem kleinen Heft.

«Wann soll die Kolosseumsführung denn stattfinden?», fragte Giulia.

«Am späten Nachmittag, wenn die TV-Leute alles abgebaut haben und Ruhe herrscht.»

Beunruhigt schlug Giulia ihren Terminplaner auf. «Falls ich daran erinnern darf, Heiliger Vater: Morgen ist Ostern! Und heute, am Karsamstag, feiern Sie traditionell die Auferstehungsmesse im Petersdom. Sie entzünden die Osterkerze und taufen Konvertiten.»

«Die Messe beginnt erst in der Nacht, Giulia.»

«Aber Sie sollten deutlich früher verfügbar sein. Wenn wir bis zum frühen Abend im Kolosseum sind, wird es knapp.»

«Ohne mich können sie sowieso nicht anfangen», sagte Petrus vergnügt und klappte die Unterschriftenmappe zu. «Übrigens wird Commissario Brunelli im Kolosseum auf uns warten.»

«Hoffen wir, dass Commissario Brunelli den Mund hält.» Giulia schien wenig begeistert. «Wenn er zu viel plaudert in seiner Polizeikantine, weiß bald ganz Rom Bescheid. Einschließlich aller Journalisten. Und dann haben wir ein Problem.»

Brunelli? Plaudern? Wer seine letzten Haarsträhnen so akkurat auf der Glatze arrangierte, wer sich so loyal selbst an die unsinnigsten Dienstvorschriften hielt und das Blaulicht an seinem Dienstwagen auch dann nicht einschaltete, wenn gleich ein wichtiges Fußballspiel begann – der plauderte nicht. Zudem verdankte ihm der Commissario seine Karriere: Nachdem man den unscheinbaren, melancholischen Polizisten oftmals bei Beförderungen übergangen hatte, konnte er schließlich doch noch den ganz großen Fall aufklären. Mit etwas Hilfe von oben, natürlich, aber davon ahnten seine Vorgesetzten nichts.

«Auf Commissario Brunelli ist Verlass», sagte Petrus. «Und seit ich ihn getauft habe, ist er ohnehin vom Heiligen Geist erfüllt.»

IV

Es war finster in den Katakomben. Die Sonnenstrahlen reichten kaum in die Gänge, Nischen und Schächte des verzweigten Kellersystems hinunter, das vor zweitausend Jahren unter den Holzbohlen der Manege gelegen hatte.

Ein Labyrinth des Schreckens, dachte Petrus, auch wenn heute nicht mehr zu sehen war als rohes Mauerwerk, zwischen dem Coladosen und Bierflaschen lagen, alte Zeitungen und Plastiktüten: Aus den verborgenen Korridoren konnte man damals Wälder emporwachsen lassen, in denen Jagden und Schlachten nachgespielt wurden. Mit Flaschenzügen und Seilwinden ließen sich Städte und Wüsten hinaufbefördern, spektakuläre Dekoration für Gladiatorenkämpfe und Tierhatzen. Dort unten hatten auch die Käfige gestanden, in denen Raubtiere so lange hungern mussten, bis sie sich blind vor Gier auf ihre Opfer stürzten, angefeuert von den vielen tausend Zuschauern auf den Rängen der Arena.

«Hier ist es», sagte Commissario Brunelli und nestelte nervös an seinem Jackett, das jedes Mal verrutschte, wenn er irgendwohin deutete.

Sie standen in einem engen Schacht zwischen zwei riesigen Mauern. Ganz oben war die Stelle zu sehen, an der Marietta Crederci abgestürzt war. Der Boden vor ihnen war mit Gestrüpp und Unkraut bewachsen. Brunelli beleuchtete mit einer Taschenlampe einen großen braunen Fleck, der durch das Grün hindurchschimmerte.

«Blut», sagte der Commissario.

«Und sonst?», fragte Petrus. «Sie haben doch solch merkwürdige Gerätschaften bei der Polizei. Mit denen man so viele Spuren findet, dass ein Verbrecher gar keine Chance mehr hat.»

«Die Spurensicherung war hier», sagte Brunelli. «Ich habe nur ganz wenige Leute hinzugezogen. Wir führen keine offiziellen Ermittlungen durch, sondern machen das sozusagen ... privat.»

«Sehr gut», sagte Petrus. «Behalten Sie Ihre Diskretion bei, mein lieber Commissario. Niemand muss erfahren, was passiert ist. Was haben Sie gefunden?»

«Nichts. Es gibt keine verwertbaren Spuren. Eigentlich sehen wir nur zwei Möglichkeiten: Entweder war Signora Crederci, was aber ein Wunder gewesen wäre, kaum verletzt und konnte aus eigener Kraft verschwinden. Oder ihr Körper wurde fortgetragen – tot oder lebendig. Wir können nur nachweisen, dass sie in diesem Gebüsch lag. Außen herum sind jede Menge Fußspuren.»

«Mehr haben Sie nicht zu bieten?» Petrus legte den Kopf in den Nacken und sah zu der Mauerkante hinauf, von der die Fotografin heruntergestürzt war.

«Hier unten nicht», sagte Brunelli. «Aber dort oben. Wir haben herausgefunden, weshalb die Fotografin abstürzte. Zuerst dachten wir, dass sie beim Fotografieren einen Schritt zurückgetreten ist und nicht bedacht hat, dass es hinter ihr steil hinunterging. Aber so war es nicht.»

«Sie meinen ... Marietta Crederci wurde hinuntergestürzt?»

«In gewisser Hinsicht», sagte Brunelli. «Kommen Sie hinauf und sehen Sie selbst.»

V

Er war außer Atem. Vor einer Viertelstunde erst war der Papst samt Anhang im Gebäude verschwunden. Und jetzt war er weg. Keine Stimmen waren zu hören, keine hallenden Schritte in den Gängen. Dabei konnte es nicht so schwierig sein, sie aufzuspüren: Das Kolosseum war für Touristen gesperrt, bis die Fernsehteams ihre Aufnahmegeräte abgebaut hatten. Ein gigantisches Gebäude – menschenleer.

Hundert Euro Bestechungsgeld hatte er dem Wärter wieder einmal gezahlt, damit dieser ihm das vergitterte Tor aufschloss. Und jetzt waren sie weg. Der Earl of Sunderness unterdrückte einen Fluch, zog dann den detailgenauen Plan aus seiner Jackentasche. Dabei wusste er die Wege inzwischen längst auswendig, kannte die Verbindungstüren, die Gänge in den Abgrund. Er nahm die Treppe zu seiner Linken.

Er würde sie finden.

VI

Ein gepflasterter Weg, manchmal mehrere Meter breit und an anderen Stellen sehr schmal, verlief rund um die elliptische Kampffläche. Petrus, an der wärmenden Sonne gleich etwas besser gelaunt, trat kurz an den Rand des steinernen Pfads und blickte hinunter. «Mir war gar nicht klar, wie nahe wir gestern an diesem scheußlichen Loch vorbeigezogen sind. Aber ich hatte auch keine Zeit, nach links und rechts zu schauen. Ich war die ganze Zeit damit beschäftigt, den Schädel gerade zu halten.»

«Um den Kreuzweg noch dramatischer zu inszenieren, hat man diesmal die Prozession bis direkt an den Abgrund geführt», sagte Brunelli. «Normalerweise befindet sich hier übrigens ein Geländer – sonst wäre es für die Touristen viel zu gefährlich. Wenige Minuten vor Beginn der Prozession wurde es abgebaut, weil es die Wirkung der Bilder beeinträchtigt hätte. Antike Ruinen im Fackelschein, dahinter ein Abgrund: Das wirkt! Aber nur, wenn kein Metallgitter im Weg steht. Das fand jedenfalls der Bildregisseur.»

«Offenbar ein Perfektionist.»

«Ganz bestimmt. Das sehen Sie auch auf dem Boden: Damit die Prozession genau dem Drehbuch folgt, hat man die Laufwege und Standorte mit Kreidestrichen auf die Platten gezeichnet. Sehr sorgfältig, damit sich jeder zurechtfindet.»

Er zeigte auf ein Kreuz, das am äußersten Rand des Weges aufgezeichnet war. «Der Kreuzträger etwa sollte genau bis zum Kreidekreuz gehen und dann stehen bleiben. Denn hier war die dritte Station – *Jesus fällt zum ersten Mal unter dem Kreuz*. Der Kreis gleich daneben ...»

«... war mein Platz», sagte Petrus. «Der Reliquienträger sollte sich immer auf das Kreissymbol stellen.»

«Wusste der Erzbischof davon?», fragte Giulia. «Er ist ja recht überraschend zum Kreuzträger befördert worden.»

«Natürlich», sagte Petrus. «Als klar war, dass er vorangehen wird, haben sie ihn nochmals genau eingewiesen.»

«Wir haben es so rekonstruiert», sagte Brunelli. «Die

Gruppe ging langsam auf diese Markierungen zu. Kurz bevor der Erzbischof das Kreidekreuz erreicht hatte, fiel der Schuss. Der Erzbischof stürzte, alles geriet in Unordnung, ein Scheinwerfer ging zu Bruch.»

«Ich erinnere mich genau», sagte Petrus. «Ich habe die Reliquie an Antonio gegeben und versucht, den Erzbischof zu stützen. Als klar war, dass es ihm gutgeht, hat uns der Regisseur weitergewunken.»

«Im Fernsehen hat man das alles nicht gesehen», sagte Brunelli. «Sie haben Bilder vom Kolosseum gezeigt. Das Flammenkreuz und den Nachthimmel. Die Texte wurden von einem Sprecher verlesen. Aber die Kameras hier haben natürlich gefilmt. Man müsste die Bilder kontrollieren.»

«Es bleibt die Frage, wie Marietta Crederci gestürzt ist», sagte Petrus. «Sie hatten uns eine Überraschung angekündigt.»

«Treten Sie auf diese Steinplatte, Heiliger Vater», sagte Brunelli und deutete auf den Kreidekreis. «Auf den Platz des Reliquienträgers.»

Petrus ging zögernd einen Schritt nach vorne. Der Quader lag direkt am Abgrund. Unten konnte er das struppige Gebüsch erkennen, in dem seine Leibfotografin aufgeschlagen war.

«Vielen Dank», sagte Brunelli. «Und nun treten Sie bitte wieder nach hinten.»

Der Commissario legte sich auf den Boden, robbte bis zum äußersten Ende der Platte und griff über die Kante nach unten. Dann kroch er mit äußerster Vorsicht zurück, richtete sich auf und klopfte sich den Schmutz von seinem Anzug.

«Jetzt sollten Sie nicht mehr auf die Platte treten», sagte er. «Sonst geht es Ihnen wie Marietta Crederci.»

Brunelli streckte seinen Fuß aus und tippte behutsam gegen die Steinplatte, die sich langsam nach unten neigte.

«Marietta Crederci hat Fotos gemacht», sagte Brunelli. «Während der ganzen Prozession. Als die Unruhe entstand, nach dem Sturz des Erzbischofs, ist sie ein Stück zurückgetreten – um alles im Bild zu haben, um nicht im Weg zu sein, warum auch immer. Und plötzlich stand sie auf der Platte.»

«Aber die Platte war manipuliert», sagte Petrus leise. «Sie kippte, Marietta Crederci verlor das Gleichgewicht und stürzte in den Abgrund.»

«Die Platte war unterhöhlt worden und bewegte sich zehn, fünfzehn Zentimeter nach unten, sobald jemand auf sie trat», sagte Brunelli. «Vermutlich war der Kippmechanismus zunächst blockiert – sonst hätte ihn jemand bemerken können. Der Täter hat ihn dann gelöst. Einige Zeit vor Beginn der Prozession.»

Zehn, fünfzehn Zentimeter. Francesco dachte an die Gestalt im hellen Mantel. Im Fackelschein hatte er für einen Moment ihren Körper gesehen, seltsam verkrümmt.

Ein Handyklingeln riss ihn aus seinen Gedanken.

«Wir sind schon unterwegs, Vittorio», sagte Giulia gereizt. «Geben Sie uns zehn Minuten.»

Sie steckte ihr Telefonino zurück in ihre Handtasche und wandte sich an den Papst. «Avanti, meine Herren! Das war unser päpstlicher Zeremonienmeister. Er wartet seit zehn Minuten in der Sakristei und möchte den Ablauf der Messe mit Ihnen besprechen.»

Petrus starrte nachdenklich auf die Platte. «Du hast gelogen, Giulia.»

«Wir werden zwanzig Minuten brauchen, ich weiß», sagte die Contessa. «Aber der Zeremonienmeister war am Rande des Nervenzusammenbruchs.»

«Wir werden eine knappe Stunde brauchen», sagte Petrus, «denn zunächst möchte ich mir die Stelle ansehen, von der aus auf den Erzbischof von Canterbury geschossen wurde.»

«Aber Vittorio ...»

«... der päpstliche Zeremonienmeister hat schlechte Nerven. Er soll einen Schluck Messwein trinken und die Kerzenleuchter putzen. Wo müssen wir hin, Commissario?»

Brunelli deutete auf die riesige, steinerne Wand auf der anderen Seite. «Dort hinauf. Der Schuss wurde von der obersten Mauerkrone abgefeuert.»

VII

Er rannte durch die Bogengänge, aber es war zu weit.

Schwer atmend lehnte sich der Earl an eine Mauer und beobachtete, wie die Gruppe um den Papst loszog. Die Pressesprecherin hielt mit der rechten Hand ihr Handy ans Ohr, mit der linken gestikulierte sie. Petrus ging entschlossen voran, gefolgt von einem Mann, den der Earl nicht kannte. Ganz hinten lief, den Kopf gesenkt, ein Mönch – vermutlich Francesco, der Privatsekretär.

Was wussten sie? Hatten sie Spuren gefunden?

Er hatte in ihre Nähe kommen wollen, um die Gespräche zu belauschen. Ihnen auf die oberen Ränge zu folgen, war zu riskant – es gab dort kaum Verstecke.

Der Earl zog seinen kleinen Feldstecher aus der Barbour-Jacke, kauerte sich hin und glitt die Mauern entlang, bis er den Papst erfasst hatte.

VIII

Sie stiegen die ausgetretenen Steinstufen zu den Rängen empor, die so steil waren, dass Giulia spontan ihre Pumps auszog und fluchend auf ihren feinen Netzstrümpfen weiterlief. Dann folgten sie einem Wandelgang bis zu einer großen Gittertür.

«Solche Absperrungen gibt es häufig im Kolosseum», erläuterte Brunelli. «Mit ihnen kann man bestimmte Teile des Gebäudes abtrennen und so die Zuschauerströme lenken. Sie waren gestern alle geöffnet – zumindest behauptet das die Feuerwehr. Sie hat alle Fluchtwege kontrolliert, ungefähr eine Stunde vor Beginn der Prozession. Und streng darauf geachtet, dass keine Türen und Tore verschlossen sind.»

«Aber diese Gittertür ist verschlossen», sagte Petrus und deutete auf eine Eisenkette, die um die Stäbe geschlungen war.

«Richtig», sagte Brunelli. «Und ich vermute, dass sie auch gestern verschlossen war. Jedenfalls zu dem Zeitpunkt, als der Schütze hier unterwegs war. Denn dieser

Weg hier» – Brunelli wies auf den Gang jenseits der Gittertür – «führt zu einer Stelle, von der aus der Schütze ein perfektes Schussfeld gehabt hätte. Er wäre völlig unbeobachtet gewesen und hätte seine Waffe sicher auflegen können. Aber offenbar war dieser Ort nicht zu erreichen für den Täter. Und darum musste er weiter nach oben.» Brunelli zeigte die Mauer hinauf. «Am Stein gibt es zahlreiche Spuren. Heute Morgen haben wir hier ein kleines Gerüst aufgebaut und alles dokumentiert. Ich kann Ihnen die Fotos zeigen, wenn Sie möchten. An mehreren Steinen finden sich Schleifspuren, manchmal sind kleine Steine abgesplittert. Ganz offensichtlich ist jemand dort hinaufgeklettert.»

«Das gelingt wohl nur einem versierten Bergsteiger», sagte Petrus und betrachtete misstrauisch die Wand. «Oder einem professionellen Einbrecher.»

«Nicht unbedingt», antwortete Brunelli. «Es genügt, dass man beweglich und entschlossen ist. Die Ritzen zwischen den Blöcken sind tief, die Füße finden leicht Halt. Und es sind nur wenige Meter bis ganz oben.»

«Wir werden es testen», sagte Petrus. «Francesco?»

Der päpstliche Privatsekretär schirmte die Augen gegen die Sonne ab und blickte nach oben. «Heiliger Vater?»

«Es genügt, dass man beweglich und entschlossen ist, sagte der Commissario.»

«Ich verstehe.» Francesco schlüpfte aus seinem Mönchsgewand, faltete es sorgfältig zusammen und legte es auf einen Mauervorsprung.

Giulia hatte sich schon immer gefragt, was er unter seinem Habit trug. Nun wusste sie es: eine schwarze

Jeans und ein schwarzes T-Shirt. Gelenkig zog er sich an den Steinen empor, suchte nach sicherem Stand und nahm die nächste Reihe Steinblöcke in Angriff.

«Hör auf, ihm auf den Hintern zu starren», sagte Petrus und blickte, als Francesco den kleinen Vorsprung erreicht hatte, auf seine Uhr. «Zwei Minuten, zweiunddreißig Sekunden. Und ganz offensichtlich kein Kunststück. Wie der Commissario sagte: Jeder, der halbwegs fit ist, kommt dort hinauf.»

«Falls ihm nicht ein umfänglicher Bauch im Weg ist», sagte Giulia spitz.

Petrus ließ sich nicht aus der Ruhe bringen. «Wir halten also fest: Ein beweglicher, bauchloser Mensch – Mann oder Frau – ist in sehr kurzer Zeit diese Wand hinaufgeklettert. Gibt es dort oben noch weitere Hinweise, Commissario?»

«Nein. Der Schütze hatte sicherlich nicht viel Zeit, weil er gut zu sehen war. Wir werten in nächster Zeit alle Fernsehbilder und Fotografien aus, die an dem Abend gemacht worden sind. Natürlich gibt es viel mehr Material, als in den Medien zu sehen war.»

Francesco sprang aus etwa zwei Metern von der Wand, federte den Aufprall ab und klopfte sich den Staub von seiner Hose. Dann entfaltete er den Habit und zog sich wieder an.

«Wann trainierst du eigentlich?», fragte Giulia.

«Trainieren?»

«Ich weiß, wie ein trainierter Männerkörper aussieht», sagte Giulia. «Solche Oberarme bekommt man nicht, wenn man den ganzen Tag Akten abstaubt.»

«Ich jogge morgens in den Vatikanischen Gärten»,

sagte Francesco. «Und mache ein bisschen Klimmzüge an den Bäumen. Das habe ich schon früher ...»

«... in den umbrischen Hügeln so gemacht, wo dein Kloster stand», ergänzte Giulia.

«Genau. Woher wusstest du das?»

«Du erwähnst die umbrischen Hügel häufiger.»

In diesem Augenblick klingelte ihr Handy. Giulia nahm das Gespräch an, runzelte die Stirn und stellte auf laut: «... sitzt vermutlich in irgendeiner Trattoria und schlägt sich den Bauch voll», brüllte Vittorio aus dem Lautsprecher. «Und ich kann dann sehen, wie ich die Show über die Bühne bringe.»

Petrus nahm Giulia das Handy aus der Hand. «Nur Geduld, mein Lieber», sagte er mit sonorer Heiliger-Vater-Stimme. «Wir sind schon beim Nachtisch.»

IX

«*Ich* fahre», sagte Petrus.

«Wie bitte?» Entsetzt starrte Giulia auf ihren Fiat 500.

«Nichts darf ich mehr, seit ich Papst bin. Ich darf nicht mehr ohne Begleitung aus dem Haus. Ich darf nicht mehr in Badehose an den Strand. Ich darf nicht mehr ins Fußballstadion. Und wenn ich ohne Aufsehen in die Stadt will, muss ich mich verkleiden und eine Sonnenbrille aufsetzen.»

«Ihr alter Priestermantel steht Ihnen immer noch gut», sagte Giulia, um ihn irgendwie abzulenken, und umklammerte ihren Autoschlüssel.

«Aber ich habe einen Führerschein.» Petrus ließ sich nicht beirren. «Und ich weiß noch, wo das Gaspedal ist. Gib mir den Schlüssel.»

«Der Cinquecento gehört meiner Mutter», wandte Giulia ein. «Ihr erstes Auto. Sie hängt unheimlich an dem Wagen. Wenn sie erfährt, dass ich dem Papst einfach so den Schlüssel ausgehändigt habe ...»

«Als Gemeindepfarrer bin ich ständig durch Rom gebraust.» Petrus strich liebevoll über das Dach des Fiats. «Am Anfang in einem Cinquecento. Später hatte ich einen Lancia.»

«Aber ...»

«Wir können jetzt noch länger diskutieren – aber dann kommen wir auf jeden Fall zu spät», sagte Petrus. «Oder wir fahren einfach los. Mit mir am Steuer.»

Giulia gab auf. Francesco kletterte auf die Rückbank des winzigen Autos, die Contessa – um notfalls eingreifen zu können – auf den Beifahrersitz. Wenig später bog ihr Cinquecento mit quietschenden Reifen auf die Via del Fagutale, wechselte sofort auf die linke Spur und beschleunigte.

«Du hast das Lenkrad versetzen lassen», sagte Petrus gutgelaunt zu Giulia, die sich nervös an den Haltegriff klammerte. «Früher war mehr Platz zwischen meinem Bauch und dem Lenker.»

Er hupte einen Bus von der linken Fahrspur, wechselte auf die Via Cavour und kurz darauf scharf rechts auf die Via dei Fori Imperiali.

«Beim Autofahren konnte ich immer hervorragend nachdenken», sagte Petrus. «Es beschwingt mich. Darum möchte ich kurz auf die rätselhaften Ereignisse im Kolosseum zu sprechen kommen. Bis zum Vatikan haben wir noch etwas Zeit.»

Petrus quetschte den Cinquecento an einem Lastwagen vorbei, ignorierte das wütende Hupen hinter ihm und amüsierte sich über Francescos erschrockene Miene im Rückspiegel.

«Ein Schädel taucht auf und verschwindet», resümierte er und rückte seine Sonnenbrille zurecht. «Stattdessen besitzen wir eine billige Kopie. Eine schöne junge Frau stürzt in die Tiefe und verschwindet. Stattdessen besitzen wir gar nichts. Und ein englischer Bischof, der endlich zum wahren Glauben gefunden hat, wird angeschossen. Wie passt das alles zusammen?»

«Möchten Sie sich nicht besser auf den Verkehr ...»

«Wenn du schwache Nerven hast, schau einfach nicht hin, Giulia», sagte Petrus. «Da vorne kommt übrigens die Piazza Venezia. Ein großer, weiträumiger Platz. Ich habe nie verstanden, warum man sich an diese engen Fahrspuren halten soll, um ihn zu überqueren. Verstehst du, was ich meine?»

«Nein!», schrie Giulia, als er das Gaspedal durchdrückte.

«Jedenfalls gibt es in allen drei Fällen einen, der dumm dasteht, wenn die Öffentlichkeit davon erfährt», sagte Petrus. «Nämlich mich.»

«Und alle drei Fälle haben mit den Reliquien des Petrus zu tun – direkt oder indirekt», sagte Francesco, der den Aschenbecher fixierte und jeden Blick auf die Straße vermied. Er hatte seinen Rosenkranz herausgeholt und ließ die Perlen durch die schweißnassen Finger gleiten.

«Die Frage ist, wer an der dritten Station getroffen

werden sollte», sagte Giulia. Zu ihrem Entsetzen lenkte Petrus nur noch mit einer Hand und drehte mit der anderen am Radio. «Der Heilige Vater – der eigentlich als Kreuzträger vorgesehen war? Oder der Erzbischof von Canterbury, der ihn vertrat?»

«Dieselbe Frage kann man sich zu der manipulierten Steinplatte stellen», sagte Petrus, der nun wieder mit beiden Händen lenkte. Wie angekündigt hatte er die Weiträumigkeit der Piazza Venezia zu einem kühnen Überholmanöver genützt; Giulia sah den Palazzo Venezia auf sich zurasen, schloss die Augen und wartete auf den Aufprall. Als sie die Augen wieder öffnete, schossen sie durch die Via del Plebiscito, und Petrus drehte wieder am Autoradio.

Sie atmete tief durch. «Eigentlich sollte derjenige auf der Platte stehen, der den Petrusschädel trug. Also der Erzbischof. Aber vielleicht wusste der Täter, dass es einen Tausch gab – dann wären Sie das Opfer gewesen. Oder es ging doch um Marietta Crederci.»

«Endlich! Der Corso!» Petrus bog nach rechts ab und wies den Fahrer einer schwarzen Limousine, der auf seiner Vorfahrt bestand, durch eine herrische Geste zurecht. «Hier kommt man wenigstens voran.»

«Auch für den Reliquienraub gibt es mehrere Erklärungen», sagte Giulia, als sie über den Largo di Torre Argentino schossen. Links tauchten die Säulenstümpfe der Tempel im Seitenfenster auf, rechts die Buchhandlung Feltrinelli. Ich brauche noch ein Geschenk für Tante Eugenia, fiel ihr plötzlich ein – falls ich diese Fahrt überlebe.

«Das ist richtig», sagte Petrus. «Es könnte jemand

sein, der den Schädel verkaufen möchte. Oder für sich selbst haben will – ein religiöser Fanatiker zum Beispiel. Oder es handelt sich um jemanden, der versucht, mich lächerlich zu machen. Der dicke Papst aus Trastevere findet nach zweitausend Jahren die Reliquien des Apostels, sperrt sie in einen Tresor und will sie schließlich den Menschen zeigen. Und plötzlich – sind sie verschwunden.»

«Aber niemand hat es gemerkt», wandte Giulia ein. «Was nützt es, jemanden lächerlich zu machen, wenn niemand davon erfährt?»

«Dass jemand davon erfährt, kann jeden Tag passieren», sagte Petrus und zog seine Hand vom Autoradio zurück. Ein Opernchor dröhnte durch den Cinquecento, früher Verdi, vermutete Giulia und sah erleichtert, dass sie an Sant'Andrea della Valle vorbeifuhren. Jeder Kilometer, der sie dem Vatikan näher brachte, erhöhte die Chancen, dass der Wagen diese Fahrt überlebte.

Und damit auch das Nervenkostüm ihrer Mutter.

«Der Täter behauptet öffentlich, er habe die Reliquie», erläuterte Petrus und dirigierte das Orchester, während er mit der linken Hand abwechselnd lenkte und hupte. «Er erklärt, wie er sie bekommen hat. Und der Schädel, den er präsentiert, ist nachweislich aus dem ersten Jahrhundert nach Christus. Dann stehe ich unter Druck und muss den Gegenbeweis antreten. Natürlich werde ich das nicht tun – ein Papst lässt sich nicht von irgendwelchen Gangstern provozieren. Aber meine Glaubwürdigkeit ist erschüttert. Und vor allem die Glaubwürdigkeit der Reliquien.»

Rechts die Chiesa Nuova. Die Marmorfassade schimmerte feierlich im Abendlicht. Giulia merkte, wie ihr übel wurde; sie kurbelte das Fenster herunter, wühlte in ihrer Handtasche nach einem Kaugummi, fand aber nichts.

«Vielleicht war es ein Erpresser», schlug Francesco vor. «Rückgabe der Reliquie nur, wenn der Vatikan dieses oder jenes tut.»

Das letzte Stück des Corso. Schon jetzt, im Frühling, stand hier die Luft. Gleich würden sie ans Ufer kommen, an den Lungotevere. Gott gebe, dass die Ampel rot ist. Plötzlich Licht und Weite, die Uferbäume, die Brücke.

Und die Ampel war rot.

«Es gibt zwei potenzielle Opfer», sagte Petrus und bremste überraschend sanft. «Den Erzbischof von Canterbury und mich. Warum jemand den Erzbischof töten sollte, weiß ich nicht. Natürlich lässt sich spekulieren, dass es irgendwelche fanatischen Anhänger dieser englischen Sekte sind, zu der er bislang gehört. Aber das sind Kreise, von denen ich nichts weiß. Nur der Erzbischof selbst könnte darüber Auskunft gebeten. Ich werde mich darum mit ihm verabreden und ihn befragen.»

«Zweite Möglichkeit: Der Täter hatte es auf den Papst abgesehen», sagte Giulia und löste ihre Hände vom Haltegriff. «In diesem Fall gibt es eine sehr naheliegende Möglichkeit, wer der Täter sein könnte. Auch wenn niemand es wagt, diesen Namen zu nennen. Weil wir alle fromme Christen sind und daran glauben, dass Feinde einander verzeihen können.»

Gelb.

Gleich würde die Ampel auf Grün schalten.

Giulia fixierte die Brücke: nur wenige hundert Meter noch.

«Es kann ein Zufall sein», sagte Petrus und tippte unruhig aufs Gas. «Und daran halte ich so lange fest, bis das Gegenteil bewiesen ist.»

«Aber es ist merkwürdig», sagte Giulia, während der Wagen losschoss und die Gurte in ihren Hals schnitten. «Kardinal Oscuro wollte Sie töten und wurde in Verbannung geschickt. Danach war Ruhe in Rom. Keine Attentate, deutlich weniger Intrigen. Kaum kehrt der Kardinal aus der Verbannung zurück, geht es wieder los.»

«Schluss jetzt», sagte Petrus energisch. Giulia sah ihn von der Seite an. Sie bemerkte die tiefe Falte auf seiner Stirn und den verkniffenen Zug um seinen Mund. Die Möglichkeit, dass Oscuro hinter den Anschlägen stecken könnte, schien ihn zutiefst zu beunruhigen. Er hatte lange gezögert, bevor er dem Kardinal vergeben hatte, und er war sich – glaubte Giulia – bis heute nicht sicher, ob dieser Schritt richtig gewesen war. Die spektakuläre Versöhnung zweier Feinde, sicherlich. Aber vielleicht auch ein Feind, der vor Ort weitaus bedrohlicher war als im Exil. Ganz sicher ein Konkurrent, den viele immer noch für den besseren Papst hielten.

Und vielleicht sogar ein Mörder, der nun endlich vollenden wollte, was damals nicht möglich gewesen war.

«Es gibt eine dritte Möglichkeit», sagte Francesco. Sie hatten die Brücke überquert, die Engelsburg verschwand aus dem Seitenfenster. Die Ampel auf der anderen Seite war grün. Petrus drängelte sich – ein triumphierendes Lächeln auf seinem Gesicht – an einem Taxi vorbei und bog auf die Via della Conciliazione ab.

«Natürlich», sagte Giulia ungeduldig. «Rein theoretisch könnte es auch um Marietta Crederci gegangen sein. Vielleicht war sie kein Kollateralschaden, sondern das eigentliche Ziel. Aber wer hätte ein Motiv, sie zu töten?»

«Eifersucht», schlug Francesco vor. «Sie war sehr schön.»

Für einen kurzen Augenblick war es völlig still im Auto. Alle starrten auf den Petersdom, der groß und majestätisch vor ihnen in den Himmel ragte, bis ihn die Rückseite eines Touristenbusses verbarg. Petrus bremste ab und suchte nach einer Lücke, um ihn zu überholen, fand aber keine.

«Wenn es um Eifersucht gegangen wäre», sagte Petrus und bemühte sich um eine neutrale Tonlage ohne ein Anzeichen von Irritation, «dann hätte Marietta Crederci ja eine Beziehung haben müssen ... oder eine Affäre ...»

«Hatte sie auch», sagte Francesco.

Wieder Stille.

«Ich glaube, ich muss euch etwas erklären», sagte Francesco.

Giulia war schlecht. Die Aussicht, dass sie zu spät zur Messe kamen. Der Fahrstil des Heiligen Vaters. Und vor allem die Bekenntnisse seines Privatsekretärs. «Das glaube ich auch», sagte sie. «Und zwar jetzt gleich.»

Die Menschen drängten auf den Platz; über die großen Fernsehschirme flimmerten Bilder vom Inneren der Kirche. Davor marschierten Blaskapellen auf. Es war chaotisch und feierlich zugleich; Giulia liebte diese Stimmung vor großen Messen.

Wenn ihr nicht schlecht war.

«Mir ist aufgefallen», sagte Petrus, «dass du ihre Bilder sehr geschätzt hast ... und sie selbst auch, meine ich … natürlich sind das Fragen, die wir auch in aller Stille besprechen können, unter dem Schutz des Beichtgeheimnisses …»

Francesco merkte nichts oder wollte nichts bemerken. Er starrte auf den Aschenbecher und sagte ruhig: «Sie hatte ein Verhältnis mit Antonio Metodozzi. Ich habe zufällig ein Foto gefunden … mit einer Widmung.»

«Zufällig?», fragte Giulia.

Der Verkehr stand jetzt. Alle hupten, dazwischen die Blaskapelle. Der frühe Verdi im Autoradio endete, dafür setzte eine Puccini-Arie ein. Petrus, der Puccini nicht mochte, drehte das Radio aus.

Francesco erzählte von seinem Morgenspaziergang.

«Du bist wirklich in ihre Privaträume und hast …» Giulia schüttelte fassungslos den Kopf.

«Wie auch immer», unterbrach Petrus, «es kann mit ihrem Verschwinden zu tun haben oder auch nicht. Es gäbe übrigens auch die Möglichkeit, dass alles zusammenhängt. Der Schuss diente vielleicht nur dazu, von einer anderen Tat abzulenken. Zum Beispiel vom Raub der Reliquie, über den wir noch gar nicht gesprochen haben.»

Der Verkehr stand immer noch. Giulia riss ihr Handy aus der Handtasche und tippte eine SMS an den Zeremonienmeister: «Papst kommt. Glocken läuten. Pasta warm stellen.»

«Vor ein paar Tagen war ich beim Friseur», sagte Giulia. «Neben mir saß eine Frau, die sich gerade einen Zahn der heiligen Elisabeth gekauft hatte. Für einen sechsstelligen Betrag. Für den Petrusschädel könnte man Millionen verlangen.»

«Dieser Reliquienhandel», sagte Petrus wütend, «ist geschmacklos, dumm und ein Ärgernis vor Gott.»

«Aber er boomt», sagte Giulia. «Seit dem Staatsbankrott will jeder Reliquien haben. Das irdische Reich ist dahin – also hoffen wir auf das Jenseits. Und im Jenseits lebt es sich weit besser, wenn man im Gefolge eines Heiligen unterwegs ist. Sollen wir aussteigen und zu Fuß in den Dom gehen?»

«Zu auffällig», sagte Petrus. «Außerdem glaubt mir wieder keiner, dass ich der Papst bin. Bis wir in der Sakristei sind, hat die Messe schon angefangen. Wir nehmen den Seiteneingang. Porta Sant'Anna. Und was den Reliquienhandel betrifft: Wir müssen diese Möglichkeit im Auge behalten. Wer kennt sich aus auf dem Reliquienmarkt?»

«In der Kurie gibt es sicherlich Experten», sagte Francesco.

«Aber die können wir nicht fragen», antwortete Petrus. Jetzt kam der Verkehr in Bewegung, sie schossen an den Kolonnaden vorbei, dann an der Aurelianischen Mauer und durch die Porta Angelica hindurch.

«Ich kenne mich nicht aus», sagte Giulia. «Aber ich finde bestimmt jemanden, der Bescheid weiß. Im Zweifelsfall meine Mutter.»

«Dann kümmere dich darum. Ich möchte wissen, wer Roms wichtigster Reliquienhändler ist. Und dann möchte ich mit ihm sprechen. Vielleicht gibt es Gerüchte, dass bald ein besonders wertvolles Stück auf den Markt kommt. Wenn wirklich nur ein banales Kapitalverbrechen dahintersteckt, finden wir es heraus – und dann kann sich Commissario Brunelli darum kümmern, die

Hintermänner zu fangen. Anders sieht es aus, wenn der Reliquienraub mit den Anschlägen zusammenhängt. Wenn es der Täter auf mich abgesehen hatte – auf mein Leben oder meinen Ruf –, dann werden wir kämpfen.»

«Aber … gegen wen?»

«Ich werde mich mit dem Erzbischof von Canterbury unterhalten und mit Oscuro. Francesco wird mit Antonio Metodozzi sprechen. Danach sehen wir weiter.»

Die Porta Sant'Anna. Petrus lenkte den Wagen unter dem gusseisernen, elegant geschwungenen Torbogen hindurch, bremste und ließ die Scheibe herunter. Ein Schweizergardist trat heran.

«Ich bin der Papst», sagte Petrus.

«Natürlich», sagte der Gardist ironisch. «Und jetzt steigen Sie bitte aus und zeigen Sie mir Ihre Papiere.»

«Genau das meinte ich», sagte Petrus zu Giulia.

Aber Giulia antwortete nicht. Sie schenkte dem Gardisten ihr schönstes Contessa-Giulia-Lächeln und beobachtete, immer noch lächelnd, wie er um den Wagen herumging und sich zum Seitenfenster herunterbeugte.

«Entschuldigen Sie, Contessa. Ich wusste nicht, dass Sie es sind. Der Priester neben Ihnen hat behauptet …»

«… dass er der Papst ist. Solche Späße macht er öfter. Lassen Sie uns einfach durch, es ist alles in Ordnung.»

Giulia lächelte auch dann noch, als der Schweizergardist – er hatte sogar die Hellebarde präsentiert, als Giulia ihm beim Losfahren winkte – längst außer Sicht war.

Petrus wusste, warum sie lächelte.

Demütigung des Papstes gegen Lebensgefahr im Straßenverkehr – nun waren sie quitt. Langsam rollte der Cinquecento auf die Palastanlage zu.

«Wir haben es tatsächlich geschafft», sagte Giulia.

«Nichts haben wir geschafft», sagte Petrus grimmig, bremste und stellte den Motor ab. «Jetzt geht es erst richtig los.»

X

Giulia hatte das Einparken im Innenhof vorsichtshalber selber übernommen. Petrus war mit Francesco Richtung Petersdom verschwunden, und sie ging noch einmal um den Wagen herum, um ihn auf Schrammen und Dellen zu untersuchen. Ihr zitterten immer noch die Knie. Fahrig angelte sie in ihrer Tasche nach dem Handy und lehnte sich erschöpft gegen ihr Auto. «Mamma? Pronto?»

«Giulia! Mein Täubchen! Ich wollte dich auch eben anrufen. Wie du weißt, veranstalten wir ja am Ostermontag das Gartenfest zu Ehren von Tante Eugenia. Ich mache eben die Tischordnung und frage mich, neben wem ich dich platzieren soll.»

«Wer steht denn zur Wahl?»

Ihre Mutter kicherte. «Reich, adlig oder berühmt. Leider habe ich keinen, der alle diese Grundanforderungen erfüllt. Was wäre dir denn besonders wichtig?»

«Jemand, der schon verheiratet ist.»

«Affären kannst du später immer noch haben. Jetzt wird erst einmal anständig geheiratet, mein Täubchen.»

«Ich brauche keinen Mann. Ich brauche eine Reliquie.»

«Es gibt auch alte Knochen, die man heiraten kann … Wofür brauchst du denn eine Reliquie?»

«Reliquien sollen gerade sehr angesagt sein.»

«Seit wann interessierst *du* dich denn für modische Trends? Aber du hast ganz recht: Jeder hat zur Zeit sein Knöchelchen um den Hals hängen. Um sich einen Platz im Paradies zu sichern, wenn das Jüngste Gericht anbricht. Auch ich denke zunehmend darüber nach ...»

«Mamma, wie immer habe ich nicht allzu viel Zeit, die Auferstehungsmesse im Petersdom beginnt gleich und ...»

«Wenn du keine Zeit hast, brauchst du ja gar nicht erst anrufen ...»

«Mamma, sag mir einfach, woher man so ein Knöchelchen bekommt ...»

«Da es gerade Mode ist, natürlich fast überall in der Stadt. Du lebst in deinem Vatikanstaat wirklich hinter dem Mond. Wenn du richtig gute Qualität bekommen willst, musst du allerdings zu diesem Dings ...»

«Welchem Dings denn bitte?»

«Na ja, es gibt dort so eine Art Reliquienflohmarkt, total aufregend. Meine Freundin Graziella, du weißt schon, die gerade eben diesen *wahnsinnig* gutaussehenden Grafen geheiratet hat, war neulich dort und hat sich ein sehr schönes Stück ausgesucht ...»

«Wenn es dir wieder einfallen würde, Mamma, wäre ich dankbar!»

«Ich sehe Graziella nächste Woche bei der Kosmetikerin. Und wenn du unbedingt Wert darauf legst, kann ich ja noch mal genau nachfragen. Also, ich kann mit dir rechnen, mein Lämmchen. Tante Eugenia wird außer sich sein vor Freude. Und setz bitte ein passendes Gesicht auf. Es sind wirklich ein paar reizende Männer da, die ...»

XI

«So vertraut und doch so fern», sagte Oscuro, mehr zu sich selbst als zu seinem Hausverwalter.

Lange sah er sich in der dunklen Empfangshalle um. Die Möbel waren mit weißen Tüchern abgedeckt, ebenso die antiken Spiegel. Zu dieser Zeit begann die Auferstehungsmesse im Petersdom. Aber er war den Feierlichkeiten ferngeblieben, zu schwach fühlte er sich im Moment. Stattdessen war er ohne Ankündigung hierhergefahren und hatte mit einer gewissen Rührung festgestellt, dass sein greiser Hausverwalter trotzdem die blaue Livree mit den goldenen Knöpfen trug und auf die weißen Handschuhe nicht verzichtet hatte.

«Haben Sie irgendetwas verändert in diesen Räumen?»

«Nein, hochwürdigste Eminenz», sagte sein Hausverwalter. «Es ist alles so, wie Sie es hinterlassen haben.»

«Öffnen Sie die Fenster.»

Der Hausverwalter zog die schweren Samtvorhänge auf, entriegelte die hohen Fensterflügel und stieß die Läden auf. Draußen war es schon dunkel, doch das Licht der Straßenlaternen schimmerte von der Straße herauf. Oscuro bemerkte, dass die Marmorböden frisch gewischt waren und kein Staub auf den Teppichen lag.

«Ich habe gehofft, dass Sie bald zurückkommen», sagte der Hausverwalter eifrig. «Es gab schon länger Gerüchte über Ihre Rückkehr. Und am Karfreitag habe ich Sie am Kolosseum gesehen. Ich stand in der Menge.»

«Ich bin bereits seit einer Woche in Rom. Aber ich wohne noch im Hotel. Ich war mir nicht sicher, ob ich bleiben würde. Und ich war mir nicht sicher, ob der

Palast der Oscuro noch zu mir passt. Vieles hat sich verändert, seit ich Rom verlassen habe.»

«Und ... wie haben Sie sich entschieden, hochwürdigste Eminenz, wenn die Frage erlaubt ist?»

«Es ist angenehm hier», sagte Oscuro nachdenklich. «Ich werde vorerst hierher zurückkehren. Richten Sie die Räume her und lassen Sie meine Sachen aus dem Hotel holen.»

«Sofort, hochwürdigste Eminenz.» Der Hausverwalter öffnete den letzten der Fensterflügel und eilte davon.

Kardinal Oscuro zog das Leinentuch von dem großen Sofa in der Mitte der Halle, strich mit der Hand über den kostbaren, goldenen Seidenstoff und setzte sich.

Er dachte an die glanzvollen Feste, die er hier gefeiert hatte, an die Hauskonzerte und an die Empfänge, die immer ein wenig prächtiger ausgefallen waren als die des Papstes.

Das alles würde nun wieder beginnen.

Wenn er es wollte.

Sein Handy klingelte. Er sah auf die Nummer, zögerte, nahm das Gespräch schließlich an. «Pronto?»

«Kein Kontakt mehr nach der Tat. So war die Absprache. Aber nun ist es notwendig.»

«Weil Sie versagt haben.»

«Es gab Hindernisse. Und die Prozession verlief anders als geplant.»

«Was schlagen Sie vor?»

«Einen neuen Versuch.»

«Wann und wo?»

«Ich will, dass Sie wieder dabei sind. Gemeinsames Risiko. Gemeinsamer Triumph.»

«Ihnen geht es nicht um den Triumph, sondern um etwas anderes.»

«Wir haben beide unsere Gründe. Wenn ich gewinne, gewinnen Sie mit. Und umgekehrt. Das war unsere Geschäftsgrundlage. Bleibt es dabei?»

Oscuro schwieg. Aus den goldenen Bilderrahmen sahen ihn seine Vorfahren an, Kardinäle wie er, die alle den Traum der Familie Oscuro geträumt hatten und alle gescheitert waren. Niemals war es einem von ihnen gelungen, den Papstthron zu besteigen, immer waren sie das Geschlecht in der zweiten Reihe geblieben, reich und geachtet, aber ohne den Glanz der Ewigkeit. Im 17., 18., auch noch im 19. Jahrhundert wäre es fast gelungen, im 20. Jahrhundert schwanden die Chancen. Auf einmal kamen die Papabili aus anderen Ländern Europas, sogar von anderen Kontinenten. Die altrömischen Adelsgeschlechter, die einst unter sich ausgemacht hatten, wer die Himmelsschlüssel verwalten sollte, gingen leer aus, verkamen zu Komparsen auf der vatikanischen Bühne.

Bis auf ihn. Er war die letzte Hoffnung für das Geschlecht der Oscuro. Nach ihm würde niemand mehr kommen.

«Bleibt es dabei?»

«Es bleibt dabei», sagte Oscuro.

Auferstehung

Ostersonntag

I

Ostersonntag war ein Festtag: Tag der Auferstehung, Tag der Freude – Tag des wunderbaren Osteressens.

Petrus erinnerte sich, wie er als Kind am Ostersonntag nach der Kirche mit seinem Vater, den zwei Brüdern und zwei Schwestern von Trastevere zum Petersplatz gelaufen war. Die Füße schmerzten in den neuen Schuhen, aber die Vorfreude auf den Segen des Papstes und auf den köstlichen Lammbraten, den seine Mamma in diesem Augenblick zu Hause zubereitete, wogen alles auf. Nächtelang hatte sein Papà, der eine kleine Bäckerei besaß, Ostertauben für das Fest mit Hagelzucker bestreut, außerdem Ciambelline, kleine Kringel, süße Torten und weiche, weiße Brötchen gebacken. Nichts, aber auch gar nichts durften die Kinder vorher davon naschen, der süße Duft, der von der Backstube in ihre kleine Wohnung zog, quälte sie tagelang. Die Zeit vor Ostern war Fastenzeit, da war seine sonst so großherzige Mamma fast so streng wie heute Immaculata.

Dafür bog sich Ostersonntag der Tisch unter den

vielen Leckereien. Bei fünf Kindern mussten seine Eltern das ganze Jahr über sparsam leben, oft gab es Spaghetti Aglio Olio oder nur eine dünne Minestrone mit dem Gemüse, das auf dem Markt an der Piazza San Cosimato von den reichen Römern verschmäht worden war. Ostersonntag aber tischte seine Mutter eine Mangoldtorte mit Oliven auf, der üppige Lammbraten war von Artischocken umringt. Und zum Nachtisch gab es endlich die Colomba, die Ostertaube, und alle anderen Süßigkeiten aus der Bäckerei seines Vaters.

Wenn sie vom Petersplatz zurückkamen, war die kleine Wohnung schon überfüllt mit Tanten, Onkels, Cousins und Cousinen, im Stimmengewirr und Gedrängel suchte er sich seinen Platz an der langen Tafel, für die seine Mutter die handbestickten Leinentücher aus der Truhe geholt hatte. Andächtig verspeiste er mit Geschwistern und Cousins all die Köstlichkeiten – um sich spätestens beim Dolce mit seinen beiden jüngeren Brüdern in die Haare zu geraten. Wenn die Erwachsenen dann endlich nach drei Stunden beim Caffè angelangt waren, kam der unbestrittene Höhepunkt des Tages: Die Jungs rannten die Treppe hinunter, um auf der Piazza mit den Nachbarskindern Fußball zu spielen, bis tief in die Nacht. Die Glocken von Santa Maria in Trastevere läuteten, und einmal, da war er zehn gewesen, hatte er den entscheidenden Elfmeter für seine Mannschaft verwandelt und in diesem Moment bis tief in seine Kinderseele gefühlt, dass der Herr wirklich und wahrhaftig auferstanden war.

Jetzt war er derjenige, der die Auferstehung des Herrn verkündete, er war derjenige, der mit goldbesticktem Messgewand und Mitra oben auf dem Balkon des Petersdomes den Segen urbi et orbi, der Stadt und dem ganzen Erdkreis, erteilte. Das erschien ihm immer noch ungeheuerlich.

Auch heute hatte er wieder auf all diese Menschen hinuntergesehen, auf die Römer und die Touristen, die Musikkapellen und die tausend Tulpen, geblendet und gerührt von so viel Jubel und Freude. Er hatte an den kleinen Jungen gedacht, der damals in kurzen Hosen dort unten stand, und ehrfürchtig zum Balkon emporblickte. Der Papst, das war für ihn der liebe Gott auf Erden, der von seiner Wolke heruntergeschwebt war, um sich den Menschen zu zeigen.

Und jetzt, so viele Jahre später, musste er feststellen, dass der Papst auch nur ein Mensch war, der sich dem Leben manchmal hilflos gegenübersah.

II

«Hallo», rief er, «hallo, Dottore, sind Sie hier unten?»

Seine Stimme tönte stumpf und dumpf zu ihm zurück. Francesco war noch nicht oft hier gewesen, in den «Eingeweiden der Kirche», wie Giulia die Nekropolen unter dem Petersdom spöttisch nannte. An den bröckeligen Mauern waren einzelne Stablampen befestigt, die den Weg nach unten notdürftig beleuchteten.

Francesco spürte ein leichtes Unwohlsein in der Magengegend. Es roch nach Keller, Steinen und Staub, der Weg war uneben, und in den Ecken und Nischen war es stockfinster.

«Dottore, können Sie mich hören?» Er griff ins Leere, rutschte aus und tastete sich dann an einer roten Ziegelmauer entlang. Sie hatte kleine Tür- und Fensteröffnungen, die aussahen, als würden sie zu einem echten Haus gehören.

«Dottore ...»

«Hören Sie auf zu schreien und kommen Sie herein», hörte er plötzlich Antonio Metodozzis Stimme aus einer der Maueröffnungen dringen. Francesco erreichte ein Marmorportal zwischen zwei Säulen, durch das er in eine große, steinerne Rotunde trat. Hier hockte der Chefarchäologe des Vatikans auf dem Boden, grell ausgeleuchtet von einigen Scheinwerfern. Er trug schmutzige Jeans, ein staubbedecktes T-Shirt und auf der Nase eine schwarz umrandete Hornbrille, die Francesco noch nie an ihm gesehen hatte.

«Der Privatsekretär des Papstes begibt sich bis in diese Niederungen? Was verschafft mir die Ehre?»

Francesco setzte sich neben ihn, auf einen Haufen Ziegelsteine. Metodozzi ignorierte ihn und bearbeitete mit einem winzigen Pinsel ein kleines, farbiges Mosaik in einer Nische, oder vielmehr das, was davon übrig geblieben war.

«Ich ... Sie müssen entschuldigen, Dottore, ich war noch nicht oft hier unten und bin etwas benommen von diesem Ort. Ist es hier?»

«Ist hier was?»

«Das Grab des heiligen Petrus.»

Metodozzi blickte ihm ins Gesicht. In seinem Oberlippenbart klebten kalkige Staubpartikel, sein ganzes Gesicht wirkte wie eingemehlt. Er schob seine Hornbrille nach oben, rieb sich mit beiden Händen über die Augen. Jetzt zogen sich schwarze Streifen seine bartstoppeligen Wangen entlang.

«Keine Frage», antwortete er, «dies hier ist ein besonderer Ort. Eine geschichtsträchtige Stätte, für die archäologische Forschung unermesslich wichtig. Aber hier befindet sich auf gar keinen Fall die Grablege Petri. Das habe ich in meinen Aufsätzen der letzten Jahre hinreichend bewiesen.»

«Aber die Reliquien, der Schädel des Heiligen, den Papst Petrus gerade eben am Karfreitag der Welt zurückgegeben hat ...»

«Woher auch immer der Heilige Vater diese Knochen hat – selbst mir gegenüber wollte er sich da ja nicht so genau äußern –, ich bleibe bei meiner These. Es ist ja noch nicht einmal wissenschaftlich erwiesen, dass Petrus überhaupt in Rom war.»

«Aber die Gebeine stammen aus dem ersten Jahrhundert nach Christus und ...»

«Ja natürlich, was denken Sie denn? Dies ist eine Nekropole, ein Friedhof aus der römischen Kaiserzeit. Hier liegen haufenweise Knochen aus der Antike herum. Alle Gebäudereste, die sie hier sehen, lagen früher einmal unter freiem Himmel. Diese rot verputzte Mauer schloss den Friedhofsplatz nach Westen ab.»

Er stand auf, ging zu einer Nische, die von zwei Säulen und einem Giebel eingerahmt war; Francesco folgte ihm.

«Hier hat man zur Zeit von Papst Pius XII. ein Grab entdeckt.» Metodozzi lächelte verächtlich. «Einige Knochen gab es auch – aber keine, die man Petrus zuordnen konnte. In der Antike befand sich hier eine Kultstätte.

Ein Ort, an dem ganz offensichtlich der erste Papst *verehrt* wurde. Eine Stelle, an der Pilger vor langer Zeit ihre Zeichen in die Mauer ritzten, antike Graffiti sozusagen. Aber wollen Sie aus ein paar alten Knochen auf einem Friedhof tatsächlich schließen, dass hier ein Heiliger begraben liegt?»

Wütend klopfte er sich einige Steinsplitter von seiner Hose.

«Aber ich fange schon wieder an, mich über diese ganze Idiotie aufzuregen», fuhr er fort. «Meine Meinung dazu dürfte hinlänglich bekannt sein, ich habe schließlich nie ein Hehl daraus gemacht. Was Ihrem Chef und seiner ganzen Kurie offensichtlich nicht in den Kram gepasst hat. Er hat ja auch schon drastische Konsequenzen gezogen.»

«Wie meinen Sie das?»

«Wie ich das meine, verehrter Herr Privatsekretär?» Metodozzi stand nun so dicht vor ihm, dass Francesco die gelben Punkte sehen konnte, die in seinen Augen tanzten.

«Gefeuert haben sie mich, die feinen Herren von der Kurie. Dieses ganze Kardinalspack.» Metodozzi spuckte vor ihm aus, nur Millimeter von seiner Kutte entfernt. «Objektive Wissenschaft ist im Hort der katholischen Kirche verpönt, lieber lullt man sich ein mit Märchen und Legenden. Das bringt schließlich auch mehr Kohle. Die Welt will doch betrogen werden. Da feiert man die Auferstehung des toten Heiligen, lässt dafür den ein oder anderen Lebendigen über die Klinge springen und schert sich nicht darum, was aus ihm wird.»

«Das tut mir sehr leid», sagte Francesco. «Ich kann

mir gar nicht vorstellen, dass Petrus davon weiß. Er hat es jedenfalls nie erwähnt ...»

«Na, vielleicht hat der Heilige Vater ja auch ein paar kleine Geheimnisse vor Ihnen ... Ich jedenfalls bin draußen, zwei Jahre Forschung kann ich in die Tonne treten. Und wenn Marietta nicht wäre ...»

Er stockte plötzlich und wandte sich ab.

«Sie meinen Marietta Crederci – die Fotografin?»

«Ach, was soll's.» Metodozzi sank wieder auf dem Steinhaufen zusammen. «Ja, ich meine Marietta, Marietta Crederci ...»

Er fuhr sich wieder mit den Händen unter die Brille und ließ sie dann auf seinen Augen liegen. Große Hände mit langen, schmalen Fingern.

«Wir sind ein Paar, seit Monaten schon. Wir wollten heiraten, verstehen Sie?» Er sah Francesco direkt ins Gesicht. «Nein, natürlich, das ist ja nichts für euch asketische Mönche.»

Francesco schoss die Röte ins Gesicht, heiß und unangenehm. Er dachte an Marietta Crederci, an ihre zarte, durchscheinende Gestalt, dachte daran, wie sie neben ihm gesessen hatte an jenem Nachmittag, auf der Bank vor ihrem Haus, dachte daran, wie nah er sich ihr gefühlt hatte, ihren Gedanken, ihrem fast kindlichen Glauben. Er blickte auf seine Sandalen hinunter. Seine Zehen waren schmutzig von Staub und Erde.

Ja, er war ein Mönch. Er wusste nichts von diesen Dingen.

Er schwieg.

«Ich war dort, im Kolosseum. In den Gängen. Ich bin dort herumgelaufen, stundenlang. Systematisch habe ich einen Stein nach dem anderen umgedreht. Sie ist weg. Keine Spur von ihr.» Metodozzi hielt inne. «Sie ist abgestürzt, vor meinen Augen. Als ich hinuntersah, lag sie dort, leblos. Petrus hatte mir eben die Reliquie übergeben. Ich habe sie irgendjemandem in die Hand gedrückt und bin losgerannt, durch den Notausgang und dann hinunter. Ich kenne mich aus, im Kolosseum, in den Katakomben. Aber sie war wie vom Erdboden verschluckt.»

Francesco wollte etwas sagen, irgendetwas Tröstliches, aber fand jede mögliche Antwort banal und lächerlich.

«Seitdem kann ich nicht schlafen, seitdem kann ich nicht essen. Das Einzige, was mich aufrecht hält, ist meine Arbeit, und die habe ich auch nicht mehr lange. Verstehen Sie», er packte Francesco am Arm, «ich bin ruiniert. Marietta war mein Ein und Alles, meine Seele. Sie ist nicht tot, das spüre ich.»

Metodozzis Gesicht, das gerade eben noch aufrichtig verzweifelt ausgesehen hatte, verschloss sich wieder. «Und jetzt entschuldigen Sie mich: Da mein Vertrag demnächst ausläuft, habe ich hier noch einiges zu tun.»

Francesco drehte sich um und ging auf den Gang hinaus. Doch er war noch nicht weit gekommen, als er Metodozzis Stimme noch einmal hörte. Diesmal klang sie höhnisch. «Warum sind Sie überhaupt hierhergekommen? Sie wollten doch irgendetwas aus mir herausbringen! Hat das Kardinalspack Sie geschickt? Braucht man noch einen Kündigungsgrund?»

In eine der dunklen Nischen gelehnt, stand Francesco für einen Moment ganz still. Warum war er gekommen? Weil er Metodozzis Foto in Mariettas Gedichtband gefunden hatte? Weil Petrus ihn beauftragt hatte? Weil er immer wieder Mariettas leblosen Körper vor sich sah? Weil er wissen wollte, was «Amore, all'infinito» wirklich bedeutete? Weil er sich verantwortlich fühlte, wegen eines Nachmittags im Herbst und ein paar gemeinsamer Erinnerungen?

Er rührte sich nicht. Er hörte Metodozzi aus der Rotunde heraustreten und nach ihm Ausschau halten, doch in seiner dunklen Ecke war er nicht zu erkennen.

«Cazzo, cazzo, cazzo, maledetta, porca miseria», fluchte Metodozzi, irgendetwas klirrte, dann flogen Steinbrocken in einem dichten Hagel an Francesco vorbei.

Und Metodozzi schrie und brüllte wie ein verwundetes Tier.

Ostermontag

1

«Jetzt hab dich doch nicht so.» Giulia musste lachen. Neben ihr in ihrem kleinen Cinquecento saß Francesco mit einer Miene, als befände er sich auf dem Weg zu seinem eigenen Martyrium.

«Nur um das noch einmal festzuhalten: Ich tue das hier nur für dich», sagte er. «Und du bist dir wirklich sicher, dass mich niemand erkennt?»

«Ganz sicher», sagte Giulia mit unterdrücktem Grinsen und musterte ihn von der Seite. Francesco hatte sich seinen Dreitagebart abrasiert und die Locken mit Giulias Glättungscreme nach hinten gekämmt. Ohne die Bartstoppeln wirkte sein Gesicht wesentlich markanter, das Kinn trat leicht hervor. Zum ersten Mal fiel Giulia auf, wie dunkel seine Augen waren. Niemand würde in ihm den jungenhaften päpstlichen Privatsekretär mit zerzaustem Wuschelkopf und Franziskanerkutte vermuten. Zudem machte er im Anzug eine geradezu fabelhafte Figur, auch wenn er alle zwei Minuten an seiner Fliege herumnestelte.

«Ich fühle mich so weltlich», sagte Francesco mit gequältem Gesichtsausdruck.

«Das steht dir gut», sagte Giulia. «Und ich meine das als Kompliment.»

Francesco wurde rot. Giulia tat so, als ob sie es nicht bemerkte, und konzentrierte sich auf den Verkehr.

Die enge Straße wand sich in steilen Serpentinen in Richtung Frascati. Ein strahlender Tag für einen Ausflug ins Grüne. Leider waren sie nicht die Einzigen auf der Straße: Pasquetta, das «Österchen», wie der Ostermontag liebevoll genannt wurde, war traditionell der Tag für das Picknick im Freien. Mit Weißbrot, Pecorino und Saubohnen im Gepäck strebten die Römer wild entschlossen in die Natur, um sich dort möglichst verkehrsgünstig niederzulassen. Giulia erinnerte sich noch gut an die stundenlangen Autofahrten ihrer Kindheit, Papà angestrengt am Steuer, Mamma wild fuchtelnd mit der Straßenkarte neben ihm. Und dann die lauschigen Picknicks gleich neben der Schnellstraße …

«Vielleicht erklärst du mir kurz noch mal, wer wer ist. Und vor allem: Wer ich bin», sagte Francesco.

«Du bist einfach du selbst – wenn man mal von deiner Zeit im Kloster und deiner Berufung zum päpstlichen Privatsekretär absieht, natürlich. Also: in Umbrien geboren, katholisch erzogen – ganz wichtig! Und dann Abitur, Studium der Kirchengeschichte – ist ja schließlich nicht ganz gelogen. An der Uni haben wir uns auch kennengelernt, dann jahrelang aus den Augen verloren, jetzt in Rom wiedergetroffen – und peng!»

«Was meinst du mit ‹peng›?»

Jetzt wurde Giulia rot. Madonna Santa, musste man

ihm denn immer alles haarklein erklären? «Mit ‹peng› meine ich den berühmten Blitzeinschlag. Den ‹colpo di fulmine›, verstehst du?»

Francesco nickte unbestimmt.

«Na ja, man sieht sich, als sähe man sich zum ersten Mal, das Licht geht aus und viel zu spät wieder an. Das Herz rast. Und danach ist nichts, wie es vorher war.» Sie hielt einen Moment inne. Und dann fragte sie doch – sie musste einfach: «Warst du denn noch nie verliebt?»

Francescos Gesichtsfarbe näherte sich allmählich einem satten Granatapfelrot. «Na ja, als ich noch zu Hause wohnte, da gab es auf dem Nachbarhof ein Mädchen. Wir haben als Kinder immer zusammen gespielt, ihre Eltern hatten auch eine Olivenplantage. Und als wir größer wurden, haben wir bei der Ernte geholfen. Wir haben eines Abends gemeinsam …», er brach ab. «Das ist ja alles nicht so wichtig. Wir waren Kinder. Und auch sie ist längst weggezogen. Sie lebt, glaube ich, in Mailand. Sie hat einen Rechtsanwalt geheiratet und inzwischen drei Kinder.»

«Na ja, dann hast du ja eine ungefähre Vorstellung», sagte Giulia. Und es klang gehässiger als beabsichtigt.

Sie ärgerte sich. Warum hatte sie ihren Mund nicht halten können? Und was hatte sie eigentlich erwartet? Ein spätes Geständnis zu jenem Abend vor langer Zeit bei ihr? Als es so heiß war, dass sich auf dem Campo dei Fiori nachts um halb zwei immer noch die Menschen drängten? Und sie oben, dicht nebeneinander, auf ihrem Balkon kauerten, unzählige Gläser Wein tranken und redeten und redeten? Die Sache hatte sich ungünstig entwickelt, damals. Francesco schien in aller Unschuld Feuer gefangen zu haben. Und sie, ja sie hatte ihm einen Korb gegeben. Kurz und so heftig, dass sich ihre Beziehung lange nicht erholte. Aber schließlich war er ihr Arbeitskollege. Und ein Mönch noch dazu. Ein Techtelmechtel war da einfach nicht drin. Punktum.

Giulia verbot sich jeden weiteren Gedanken in diese Richtung. Und bemühte sich um einen neutralen Tonfall.

«Ich werde dich jedenfalls als meinen neuen Freund vorstellen, um die ständigen Verlobungspläne meiner Mutter mit irgendwelchen schwerreichen Langweilern zu durchkreuzen. Und davon sind heute bestimmt genügend da. Du sollst also einfach für einen Nachmittag lang so tun, als seiest du in mich verliebt», sagte sie.

Und, ja, sie konnte es mal wieder einmal nicht lassen: «Auch wenn es dir schwerfällt.»

«Das tut es nicht», sagte Francesco. Und weil sie sich noch nicht wieder zurück auf die Straße gewandt hatte, sah er ihr für einen Moment direkt in die Augen.

II

Die Freitreppe vor ihr teilte sich und mündete in zwei großen, harmonischen Schwüngen direkt in den Park. Giulia stand oben auf der Terrasse und sah hinunter auf das Paradies ihrer Kindertage. Die Mandelbäume blühten in zartem Rosa, eine lange Tafel war mit weiß bestickten Leinentüchern eingedeckt und mit weißem Jasmin geschmückt. Das Silberbesteck blitzte in der Sonne.

Ihre Mutter hatte an nichts gespart – das hatte sie

noch nie. Das Sommerschlösschen in Frascati war immer schon Mittelpunkt opulenter Familienfeste gewesen. Auch wenn zu Hause im römischen Palazzo der Stuck von der Decke fiel: Hier wurde noch einmal gefeiert, als ob die guten feudalen Zeiten nie zu Ende gegangen wären. Hier auf dem Land war der Adelstitel noch etwas wert, auch wenn man in der Stadt längst die geerbten Tizians ins Auktionshaus trug.

Am hinteren Ende des Gartens plätscherte zwischen lebensgroßen Putten ein Springbrunnen. Und dort in der Laube thronte ihre Großtante Eugenia in einem weißen Korbstuhl, die Locken akkurat um den Kopf gekringelt. Sie war die Erbtante der Familie, entsprechend wurde sie verwöhnt und gehätschelt. Um sie herum drängelte sich aufgeputzte Verwandtschaft der gehobenen Altersgruppe.

Giulia blieb nicht einmal genügend Zeit, die Sonnenbrille abzusetzen, da segelte ihre Mutter schon hinter einem weiß blühenden Jasminstrauch hervor, wie ein Schiff auf Eroberungsfahrt. Sie hatte sich eine Art schillernden Turban um den Kopf geschlungen, passend zu ihrem sündteuren, meergrünen Seidenkleid. An ihren Armgelenken klapperten unzählige Goldreifen.

«Schätzchen, lass dich anschauen.» Mit ausgestreckten Armen musterte Signora Santini ihre einzige Tochter, in ihrem himmelblauen, tief dekolletierten Kleid und den kunstvoll hochgesteckten Haaren.

«Gar nicht so übel – auch wenn du wirklich mal etwas Rouge auflegen könntest.»

Ihr Blick fiel auf Francesco, und sie zog eine ihrer perfekt gezupften Augenbrauen nach oben. «Wer ist das?»

«Und ich freue mich auch wirklich sehr, dich zu sehen, Mamma! Bitte, das ist Fran... Franco. Er hat, wie ich, Kirchengeschichte studiert. Vor kurzem erst haben wir uns in Rom wiedergetroffen.» Zu Francescos Entsetzen vollführte Giulia eine geschmeidige halbe Drehung und schmiegte sich in seine Arme.

Ihre Mutter erstarrte zu einem glitzernden Eisklumpen. «Vielleicht, Giulietta-Kind, könntest du deine Bekanntschaften beim nächsten Mal etwas früher annoncieren. Dein Vater und ich haben dich seit einem halben Jahr nicht gesehen und ...»

«Mamma, ich bin erst vergangenen Dienstag bei euch zum Mittagessen gewesen ...»

«Unterbrich mich nicht, Kind, jedenfalls sehr lange nicht, und da wäre es vielleicht angemessen, deiner alten Mutter einmal in einem Halbsatz von deiner neuen» – ein unterkühlter Blick streifte Francesco, der gar nicht wusste, wo er hinsehen sollte – «Bekanntschaft zu berichten. Zumal wir heute ganz besonders reizende Gäste haben.»

Sie unterbrach sich und winkte quer über den Rasen einem hochgewachsenen, sportlichen Mann im maßgeschneiderten hellen Anzug zu, der die Sonnenbrille lässig in die rotblonden Haare geschoben hatte und nun mit elastischen Schritten auf sie zukam.

«Das ist» – sie machte eine kleine, kunstvolle Pause – «George-William Mortimer, Earl of Sunderness, ein Großneffe von Tante Eugenias bester Freundin aus der Londoner Zeit, du weißt schon, Schatz. Und das ist meine Tochter, Contessa Giulia-Antonia, die unter anderem auch in Oxford studiert hat. Mit» – ein kurzer Blick streifte Francesco – «Begleitung.»

Giulia sah den Engländer irritiert an.

«Das soll jetzt keine Höflichkeitsfloskel sein», sagte sie, «aber wir sind uns doch erst kürzlich irgendwo begegnet. Auch Ihr Name kommt mir irgendwie bekannt vor …»

«Das ist kein Zufall, sondern eine wirklich wunderbare Fügung», antwortete der Earl charmant in nahezu akzentfreiem Italienisch. «Als Journalist des Tatler habe ich am Karfreitag an der Pressekonferenz im Vatikan teilgenommen, die Sie geleitet haben. Und ich habe Sie auch gestern erst im Pressebüro des Vatikans angerufen, um noch einige Details zu diesem sagenhaften Reliquienfund zu erfragen.»

«Wie kommen Sie als Journalist einer, einer …»

«Sie wollten fragen: Wie ich als Journalist eines Gesellschaftsmagazins in den Vatikan gelange? Nun, ich arbeite an einer Serie über den römischen Hochadel. Und da die Prozession im Kolosseum immer noch ein gesellschaftliches Ereignis ist, habe ich mir erlaubt, daran teilzunehmen.»

«Giulia-Kind, sei doch nicht immer so schrecklich neugierig», sagte ihre Mutter. «Sie müssen entschuldigen, lieber Earl, aber meine Tochter hat nichts als ihre Arbeit im Kopf. Dabei ist sie eigentlich so eine sanfte und liebenswerte Erscheinung, die sich auch mit Kunst auskennt und so unterhaltsam über die römische Gesellschaft zu plaudern weiß. Am besten, Sie tauschen sich ein bisschen über diese Dinge aus. Und Ihnen» – sie hakte sich bei Francesco ein – «stelle ich erst einmal Tante Eugenia vor. Am besten, Sie gesellen sich dann mit einer Tasse Kaffee zu den anderen nach unten in den Garten.»

Widerstrebend ließ sich Francesco von ihr abführen.

Aus der Ferne hörte Giulia die Stimme ihrer Mutter: «Kirchengeschichte, sagten Sie, haben Sie studiert? Und woher, sagten Sie noch einmal, stammt Ihre Familie?»

«Entschuldigen Sie, Contessa», sagte der Earl, «ich wollte Sie hier im familiären Umkreis nicht mit beruflichen Dingen belästigen.»

«Bisher haben Sie das ja auch noch nicht getan», erwiderte Giulia, ein wenig zu spitz.

«Ich wollte Ihnen nur sagen, wie eindrucksvoll ich die Präsentation der Petrusreliquien fand», sagte er. «Als Engländer und Angehöriger der anglikanischen Kirche bin ich an solches Pathos ja gar nicht gewöhnt.»

«Der Erzbischof von Canterbury hat sich aber erstaunlich schnell darin eingefunden.»

«O ja, vor allem der Kniefall an der dritten Kreuzwegsstation. Hatten Sie das einstudiert, oder war das ein spontaner Ausdruck religiöser Gefühle?»

Giulia musterte ihn unterkühlt. «Sie werden verstehen, wenn ich Interna, die den Vatikan betreffen, nicht hier auf einer familiären Gartenparty ausplaudere.»

«Selbstverständlich, ich wollte Ihnen mit meinen Fragen nicht zu nahe treten. Für mich sind all diese Rituale ja völliges Neuland. Allerdings habe ich zu meinem Erstaunen festgestellt, dass die wiedergefundenen Petrusreliquien in gewisser Weise auch meinen Artikel über die römische Gesellschaft verändern werden.»

«Inwiefern?»

«Schon alleine die Euphorie, mit der die Entdeckung des Heiligen in gewissen Kreisen gefeiert wurde. Ich habe mich ein bisschen umgehört und erfahren, dass die Nachfrage nach Reliquien generell in letzter Zeit zugenommen hat. Weil man sich von deren Erwerb im Diesseits ein besseres Jenseits verspricht. Aber in diesen Dingen kennen Sie sich als Katholikin natürlich wesentlich besser aus. Tatsache ist, dass gerade ein regelrechter, wie sagt man, ein ‹Run›, auf diese Form von käuflich erwerbbaren Fetischen eingesetzt hat. Ich habe festgestellt, dass es als schick gilt, sich das ein oder andere Stück in den eigenen Palazzo zu holen. Ihre reizende Mutter erzählte mir eben erst, dass auch sie daran denkt, sich solch eine kleine Preziose anzuschaffen.»

«Mamma?»

«Oh, ich wollte natürlich nichts verraten, vielleicht hat Ihre liebe, sehr verehrte Frau Mamma das ja auch als Überraschung geplant. Jedenfalls wird diese Form der Heiligenverehrung in gewissen Kreisen auch meinen Artikel beschäftigen. Ein wirklich glücklicher Zufall, dass der Papst ausgerechnet jetzt die Gebeine des heiligen Petrus wiedergefunden hat – man sagt, er habe sie während des Gebets in seiner Privatkapelle unter einer losen Bodenplatte gefunden?»

«Was man nicht so alles hört …»

«Allerdings wird auch darüber geredet, dass der Chefarchäologe des Vatikans die Reliquien nicht für echt hält und einen Aufsatz plant, in dem er …»

«Mein lieber Earl, sehen Sie sich doch einmal um, es ist ein herrlicher Tag vor den Toren Roms, einen idyllischeren Garten als den meiner Familie werden Sie schwerlich finden, und Sie vertun hier Ihre Zeit mit Gedanken über alte Knochen und Totenkult – zu denen ich kaum etwas Interessantes beizutragen weiß. Genießen Sie einfach Ihre Zeit – wie lange, sagten Sie, bleiben Sie noch in Rom?»

«Ich werde noch einige Wochen hier sein. Ich wohne im Hotel Hassler an der Spanischen Treppe, und Ihre Frau Mamma hat mich bereits liebenswürdigerweise auf einen Nachmittagstee eingeladen. Sie hat mir avisiert» – er beugte sich vertraulich zu Giulia herunter –, «dass auch wir noch die ein oder andere Stunde miteinander verbringen werden.»

Giulia presste die Zähne aufeinander. Natürlich. Auf der Jagd nach einem passenden Schwiegersohn war ihrer Mutter jedes Mittel recht. Und sie konnte sich dann etwas einfallen lassen, diesen Schnösel wieder loszuwerden.

«Wenn meine Arbeitszeit es zulässt, verehrter Earl. Aber nun entschuldigen Sie mich. Da unten sehe ich meinen Vater, den ich noch gar nicht begrüßt habe. Und auch mein Freund müsste irgendwo sein.»

Der Earl sah ihr hinterher, sah, wie sie in ihrem wehenden himmelblauen Kleid zwischen den Buchsbäumen hindurchlief und ihrem Vater in die Arme fiel, einem hochgewachsenen, elegant aussehenden Mann. Dass von der anderen Seite der Freitreppe gerade Francesco nach oben stieg, nahm er nicht einmal wahr.

Er drehte sich zur Terrassentür zurück, zog ein flaches, silbernes Aufnahmegerät aus seiner Hemdtasche und drückte auf «Aus».

III

Petrus liebte seine Dachterrasse. Von hier aus blickte er über die Kuppeln der Kirchen und die Dachgärten der Paläste. Im staubigen Dunst der Stadt sah er in der Ferne die Albaner Berge und hörte von unten, aus den Straßenschluchten, die quietschenden Bremsen der Motorini, wenn sie im letzten Augenblick einem Bus auswichen. Seine Vorgänger hatten ihm auf dem Dach des Apostolischen Palastes eine äußerst nüchterne Freifläche hinterlassen, eher einem Kreuzgang vergleichbar: Zwar konnte man dort kontemplativ herumwandeln und über theologische Probleme nachsinnen – Erholung jedoch war nicht vorgesehen.

Das hatte sich gründlich geändert.

Die frommen Skulpturen waren in das Depot der päpstlichen Kunstsammlung verbannt worden. Stattdessen hatte Petrus große Terrakottakübel aufstellen lassen, aus denen sich Zitronen- und Orangenbäume, Palmen und Kamelien in den Himmel Roms reckten. Ein großer Sonnenschirm, den er sich aus seinem Pfarrhaus in Trastevere mitgebracht hatte, überschattete einen Liegestuhl; daneben stand ein Tischchen, auf dem Francesco an warmen Tagen den Posteingang und die Unterschriftenmappe ablegte. Ein idealer Arbeitsplatz, fand Petrus, an dem sich alle Pflichten eines Heiligen Vaters erledigen ließen: Predigten entwerfen, Briefe unterzeichnen, fromme Schriften lesen – und ausgedehnte Nickerchen halten, um im Schlafe die Inspiration des Heiligen Geistes zu empfangen.

«Kardinal Oscuro wird es hier nicht gefallen», sagte

Petrus zu Francesco. «Wir sollten zumindest den Liegestuhl wegräumen.»

«Warum empfangen Sie ihn hier oben auf der Dachterrasse? Es wird langsam kühl ...»

«Wo sonst? Ich kann ihn nicht besuchen – das wäre gegen die protokollarischen Vorschriften. In der Öffentlichkeit möchte ich nicht mit ihm gesehen werden. Und in meine Wohnung will ich ihn nicht lassen.»

«Soll ich bei dem Gespräch dabei sein?»

«Du hast Sorge, dass mir Oscuro etwas antun könnte?»

«Er hat schon einmal versucht, Sie zu töten.»

«Das ist wahr. Aber diesmal kommt er als Büßer – so jedenfalls hat er sich angekündigt. Nein, Francesco – du musst nicht dabei sein. Ich werde mit Oscuro eine Flasche Rotwein trinken und ein Gespräch unter Männern führen. Räume bitte den Sonnenschirm weg und natürlich den Liegestuhl. Falls ich bis Mitternacht nicht im Bett liege, schickst du einen Schweizergardisten hoch. Dann bin ich entweder betrunken oder tot.»

Francesco räumte die Terrasse auf. Er wirkte etwas geistesabwesend, seit er am Abend mit Giulia von dieser Gartenparty zurückgekehrt war, gestriegelt und rasiert. Außerdem vermeinte Petrus einen leichten Geruch von After-Shave an ihm wahrzunehmen. Giulia hatte sich auffallend schnell verzogen. Und Petrus war nicht entgangen, dass Francesco ihr und ihrem himmelblauen Sündenkleid einen Moment zu lange hinterhergesehen hatte.

Jetzt fängt das schon wieder an, dachte er.

Andererseits: Die Welt war voller Versuchungen. Auch er, erinnerte er sich dunkel, musste sich das ein oder andere Mal in seiner Jugendzeit gegen weibliche Attacken zur Wehr setzen. Nicht immer mit Erfolg.

Er grinste.

Gedankenverloren zupfte er ein verblühtes Magnolienblatt vom Strauch und dachte an Kardinal Oscuro. Wie anders wäre die Kirche heute, hätten sie damals Oscuro zum Papst gewählt. Mehr Pracht und Prunk, mehr Gold und Weihrauch, mehr Macht und Herrlichkeit. Ganz sicher wäre es Oscuro gelungen, auf dem Parkett der großen Politik eine hervorragende Figur zu machen. Er hätte verhandelt und intrigiert, sich in internationale Konflikte eingemischt und Geheimdiplomatie betrieben. Er hätte die Vatikanbank gestärkt, sich an den Finanzmärkten engagiert und die ökonomische Lage der Kirche verbessert. Zweifellos hätte er kompromisslos geherrscht, eine klare Linie eingehalten und die Feinde der Kirche, im Inneren wie im Äußeren, wirkungsvoll bekämpft. In Zeiten der Verwirrung und Beliebigkeit hätte er Orientierung geboten. In Oscuros Welt gab es gut und böse, schwarz und weiß, oben und unten. Wer ihm nicht folgte, war sein Feind, und wer sein Feind war, der war auch ein Feind Gottes. In Oscuros Welt heiligte der Zweck die Mittel.

Möglicherweise, dachte Petrus und brach einen vertrockneten Palmwedel ab, wäre Oscuro der bessere Papst gewesen.

Was hatte er selbst denn zu bieten?

Freundlichkeit. Milde. Freude an den schönen Seiten des Lebens. Ein großes Herz für die Mühseligen und Beladenen. Und die feste Überzeugung, dass alles gut werden könnte. Streng genommen war ja auch nicht alles schlecht.

Genügte das?

Es half nichts, darüber nachzugrübeln. Gott der Herr hatte ihn zum Papst gemacht. Er hatte sein Kreuz zu tragen, so gut er es eben vermochte. Petrus ging zu dem kleinen Terrassentisch, auf dem Francesco Kerzen, den Wein und zwei Gläser bereitgestellt hatte. Er setzte sich und wartete.

Kurz darauf betrat Kardinal Oscuro die Terrasse.

Petrus erschrak. Die hohe dunkle Gestalt des anderen erinnerte ihn plötzlich an ihren gemeinsamen Kampf: damals, als Oscuro versucht hatte, ihn zu töten, als er sich auf ihn gestürzt hatte wie ein Besessener, wie ein wildes, unberechenbares Tier. Nur dem Eingreifen Francescos hatte er es zu verdanken, dass er noch am Leben war. Er zwang sich ruhig sitzen zu bleiben, als der Kardinal näher kam. Er ist alt geworden, dachte Petrus.

Aber vermutlich gilt das für mich auch.

IV

«Sizilianischer Rotwein», sagte Petrus und goss ein. «Aus Ihrer Heimat.»

«Ich kenne das Weingut», antwortete Oscuro. «Eine gute Wahl.»

Sie schwiegen.

Oscuro hatte noch immer eine hohe Stirn und dunkle, buschige Augenbrauen. Aber sein ehemals schwarzes Haar leuchtete nun hellweiß; die markanten Falten, die sich von seiner Nase zu den Mundwinkeln zogen, klafften noch tiefer.

«Sie sind zurückgekommen», sagte Petrus schließlich. «Weil Sie Frieden wollen. Weil Sie den Stellvertreter Jesu Christi nun endlich anerkennen. So hat man mir berichtet.»

«Und genauso verhält es sich auch.»

Petrus nahm sein Glas. Als er beim Trinken den Kopf in den Nacken legte, sah er die ersten Sterne am frühen Abendhimmel. Für einen kurzen Augenblick schloss er die Augen und versuchte herauszufinden, ob Oscuro log. Sende mir ein Zeichen Herr, betete er, öffnete die Augen und stellte das Glas ab.

Oscuro blickte ihn unverwandt an. Er sieht traurig aus, dachte Petrus und fragte sich, ob diese Trauer das erbetene Zeichen war.

Dann trank er erneut und schloss wieder die Augen. Diesmal sah er nur Kühle und Strenge, als er Oscuro wieder musterte.

Na schön, Herr, dachte Petrus: kein Zeichen. Dann muss ich es eben allein richten.

«Fast jeder», sagte er dann, «hat mir abgeraten, als Sie zurückkehren wollten: Er wird Unruhe nach Rom tragen. Er wird neue Intrigen spinnen. Er wird wieder nach der Macht greifen. Als Verbannter ist er so gut wie tot, hat man mir gesagt – und die Toten soll man ruhen lassen.»

«Aber Sie haben sich anders entschieden.»

«Ja.»

«Warum?»

«Ich kann es Ihnen erklären», sagte Petrus. «Aber vermutlich werden Sie es nicht verstehen.»

«In der Verbannung hatte ich viel Zeit zum Nachdenken», antwortete Oscuro. «Vielleicht bin ich klüger geworden und kann Ihnen folgen.»

«Manchmal sitze ich auf dieser Terrasse», begann Petrus, «und frage mich, wozu das alles gut ist: der päpstliche Palast. Der Petersdom. All die Kirchen in dieser Stadt. Wozu dieser Prunk? Ein Mensch, zum Stellvertreter Christi gesalbt: welche Überheblichkeit, welche Anmaßung!»

«Dieser Prunk», sagte Oscuro, «dient der höheren Ehre Gottes.»

«Aber ehre ich Gott, indem ich einen Haufen Steine aufschichte und von Michelangelo bemalen lasse? Ich weiß nicht, wie Gott geehrt werden will. Aber ich habe da eine Vermutung.»

«Tatsächlich?»

«Indem ich mich an seine Spielregeln halte. Die Zehn Gebote. Die Bergpredigt – und so weiter.»

«Was hat das mit meiner Rückkehr zu tun?»

«Jesus hat gesagt: Wenn dich einer auf die rechte Wange schlägt ...»

«... dann halte ihm auch die andere hin.»

«Und kurz darauf heißt es in der Heiligen Schrift: ‹Liebt eure Feinde und betet für die, die euch verfolgen.› Sehen Sie, Kardinal: Ich weiß nicht, ob Sie noch mein Feind sind. Aber selbst dann, wenn Sie mich anlügen und Ihre Reue nicht ernst gemeint ist, werde ich Ihnen verzeihen. Das gehört zu meinem Job – so wie ich ihn verstehe.»

«Ich weiß nicht, ob Sie als großer Papst in die Geschichte eingehen werden», sagte Oscuro. «Aber niemand wird abstreiten können, dass Sie Ihre Aufgabe ernst nehmen – auf Ihre Weise.»

«Ich bin mir ziemlich sicher, dass ich nicht als großer Papst in die Geschichte eingehen werde», sagte Petrus. «Aber, um ganz offen zu sein: Das ist mir egal. Irgendwann werde ich an die Himmelstür klopfen. Dann wird mich niemand danach fragen, ob ich als Papst *bella figura* gemacht und prachtvoll Hof gehalten habe. Nein: Der Erzengel wird prüfen, ob ich mich an die Spielregeln gehalten habe.»

«Ich werde Sie nie verstehen», sagte Oscuro. «Und noch weniger werde ich je verstehen, warum Gott ausgerechnet Sie zum Papst erkoren hat.»

«Sie müssen mich nicht verstehen», sagte Petrus freundlich. «Aber Sie müssen aufhören, mir nach dem Leben zu trachten.»

«Weil es gegen die Spielregeln verstößt, nicht wahr?»

«‹Du sollst nicht töten› – so heißt es in den Zehn Geboten. Aber erst am Karfreitag hat jemand dieses Gebot gebrochen.»

«Wovon sprechen Sie?»

«Der Erzbischof von Canterbury stürzte unter dem Kreuz.»

«Eine rührende Geste.»

«Er stürzte nicht aus frommer Rührung. Er stürzte, weil er von einer Kugel getroffen wurde.»

«Warum sollte jemand den Erzbischof von Canterbury töten wollen?»

«Nicht alle sind damit einverstanden, dass er sich so gut mit dem Heiligen Vater versteht. Aber es gibt noch eine andere Erklärung.»

«Der Schütze wollte nicht den Erzbischof töten, sondern Sie.»

«Ich will Ihnen verzeihen, Kardinal. Und ich meine es wirklich ehrlich damit. Aber Sie müssen verstehen, dass ich beunruhigt bin. Nur wenige Tage nachdem Sie wieder römischen Boden betreten haben, wird ein Anschlag verübt, am heiligen Karfreitag, bei der Prozession im Kolosseum. Was hätte die Welt gedacht, wäre ich gestorben?»

Petrus hielt einen Moment inne, aber Oscuro antwortete nicht.

«Gerade erst hatte ich die Reliquien des Apostels gefunden und der Welt gezeigt», fuhr Petrus fort. «Wollte Gott der Herr nicht, dass ich die Gebeine besitze? War er nicht einverstanden mit einem Papst, der nicht mehr will, als die Spielregeln einzuhalten und ein wenig Freundlichkeit in die Welt zu tragen?»

Petrus schob das Glas beiseite, beugte sich vor und ergriff die rechte Hand des Kardinals. Er sprach mit großer Ernsthaftigkeit und mit großer Ruhe.

«Sie wollen eine andere Kirche als ich», sagte er. «Eine strenge, machtvolle Kirche. Aber sind Sie auch bereit, für diese andere Kirche zu morden? Haben Sie Reue und Buße geheuchelt, um wieder nach Rom zurückzukehren? Um zu vollenden, was zunächst gescheitert war? Sehen Sie sich als Werkzeug Gottes, der einen Papst aus der Welt schaffen will, weil er zu weich ist für diese harten Zeiten? Ich möchte Ihnen vertrauen, Oscuro. Aber ich weiß nicht, ob ich es kann. Wo Sie sich aufhalten, fließt Blut. Sie wollten mich schon einmal töten, und nun hat jemand versucht, den Erzbischof von Canterbury umzubringen. Stecken Sie auch hinter diesem Anschlag?»

Oscuro zog seine Hand zurück. «Ich kann Ihnen die Entscheidung nicht abnehmen, Heiliger Vater. *Sie* müssen entscheiden, ob Sie mir vertrauen. Sollten Sie mir keinen Glauben schenken, werde ich es akzeptieren und wieder nach Sizilien gehen. Ich brauche Rom nicht, und Rom braucht mich nicht.»

«Warum sind Sie dann zurückgekehrt?»

«Um Ihnen zu sagen, dass ich mich geirrt habe.»

«Worin haben Sie sich geirrt?»

«Nicht darin, wie ich Sie einschätze. Nach wie vor halte ich es für falsch, wie Sie die Kirche führen, Heiliger Vater. Ihnen fehlt der Sinn für dieses prachtvolle Haus Gottes. Sie hören die himmlische Musik nicht, die den Petersdom durchdringt. Ihnen fehlt der Mut, um diejenigen in die Schranken zu weisen, die Gottes Herrlichkeit verhöhnen. Sie sind zu schwach und zu stumpf, um ein großer Papst zu sein. Vermutlich hätten Sie dort bleiben sollen, wo sie herkommen: aus den Hinterhöfen des Armenviertels. Nein, Heiliger Vater, ich habe mich nicht geirrt, was Ihr Pontifikat betrifft. Aber ich habe mich geirrt, als ich versuchte, Sie zu töten. Denn Gott der Herr hat Sie zum Papst erhoben. Und es steht niemandem zu, auch nicht den Kardinälen der Heiligen Römischen Kirche, diese Entscheidung in Frage zu stellen. Es war Hochmut, als ich glaubte, Gottes Werkzeug zu sein. Ich habe gesündigt. Und dafür will ich um Verzeihung bitten. Nur deshalb bin ich zurückgekehrt. Und ich werde wieder gehen, wenn es verlangt wird.»

«Ich verzeihe Ihnen, Kardinal. Und zugleich frage ich Sie: Haben Sie irgendetwas zu tun mit den Vorfällen im Kolosseum?»

«Nein, Heiliger Vater. Ich habe nicht auf den Erzbischof geschossen.»

«Und Sie wissen auch nicht, wer der Schütze ist?»

Kardinal Oscuro trank sein Glas aus. Er stand auf, verneigte sich und ging.

Dienstag

1

«Hier», sagte Giulia und kippte den Inhalt ihrer Kelly-Bag auf den Wohnzimmertisch, direkt vor Petrus und Francesco, die auf dem päpstlichen Sofa saßen. «Das ist die ganze Beute.»

Glitzernde DVDs stapelten sich auf der Tischdecke, in die Immaculata liebevoll das Martyrium der heiligen Dorothea gestickt hatte. Die Blutströme, die sich aus dem abgeschlagenen Kopf ergossen, bildeten ein reizvolles Muster, das sich wellenförmig über die ganze Stoffbahn erstreckte.

«Alle Aufnahmen, die ich vom Kreuzweg bekommen konnte», sagte Giulia. «Es war nicht ganz einfach. Ich musste erst mit dem Redakteur für Kirchenpolitik essen gehen, der mich an den Aufnahmeleiter verwies. Dann musste ich mit dem Aufnahmeleiter einen Cocktail trinken, nur um zu hören, dass er auch keinen Zugriff auf die Aufzeichnungen hat – die liegen nämlich schon im Bildarchiv. Immerhin kenne ich jetzt auch den Leiter des Bildarchivs. Man weiß nie, wozu das nützt.»

«Was wollte der Leiter des Bildarchivs von dir?», erkundigte sich Francesco.

«Von mir wollte er gar nichts. Er wünscht sich nur eine großformatige Porträtaufnahme des Heiligen Vaters – mit persönlicher Widmung für seine Enkelin zur Erstkommunion.» Giulia griff zu ihrer Tasche, nahm ein gerahmtes Foto heraus und zückte einen Filzstift. «Sie heißt Angela. Die Widmung soll lauten: ‹Für Angela. Der Herr möge dir immer Glück schenken.›»

«Wie banal», schnaubte Immaculata, die im hinteren Teil des päpstlichen Wohnzimmers Staub wischte – wie immer, wenn der Heilige Vater eine wichtige Besprechung anberaumt hatte. Liebevoll fuhr sie mit dem Staubwedel über alle Bilder, die ihren moralischen Ansprüchen genügten, und übersah geflissentlich die dicke Staubschicht, die sich über dem Foto der WM-Sieger von 2006 gebildet hatte. «Er sollte sich lieber wünschen, dass der Herr sie vor schwere Prüfungen stellt, in denen sie ihre Standhaftigkeit beweisen kann.»

Petrus unterschrieb ungerührt.

«Es sind siebzehn Stunden Filmmaterial», fuhr Giulia fort. «Mein Vorschlag wäre, dass wir die DVDs aufteilen. Jeder übernimmt fünfeinhalb Stunden. Ich habe eine Liste angelegt, in die alles eingetragen werden muss, was verdächtig aussieht. Ganz links die Nummer der DVD, in die nächste Spalte die genaue Stelle in Minuten und Sekunden und rechts, was einem ungewöhnlich erscheint. Also zum Beispiel: ‹DVD Nr. 5, 14 Minuten und 3 Sekunden, Kardinal Oscuro geht mit Jagdgewehr durchs Bild.› Wer fängt an?»

«Ich muss noch eine Predigt schreiben», sagte Petrus,

stand auf und ging zur Tür. «Dafür brauche ich Zeit und Konzentration. Ich würde euch wirklich gerne unterstützen, aber heute ist es sehr ungünstig. Morgen und die nächsten Tage auch. Außerdem habe ich keine Ahnung, wie man diese silbernen Dinger in den Fernsehapparat schiebt.»

«Man schiebt sie nicht in den Fernsehapparat, sondern in den DVD-Player», sagte Giulia, aber Petrus war schon verschwunden.

«Ich bin natürlich dabei», sagte Francesco. «Aber ich kenne mich mit diesen DVD-Playern auch nicht so richtig aus. In unserem umbrischen Kloster ...»

«... gab es natürlich keinen DVD-Player. Nur gregorianische Mönchsgesänge. Und zwar live.»

«Gregorianische Mönchsgesänge haben eine große spirituelle Tiefe», sagte Francesco indigniert.

«Ich wollte dir nicht zu nahe treten. Was hältst du davon, wenn wir einen Videoabend veranstalten? Bei mir? Ich koche uns Pasta. Mal sehen, wie lange wir durchhalten. Und wer auf dem Sofa einschläft, muss noch eine Stunde mehr übernehmen. Oder ist ein gemeinsamer Videoabend unpassend – weil du doch gerade in Trauer bist wegen Signorina Crederci?»

Giulia sah sofort, dass sie zu weit gegangen war. Francesco blickte sie mit großen, waidwunden Augen an und ging schweigend aus dem Raum.

Immaculata pustete einige Staubflusen aus den Wundmalen des Kruzifixes, das über dem Sofa hing, und drehte sich zu Giulia um. «Dreimal krähte der Hahn.»

«Bitte?» Giulia stand da, wütend über sich selbst, und drehte nervös an ihren zahlreichen Armreifen.

«So heißt es im Markusevangelium. Dreimal krähte der Hahn. Und was machte Petrus, der Jünger?»

«Er verriet Jesus.»

«So ist es», sagte Immaculata zufrieden. «Oder nehmen Sie die Geschichte, als Christus auf den Berg stieg, um mit den Jüngern zu wachen. Was geschah?»

«Sie schliefen.»

«Richtig. Und was lernen wir daraus?»

«Ich … ich weiß nicht …»

«Immer, wenn es darauf ankommt, kneifen die Jünger. Und Sie und ich, meine Liebe, wissen auch, woran das liegt.»

«Tatsächlich?»

«Weil es Männer sind», sagte Immaculata zufrieden. «Männer kneifen fast immer, wenn es darauf ankommt. Außer Jesus – aber der war Gottes Sohn. Und selbst er betete, dass der Kelch an ihm vorübergehen möge. Wie viele Stunden Filmmaterial, sagten Sie, müssen durchgesehen werden?»

«Siebzehn.»

«Ich übernehme das», sagte Immaculata und sammelte die DVDs vom Wohnzimmertisch. «Ich bin es gewöhnt, nachts im Gebet zu wachen. Geben Sie mir bitte die Liste für die Eintragungen. Morgen werde ich dem Heiligen Vater berichten.»

«Das ist sehr freundlich von Ihnen», sagte Giulia zögernd. «Aber ich weiß nicht, ob ich Ihnen das zumuten kann … Natürlich unterstütze ich Sie gerne, wenn Sie es nicht schaffen sollten … Soll ich Ihnen erklären, wie man den DVD-Player hier im Wohnzimmer bedient?»

«Ich habe einen eigenen DVD-Player in meinem Zimmer», sagte Immaculata. «Für meine Sammlung hochwertiger Spielfilme mit religiösem Inhalt. Kennen Sie die ‹Passion Christi› mit Mel Gibson?»

«Habe ich mal im Kino gesehen. Ziemlich eklig.»

«Eine Kreuzigung ist kein Betriebsausflug», sagte Immaculata. «Wir sollten unser Leben am Leidensweg des Herrn ausrichten und Prüfungen auf uns nehmen. Notfalls auch siebzehn Stunden lang.»

Sie nickte Giulia würdevoll zu und verließ, den Staubwedel in der rechten und die DVDs in der linken Hand, das päpstliche Wohnzimmer.

11

Nachdem Immaculata – unter Hinweis auf ihre neuen Pflichten – die päpstliche Verpflegung komplett eingestellt hatte, musste sich Petrus selbst etwas zu essen suchen. Er griff zum Telefon und bat den Erzbischof von Canterbury um ein diskretes Gespräch über die Vorfälle im Kolosseum. Eigentlich hatte er vor, das Treffen in einer kleinen verschwiegenen Osteria in Trastevere abzuhalten, um seinem englischen Kollegen die römische Esskultur nahezubringen. Doch der Erzbischof bestand auf einem Treffen in Babington's Tearoom an der Spanischen Treppe: «Ein kräftiges Frühstück mit Spiegelei, knusprigem Schinken, gegrillten Tomaten und Pilzen wäre doch auch etwas für Sie.»

Petrus, der die englische Küche verabscheute, äußerte sich wenig begeistert und ließ sich erst umstimmen, als der Erzbischof versprach, einen Tisch ganz hinten in der Ecke zu reservieren. Außerdem, versicherte er, gebe es auch Kaffee.

Und Törtchen.

Die Aussicht auf Törtchen hatte Petrus belebt. Und so saß er nun – wieder einmal in Priestergewand und Sonnenbrille – vor einem Teller liebevoll angerichteter Petits Fours. Die hübschen Kellnerinnen trugen türkisfarbene Röcke und Haarbänder, sie servierten türkisfarbene Tassen auf ihren silbernen Tabletts und mit Blumen, Bienen und Käfern dekorierte Törtchen. Petrus leistete dem britischen Empire stillschweigend Abbitte und stellte wieder einmal fest, dass man keine Vorurteile haben durfte.

«Kurzum», sagte Petrus, nachdem er die Hälfte der köstlichen «assorted home-made cakes and pastries» gegessen hatte, «man wollte uns töten. Nicht beide natürlich – entweder Sie oder mich.»

«Ich habe einen heftigen Druck gegen die Brust gespürt», sagte der Erzbischof, der immerhin so gut Italienisch sprach, dass Petrus beschloss, sich nicht mit seinen rudimentären Englischkenntnissen zu blamieren. «Zuerst dachte ich, es sei ein Zeichen des Himmels. Dann merkte ich, dass irgendetwas nicht stimmte. Aber ich wollte mir keine Blöße geben. Also habe ich mich aufgerappelt, das Kreuz geschnappt – und weiter ging's.»

«Heldenhaft», sagte Petrus, wohl wissend, dass genau diese Reaktion erwartet wurde.

«Trotzdem gibt es ein Problem», sagte der Erzbischof und nippte an seinem Earl Grey. «Er wird es wieder versuchen. Wer auch immer. Meine Sicherheitsleute machen mir die Hölle heiß: Ich soll nicht mehr in die Öffentlichkeit. Ich soll sofort nach England zurück. Ich soll dieses und jenes. Ihnen wird es genauso gehen, vermute ich.»

«Meine Sicherheitsleute haben sich daran gewöhnt, dass gelegentlich Attentate auf mich verübt werden», sagte Petrus. «Meiner Meinung nach hilft es nichts, sich zu verstecken. Es gibt nur einen sinnvollen Weg, um weitere Attentate zu verhindern: Man muss den Kerl finden, der sie verübt.»

Der Erzbischof klimperte mit dem Kandiszucker in seiner Tasse. «Und wie stellen Sie das an?»

«Im Laufe der Jahre habe ich einen Überblick gewonnen, wer mich aus dem Weg räumen will», sagte Petrus. «Doch ich habe nicht die geringste Ahnung, wer den Erzbischof von Canterbury töten will.»

«Ich auch nicht. Und solange ich es nicht weiß, gehe ich davon aus, dass der Attentäter Sie meinte.»

«Möglicherweise sind nicht alle über Ihre guten Beziehungen zum Vatikan erfreut», sagte Petrus, nahm einen Schluck aus seiner Kaffeetasse und beobachtete über den Rand hinweg die Reaktion des Erzbischofs.

«Das ist wahr», sagte der Erzbischof gutgelaunt. «Der eine oder andere sieht mich als Feind des Vaterlands.»

«Als Sie angekündigt haben, dass Sie nach Rom fahren würden ... zur Karfreitagsprozession ... gab es da Leute, die Ihnen besonders feindselig begegnet sind ...?»

«Im Gegenteil – die meisten wollten mitfahren», sagte der Erzbischof. «Ostern in Rom – ein Traum. Hier blüht jetzt schon alles. Und dieses Licht! Wissen Sie, Heiliger Vater: Ich mag England! Ich mag es wirklich. Ein flackernder Kamin, eine Tasse Tee, ein ordentliches Pub – das hat schon etwas. Aber der ständige Regen macht depressiv. Wir brauchen mehr Sonne, mehr Süden und mehr Sinnlichkeit in England. Darum vor allem möchte ich, dass die anglikanische Kirche etwas näher an Rom heranrückt. Wir sollten es unseren englischen Dichtern Keats und Shelley nachtun und unsere Leidenschaft für Italien wiederentdecken. Sehen Sie, ich bin überzeugt, dass sich die südländische Atmosphäre auch positiv auf unsere englische Nationalmannschaft auswirken wird. Sie wissen ja, dass unsere Elf hier in den Albaner Bergen für die EM trainiert?»

«Sie wollten mir sagen, wer sich besonders negativ über Ihre Romreise geäußert hat …»

«Nun. Einige haben die Stirn gerunzelt. Richtig wütend war aber niemand. Außer …»

«Außer?»

Der Erzbischof gluckste. «Die Königin hat sich ziemlich aufgeregt. Richtig wütend werden durfte sie natürlich nicht – als Monarchin muss man die Contenance wahren. Aber in ihren Augen stand der blanke Hass.»

«Mich kann sie auch nicht leiden», sagte Petrus. «Zumindest behauptet das der päpstliche Nuntius in London. Wegen meiner Englandreise. Die Bevölkerung hat wohl etwas zu laut gejubelt. Aber für die Mörderjagd hilft uns das nicht weiter: Kein Mensch glaubt ernsthaft, dass ausgerechnet die Königin …»

«Nun, wir haben einen sehr guten Auslandsgeheimdienst in England», sagte der Erzbischof. «Smarte Jungs, die sehr gut schießen können.»

«Na schön», sagte Petrus und vertilgte den letzten Krümel des Törtchens. «Dann halten wir eben die Augen nach smarten Engländern offen, wenn die Queen mir angeblich nach dem Leben trachtet. Vielleicht kommt Ihnen ja noch eine überzeugendere Idee. Bis dahin behalten Sie einfach Ihre Kugelschutzweste an.»

«Man fühlt sich eingezwängt in dem Ding», sagte der Erzbischof. «Und es trägt auf. Ich werde meinen Sicherheitsleuten erklären, wie entspannt der Heilige Vater die Lage sieht. Wenn die Kirche von Rom den Gefahren trotzt, darf die Kirche von England nicht feiger sein.»

Als Petrus erkannte, dass dem Erzbischof keine weiteren Auskünfte zu entlocken waren, widmete er sich der zweiten Hälfte seiner «home-made pastries», verabschiedete sich dann freundlich und ging zwischen Ferragamo und Prada die noble Via Condotti hinunter, wo Giulia mit ihrem Wagen auf ihn wartete.

Der Erzbischof blieb vor Babington's Tearoom stehen und sah ihm nach. Ein kurzer Blick auf seine Uhr – dann machte er sich langsam und bedächtig an den Aufstieg der Spanischen Treppe. Oben, im noblen Hotel Hassler erwartete ihn der Korrespondent des Tatler, ein gewisser Earl of Sunderness. Der Anruf hatte ihn heute Morgen überraschend erreicht. Er hatte keine Ahnung, was der Earl von ihm wollte, aber es war Lunchtime. Und die Küche des Hassler war ausgezeichnet.

III

Der Trainer der englischen Nationalmannschaft war ein kleiner, stämmiger Mann mit rötlicher Gesichtsfarbe und grauschwarzem Schnauzer. Jack Steel hatte nie ein Hehl daraus gemacht, wo seine Wurzeln lagen: im Boden eines vermüllten Bolzplatzes am Rande eines Arbeiterviertels, umgeben von Industrieruinen und Trostlosigkeit. Von seinem Vater hatte er den breiten Manchester-Akzent geerbt, tiefes Misstrauen gegenüber «denen da oben» und die feste Überzeugung, dass man als Spitzenfußballer keine Rolex brauchte, sondern einen guten Charakter.

Mit dieser Haltung war er zeitlebens ein Außenseiter geblieben im Profifußball, obwohl er als zäher, verbissener Innenverteidiger mit ManU alles gewonnen hatte, was man gewinnen konnte in der Fußballwelt. Der Trainer Jack Steel dagegen brachte es nie über Abstiegskandidaten hinaus. Russische Oligarchen und indische Stahlmagnaten bevorzugten weltmännische Trainer, keine Relikte aus der Working Class. Als die englische Mannschaft am Boden lag, hatte der Verband alle gefragt, die es zu etwas gebracht hatten. Und alle hatten abgesagt. Bei der englischen Nationalmannschaft, da war man sich einig, konnte man nichts gewinnen. Nur den guten Ruf verlieren. Zumal die Europameisterschaft in diesem Jahr im eigenen Land stattfand, im Heimatland des Fußballs. «Football is coming home ...» – lächerlich!

Ganz am Ende waren sie also zu ihm gekommen, zu Jack Steel, dem letzten, der nicht im Nadelstreif an der Seitenlinie stand, sondern in einem verknitterten Trainingsanzug.

Sie hatten ihm einen miesen Vertrag gegeben. Eine gigantische Prämie für den Titel, aber bescheidene monatliche Bezüge. Der Greenkeeper von Wembley bekommt mehr, lästerte die Branche. Doch Jack Steel hatte es gemacht.

Für das Vaterland.

Für die Krone.

Und deshalb, weil ein Jack Steel sich nicht zu schade ist, um sich auch einmal die Hände schmutzig zu machen.

So stand er jetzt im Trainingslager vor Rom, in den idyllischen Albaner Bergen. Die Europameisterschaft lag nur noch zwei Monate entfernt. Seine Jungs standen im Mittelkreis um ihn herum, über ihm der azurblaue Himmel. «No risk, no fun», dachte Jack Steel.

«Männer», sagte er. «Ihr wisst, wie es aussieht. Falls wir die Vorrunde überstehen – ich wollte sagen: Sobald wir die Vorrunde überstanden haben, begegnen wir irgendwann den Deutschen. Vielleicht schon im Achtelfinale, spätestens aber, falls wir ... ich meine, wenn wir ins Finale kommen. Ihr wisst, Männer, was das bedeutet.»

Einige musterten die Spitzen ihrer Fußballschuhe.

Andere schauten zu den Albaner Bergen.

Niemand sah ihn an.

«Aber ich habe eine gute Nachricht für euch, Männer», fuhr Jack fort, und seine Stimme nahm einen feierlichen Klang an. «Ich wollte euch das bisher nicht sagen. Aber jetzt ist der richtige Augenblick gekommen. Vor dem Trainingslager bekam ich einen Anruf. Ich solle mich bereithalten. Am nächsten Tag kam ein Wagen. Verdunkelte Scheiben. Ich wusste nicht genau, wo es hingehen sollte. Niemand von euch wird erraten, wohin sie mich gebracht haben.»

«In den Buckingham Palace», sagte der Ersatztorwart leise.

«Woher weißt du das?»

«Wir waren alle dort», antwortete der Ersatztorwart.

«Ich verstehe», sagte der Trainer langsam. «Ihr wart alle dort. Aber offenbar ... hat es euch nicht gefallen?»

«Sie war so ... unbarmherzig», sagte der Ersatztorwart. «So erbarmungslos. Wir müssen siegen, meinte sie. Unbedingt. Wir seien sonst – das hat sie wirklich gesagt! – keine Engländer mehr. Sie warte nun schon seit Jahrzehnten auf einen großen Titel, hat sie gesagt. Und diesmal dürfe es keine Ausreden geben.»

Jack Steel nickte.

«Ich will mir ja Mühe geben, Trainer», sagte der kräftige Mittelstürmer, der neben dem Ersatztorwart stand. «Ich häng mich voll rein, bestimmt. Es ist nur so ... falls wir auf die Deutschen treffen ... dann ... also, es könnte sein, dass wir dann ... ins Elfmeterschießen müssen. Und du weißt, Trainer, wie das in der Regel ausgeht.»

Jack Steel nickte wieder.

«Ich weiß es, Jungs», sagte er. «Und darum werden wir es üben. Heute, morgen, übermorgen. Jeden verdammten Tag hier im Trainingslager. Wir werden es üben, bis ihr das Ding im Schlaf reinmacht. Habt ihr das verstanden?»

Als die Stille zu lange dauerte, sagte der Mittelstürmer mit müder Stimme: «Wir können es ja mal versuchen, Trainer.»

IV

Giulia war ein gutes Mädchen. Kaum hatte sich der Papst in ihren Cinquecento gequetscht, reichte sie ihm ein ordentliches Stück Pizza Biancha, mit grobem Meersalz und Rosmarin bestreut.

«Von Ihrer Lieblingsbäckerei auf dem Campo dei Fiori.»

Petrus brummelte anerkennend.

«Wohin darf ich Sie jetzt noch bringen? Zurück in die Drachenhöhle?»

Ihr Handy klingelte unter den Tüten und Zeitungen zu Petrus' Füßen.

«Mist ... Könnten Sie vielleicht so freundlich sein und mal nachgucken, wo es steckt? Irgendwo da unten ist meine große rote Tasche und im rechten inneren Fach ...»

Petrus balancierte die Pizza in der einen Hand und wühlte sich durch Lippenstifte, Schlüssel und Deodosen bis zu Giulias Handy durch.

«Pronto? Mamma, du bist's ...»

«Sag bloß, mein Anruf kommt dir schon wieder ungelegen?»

«So deutlich wollte ich es jetzt nicht gerade sagen ...»

«Entschuldige, dann kann ich ja gleich wieder auflegen. *Du* wolltest diese Auskunft über den Reliquienhandel, aber wenn ich störe ...»

«Mamma, Mamma. Hallo? Bist du noch dran? Nein, nun sag's schon, bitte!»

Giulia stellte auf Lautsprecher.

«Also, meine Freundin Graziella – hab ich schon

erwähnt, dass sie diesen wunderbaren Grafen geheiratet hat?»

«Hast du!»

«Jedenfalls hat Graziella mir heute bei der Kosmetikerin erzählt – by the way: Da solltest du auch mal hin, mein Schatz, du hast doch immer so trockene Haut und ...»

«Mamma, ich warte!»

«Immer bist du in Eile. Ich wünschte wirklich, du würdest jemand Vernünftigen heiraten, dann müsstest du nicht mehr diesen Job machen ...»

«Also?»

«Wie also? Ach so, ja. Also, Graziellas neuer Traummann ist neulich mit ihr zum Reliquienbummel gegangen: ‹Damit du weißt, dass es für die Ewigkeit ist, Liebling›, hat er gesagt. Ist das nicht süß ...?»

«Und?»

«Sie sind also durch einige der einschlägigen Shops gezogen, da gibt es wirklich ein paar schnucklige Geschäfte, aber du kommst ja nie raus aus deiner Vatikan-Tristesse ... Graziellas Graf aber wollte etwas *wirklich* Exklusives. Da hat ihm einer der Verkäufer die große Reliquienhandlung im Finanzministerium empfohlen.»

«Im Finanzministerium? Du machst Witze ...»

«Entschuldige bitte, aber ich möchte nicht, dass du so mit deiner Mutter sprichst! Aus deiner Reaktion sehe ich, dass du überhaupt keine Ahnung hast, mein Täubchen. Das Finanzministerium, ‹Il Tesoro›, ist vor einiger Zeit total schick umgebaut worden. Graziella sagte mir, sie seien *umwerfend* bedient worden. Der Abteilungsleiter dort, sagt Graziella, ist ein echter Kavalier der alten Schule und ...»

«Was hat der Graf ihr denn gekauft?»

«Wie du weißt, Engelchen, spielt für ihn Geld keine Rolle. Und so durfte sich Graziella etwas ganz Erstklassiges aussuchen. Gott, wie romantisch, ich bekomme immer noch eine Gänsehaut, wenn ich daran denke …»

«Mamma, komm zum Punkt …»

«Graziella war völlig aus dem Häuschen. Stell dir vor, er hat ihr ein Brustbeinknöchelchen der heiligen Hedwig spendiert!»

«Wer, bitte, ist die heilige Hedwig?»

«Kind, du siehst mich entsetzt! Die heilige Hedwig war, wie nun wirklich jeder weiß, die Tochter eines Grafen und heiratete mit zwölf Jahren den Herzog von Schlesien. Sie lebte in glücklicher und keuscher Ehe, bekam sieben Kinder …»

«Wie kann sie keusch sein und sieben Kinder haben?»

«Sie lebte eben zwischen ihren Schwangerschaften enthaltsam. Das ist nun wirklich nicht so schwer zu verstehen. Jedenfalls war sie adelig und führte eine überaus erfüllte Ehe. Aber dieses Thema stößt bei dir ja auf taube Ohren, Giulietta-Antonia. Wenn ich daran denke, dass dein Vater und ich schon längst den Erben des Hauses Santini auf den Knien schaukeln könnten …»

«Mamma, ich danke dir sehr für deine Auskunft. Aber jetzt muss ich wirklich los.»

«Was ich dir noch sagen wollte, Bella: Ich habe den Earl of Sunderness …»

«Danke, Mamma. Ciao, ich melde mich.» Giulia legte erschöpft auf.

Neben ihr kaute Petrus nachdenklich an seiner Pizza. «Das also ist deine Mutter …»

«Ja», sagte Giulia resigniert und ließ den Wagen an. «Das ist meine Mutter.»

«Sie hat einige sehr interessante Dinge gesagt.»

«Jetzt fangen Sie auch noch an!», sagte Giulia gereizt. «Ja, ich möchte irgendwann heiraten – aber nicht jetzt und vor allem nicht den Earl of Sunderness!»

«Ich meine nicht ihre mütterliche Fürsorge – ich meine den Reliquienmarkt. Habe ich heute noch wichtige Verpflichtungen?»

«Ja.»

«Man muss Prioritäten setzen. Wir machen einen kleinen Umweg über das Finanzministerium.»

«Sie möchten Reliquien shoppen?»

«Ich werde mich dort umsehen. Inkognito, natürlich. Ein älterer römischer Gemeindepfarrer, der seiner Gemeinde eine Freude machen möchte.»

V

Der «Tesoro», die Schatzkammer, wie die Römer ihr Finanzministerium nannten, war ein ockergelber, mehrere Stockwerke hoher Palast, der so tat, als sei er zur Barockzeit erbaut worden. Tatsächlich stammte er aus dem 19. Jahrhundert und war, wie Petrus fand, viel zu protzig geraten. Weit und ausladend erstreckte er sich über einen ganzen Häuserblock entlang der Via XX Settembre und der angrenzenden Seitenstraßen. Kriegerische Statuen mit Fahnen, Waffen, Speerspitzen zierten die Dachgiebel.

Petrus hatte sich von Giulia vor dem Haupteingang absetzen lassen. Wenn hier alle Fäden des städtischen Reliquienhandels zusammenliefen, wie Giulias Mutter behauptete, musste er sofort nach dem Rechten sehen. Und zwar inkognito!

Giulia protestierte schwach, als sich Petrus wieder in seinen Mantel quetschte und mit energischen Schritten davoneilte. Sie fühlte sich mehr als unwohl bei dem Gedanken, dass das Oberhaupt aller Katholiken in absurder Verkleidung auf Verbrecherjagd ging. Doch gegen den päpstlichen Dickkopf kam sie nicht an. Seufzend fuhr sie an den Diokletiansthermen vorbei wieder gen Vatikan, wo sie auf Petrus warten sollte: Der Stellvertreter Christi wollte sich für den Heimweg ein Taxi nehmen. Wenn die Sache auffliegt, dachte Giulia, bin ich meinen Job als Pressesprecherin los. Meine Mutter hätte ihren Spaß ...

Bei näherer Betrachtung sah Petrus, dass die Schatzkammer der Römer ziemlich verwahrlost war. Die Scheiben schienen seit langem nicht geputzt worden zu sein, unter den Fenstern hingen verrostete Klimaanlagen, und im Durchgang stapelten sich Müllsäcke. «Gib mir mein Geld zurück, du Verbrecher», hatte jemand mit roter Farbe auf die Steinquader neben dem Hauptportal gesprüht.

Die Portiersloge war unbesetzt, und erst nach längerem Klingeln erschien ein blässlicher Beamter in einer abgewetzten Uniform. «Seit der Staatspleite sieht es hier nicht mehr so gepflegt aus», sagte er entschuldigend. «Die Hausmeister und Putzfrauen kommen leider gar nicht mehr. Nur die höheren Beamten sind noch jeden

Tag hier. Obwohl sie ihre Bezüge nur noch sehr unregelmäßig erhalten. Das nenne ich Loyalität! Treten Sie ein, Monsignore.»

Petrus rückte seine dunkle Sonnenbrille zurecht und ließ schnell den päpstlichen Fischerring in der Tasche verschwinden. Seine verbliebenen Haarsträhnen hatte er liebevoll über den kahlen Schädel drapiert, was sein rundliches Römergesicht immerhin so stark verfremdete, dass ihn niemand erkennen würde.

Schweigend folgte er dem Beamten, der ihn in die Eingangshalle führte. Vom einstigen Glanz der Säulen und Balkone war nicht viel geblieben. Die italienische Fahne hing in Fetzen von der Decke, die grünen Polster der Sitzgruppe hatte jemand aufgeschlitzt, und im Fußboden fehlten einige Marmorplatten. In der Mitte der Halle stand eine Tafel, an der große handbeschriebene Schilder hingen: «Verkaufsausstellung antike Kunst – 1. Stock links. Verkaufsausstellung Renaissance und Barock – 1. Stock rechts. Verkaufsausstellung Möbel und Porzellan – 2. Stock.»

«Erstaunlich», sagte Petrus. «Die Aufgaben eines Finanzministeriums hatte ich mir anders vorgestellt.»

«Das Finanzministerium ist zuständig für den Reichtum Italiens. Von den Steuereinnahmen bis zu den Sachwerten. Und zu den Sachwerten gehören auch die Kulturschätze – vom Kolosseum bis zu den Uffizien. Eigentlich ist es unsere Aufgabe, diese Objekte zu schützen und zu pflegen. Aber seit der Staatspleite hat sich die Situation etwas verändert.»

«Wollen Sie damit sagen, dass Sie all diese Dinge – verkaufen?»

«Wir sorgen dafür, dass Italiens Kunst nicht in leeren Museen verstaubt, sondern wahre Liebhaber findet.»

«Aber die Museen sind nicht leer! Die Besucher kommen in Massen. Waren Sie schon einmal in den Vatikanischen Museen, Signore? Die Warteschlange ist länger als die Aurelianische Mauer.»

«Die Vatikanischen Museen gehören dem Vatikan. Und der ist nicht pleite – das ist mir sehr bewusst. Ich rede von den Staatlichen Museen.»

«Die leiden auch nicht unter Besuchermangel.»

«Aber sie sind geschlossen. Jedenfalls viele, und wöchentlich werden es mehr. Weil die Aufseher kein Geld mehr bekommen.»

«Und darum haben Sie die Museen leer geräumt? Und einen Flohmarkt eröffnet? Im Finanzministerium?»

«Warum sollten all diese schönen Dinge in leeren Sälen verstauben? Und warum sollten sich Beamte ohne Bezahlung um all die Bilder und Skulpturen kümmern? Der Kulturstaat Italien ist am Ende. Es gibt ihn nicht mehr. Also lösen wir seine Restbestände auf. Das beschäftigt uns für eine gewisse Zeit und garantiert dem Staat erhebliche Einnahmen. Botticellis ‹Geburt der Venus› können Sie hier allerdings nicht kaufen. Wir haben uns auf kleinere, unbedeutendere Objekte spezialisiert. Vor allem aus den Depots.»

«Und die Polizei schreitet nicht ein?»

«Dort fließen die Bezüge auch nicht mehr so regelmäßig.»

«Ich verstehe. Man schaut weg – und bekommt gelegentlich ein Kaffeeservice.»

«So ist es!» Der Beamte deutete strahlend auf ein weiteres Schild. Es war größer als die anderen, die Farbe glänzte noch ganz frisch.

«Reliquien – 4. bis 6. Stock», las Petrus.

«Deswegen sind Sie doch hier, oder? Unser neuer Schwerpunkt! Es ist unglaublich, was die Petrusreliquien ausgelöst haben.» Das blasse Gesicht des Beamten nahm Farbe an. «Im staatlichen Besitz gibt es, Gott sei Dank, genügend historische Grabanlagen und Katakomben. Da kommt einiges an Knochen zusammen. Und wir bekommen immer wieder schöne Objekte aus Privatbesitz, die wir gegen eine Provision gerne anbieten. Möchten Sie kaufen oder verkaufen, Monsignore?»

«Wie meinen Sie?»

«Nun: Brauchen Sie neue Reliquien – um Ihre Kirche etwas aufzufrischen? Oder haben Sie zu viel davon und möchten einige unters Volk bringen?»

«Ich möchte kaufen. Aber nicht für mich. Und ich möchte mit Signor Fallimento sprechen, Ihrem Abteilungsleiter. Soweit ich weiß, ist er der Herr dieses eigenartigen ... Kaufhauses.»

«Er ist im Augenblick noch in Verkaufsverhandlungen. Wenn Sie gestatten, zeige ich Ihnen einstweilen unser Angebot. Wir öffnen zwar erst wieder um 17 Uhr, aber die Kollegen sind bestimmt schon da. Wir müssen allerdings zu Fuß gehen, die Fahrstühle sind außer Betrieb.»

Im dritten Stock ging der Beamte auf eine Glastür zu, auf der «Steuerabteilung» stand. Selbstzufrieden deutete er den Gang hinunter. «Ein Behördenflur sieht anders aus, nicht wahr?»

Petrus bemühte sich um einen ungerührten Gesichtsausdruck.

Es war unglaublich.

Kein abgetretenes Linoleum auf dem Boden und keine abblätternde Ölfarbe an den Wänden. Keine flackernden Leuchtstoffröhren, keine vergilbten Aushänge. Und keine Holzbänke für frustrierte Bürger, die darauf hofften, dass sich die Tür gegenüber endlich einmal öffnen und ein schlechtgelaunter Beamter ihren Namen rufen würde.

Stattdessen: ein langer, mit edlen Teppichen ausgelegter Gang, geschmückt mit Heiligenbildern in schweren Goldrahmen. Entlang der Wände standen Tische, die mit kostbaren Damasttischdecken belegt waren. Weiche Streicherklänge erschallten aus unsichtbaren Lautsprechern.

Pergolesi, erkannte Petrus. Das Stabat Mater.

«Der Reliquienkauf ist ein spiritueller Akt», erläuterte der blässliche Beamte. «Keine gewöhnliche Shopping-Tour, sondern ein Einkaufserlebnis besonderer Art. Ähnlich wie der Autokauf. Man bereitet sich darauf vor, wochenlang. Man liest sich ein, diskutiert mit Experten und mit der Familie. Und irgendwann entscheidet man sich. Dieser besondere Anlass bedarf eines besonderen Rahmens. Darum haben wir unsere Verkaufsräume mit größter Sorgfalt eingerichtet. Wir haben einige besonders exquisite Gemälde ausgesucht und bemühen uns um eine sakrale Aura.»

«Knochen», sagte Petrus und blickte den Gang hinunter. «Fünfzig Meter Knochen.»

«Hier im Gang», sagte der Beamte ungerührt, «sind sozusagen die Wühltische. Hier gibt es alles für den kleinen Geldbeutel. Keine Premium-Heiligen natürlich, sondern anonymes Material aus Massengräbern. Aber immerhin! Für den exklusiven Geschmack haben wir die Flagship-Stores in den Büros. Kommen Sie mit, ich zeige Ihnen unser Sortiment! Kennen Sie sich ein wenig aus mit Reliquien?»

«Das gehört zu meinem Beruf, Signore.»

«Natürlich. Dann wissen Sie auch, was sich unsere Kunden von Reliquien erhoffen?»

«Den Direkteinzug ins Paradies», brummte Petrus. «Im Schlepptau eines Heiligen, der garantiert durchkommt beim Türhüter.»

«Unsere Kunden denken schon einen Schritt weiter. Oder, besser gesagt, wir sorgen dafür, dass unsere Kunden einen Schritt weiter denken. Sehen Sie, Monsignore, wenn irgendeine beliebige Reliquie genügte, um ins Paradies zu gelangen, wäre der Weg in den Himmel ja ganz einfach. Denn Reliquien – Sie sehen es ja – gibt es in Mengen.»

«Und mit Dingen, die es in Mengen gibt, lässt sich kein Geld verdienen.»

Der Beamte hüstelte. «Ich möchte es so ausdrücken: Wir haben unseren Kunden verdeutlicht, dass es ... hochwertigere Reliquien gibt – und weniger hochwertige. Natürlich kostet bessere Qualität auch mehr, sogar deutlich mehr.»

«Und wann ist eine Reliquie hochwertig?»

«Eine Reliquie gibt Ihnen die Chance, ins Paradies zu gelangen. Aber glauben Sie wirklich, Monsignore, dass Sie dort einfach Ihrer Wege gehen und Ihrem Heiligen ‹Arrivederci› sagen? Sicherlich nicht. Sie gehören zu seinem Gefolge. Und zwar für alle Ewigkeit!»

«Das heißt: Sie bieten Ihren Kunden eine gewisse

Auswahl an, mit wem sie die Ewigkeit verbringen möchten?»

«Richtig. Hier, auf den Wühltischen, finden Sie überwiegend Gebeine aus Massengräbern. Märtyrer des frühen Christentums. Natürlich können Sie einen Glückstreffer landen. Aber genauso gut kann es sein, dass Sie auf eine frömmelnde Jungfrau treffen. Oder einen religiösen Fanatiker. Oder ganz einfach auf jemanden, der Ihnen zutiefst unsympathisch ist. Was dann?»

«Das heißt, teuer wird eine Reliquie immer dann, wenn Sie genaue Informationen liefern können: Persönlichkeitsprofil, Hobbys, Aussehen – und so weiter?»

«Ganz genau. Wir möchten unseren Kunden einen Heiligen bieten, der wirklich zu ihnen passt. Denken Sie nur an Kleiderkauf: Nicht jedem steht die Farbe Rot. Beim Reliquienkauf ist es genauso: Nicht jedem steht der heilige Georg. Aber das ist nur ein Aspekt, der unsere Kunden interessiert. Genauso wichtig ist natürlich die Wohnlage.»

«Ich kann Ihnen nicht folgen.»

«Was wissen Sie über den Himmel?»

«So wenig wie Sie: Es ist der Ort, an dem sich Gott aufhält.»

«Und das genügt auch schon! Alles Weitere kann man sich denken. Stellen Sie sich also den Himmel vor. Irgendwo, an einem Ort X im Himmel, befindet sich Gott. Nahe bei ihm sein Sohn. Wenn Sie sich nun entscheiden müssten, wo im Himmel Sie Ihre ewige Wohnstatt aufschlagen wollen – welche Wahl würden Sie treffen? Ganz am Rand in irgendwelchen himmlischen Trabantenstädten? Oder nicht doch lieber im Zentrum, nah vor Gottes

Angesicht? Unseren Kunden fällt diese Entscheidung nicht schwer. Sie wollen im Centro Storico wohnen. Und wie schafft man das? Indem man sich ins Gefolge eines Heiligen einreiht, der ganz sicher in Bestlage unterkommen wird. Viele sind es nicht: die Apostel, natürlich. Die Kirchenväter. Einige Spitzenmärtyrer. Und die Ordensgründer – Franziskus, Ignatius, und so weiter. Wenn Ihnen das zu teuer ist, müssen Sie in die zweite Reihe.»

«Ich bin mir gar nicht so sicher», sagte Petrus, «ob ich direkt vor Gottes Angesicht wohnen möchte.»

«Sie sind nicht der Einzige, der so denkt. Unsere Kunden haben natürlich noch andere Auswahlkriterien. Eine große Rolle spielt der Beruf. Nehmen wir einen Juristen. Sagen wir, er war Notar. Er möchte eine Reliquie kaufen. Und weil er sich nicht beraten ließ, legt er sich den Ringfinger der heiligen Barbara zu!»

«Das müsste ihm doch – um Ihre Wortwahl aufzugreifen – eine großartige Wohnlage sichern?»

«Gewiss! Aber wen finden wir im Gefolge der heiligen Barbara?» Der Beamte zog ein Büchlein aus seiner Jacketttasche. «Mein Heiligenbrevier! Ich habe es immer dabei. Wir schlagen unter ‹Barbara› nach. Und was lesen wir? Barbara ist Schutzpatronin folgender Berufe: Bergleute, Geologen, Glöckner, Glockengießer, Schmiede, Maurer, Steinmetze, Zimmerleute, Dachdecker, Elektriker, Architekten, Artilleristen, Pyrotechniker, Feuerwehrleute, Totengräber, Hutmacher.»

Der Beamte klappte das Büchlein zu.

«Der arme Notar! Da hat er eine Ewigkeit Zeit, um ein wenig zu fachsimpeln – und es ist niemand da. Kein Jurist – nur Glockengießer und Pyrotechniker. Sehen Sie,

Monsignore, darum ist gute Beratung so wichtig. Für dasselbe Geld hätte unser Notar auch eine Katharina von Siena bekommen.»

Sie waren am Ende des Gangs vor einer großen, reichverzierten Flügeltür angekommen.

«Ecco, das Büro von Signor Fallimento, Monsignore. Wie gewünscht.» Der Beamte senkte die Stimme. «Aber bedenken Sie: Signor Fallimento ist mehr als unser Abteilungsleiter. Unendlich viel mehr.»

VI

«Ich möchte nicht, dass ein falscher Eindruck entsteht», sagte Immaculata und zeigte auf den Artikel aus der Repubblica, der auf dem Wohnzimmertisch lag: «Bezaubernde Giulia – Glaube in seiner schönsten Form».

Der Earl of Sunderness nickte beflissen.

«Nur aus diesem Grund habe ich mich auf diese ... wie nennen Sie es?»

«Home-Story», sagte der Earl.

«... eingelassen. Um zu verdeutlichen, wie es tatsächlich zugeht im päpstlichen Haushalt. Denn im Vatikan kommt es nicht auf äußere Schönheit an, sondern auf Gottesfurcht und Zucht. Wir leben nicht in Saus und Braus, sondern führen ein Leben in Enthaltsamkeit und Demut.»

«Immerhin ist dieses Sofa recht bequem», wandte der Earl ein. «Und auch der Ohrensessel dort drüben scheint mir sehr behaglich zu sein.»

«Nur für Gäste», sagte Immaculata streng. «Niemals würde sich der Heilige Vater dort niederlassen. Darum möchte ich auch nicht, dass Sie dieses Wohnzimmer – ich meine: diesen Empfangsraum für Gäste – fotografieren. Beschränken Sie sich bitte auf die Kapelle, die Putzkammer und vielleicht ein Schlafzimmer. Notfalls wäre ich bereit, Ihnen einige Aufnahmen in meinem eigenen Schlafraum zu gestatten, den ich Ihnen vorhin gezeigt habe.»

«Dort sah es in der Tat sehr karg aus», sagte der Earl. «Schlafen Sie wirklich auf diesem alten Eisenbett?»

«Selbstverständlich», sagte Immaculata zufrieden. «Und der Heilige Vater ruht auf einer zerlöcherten Matratze, die er gebraucht aus einem kirchlichen Armenhaus erhalten hat. Abends sprenge ich die Bettwäsche mit Weihwasser ein – um sündhafte Träume zu bannen. Dreimal in der Nacht steht er auf und betet: um Mitternacht für die armen Heidenkinder. Um zwei Uhr für die Tugendhaftigkeit der Kardinäle – dieses Gebet dauert gewöhnlich besonders lange. Und um vier Uhr für den Orden der Bußfertigen Begonninen. Es handelt sich hierbei um einen Frauenorden, der das eigentliche spirituelle Zentrum der Kirche darstellt. Der Heilige Vater schätzt diesen Orden sehr. Um halb sechs steht er endgültig auf, feiert die Morgenmesse und begibt sich um sieben Uhr in sein Arbeitszimmer.»

«Und das Frühstück ...»

«Ein wenig Brot. Wasser. Getrocknete Feigen aus dem Heiligen Land – aber nur am Sonntag.»

«Als wir den Flur hinuntergingen», sagte der Earl, «konnte ich in ein Schlafzimmer sehen. In der Mitte stand ein großes Himmelbett. Ziemlich plüschig, viele Kissen ...»

«Auch dieser Raum wird natürlich nur von Gästen genützt», sagte Immaculata. «Der päpstliche Haushalt führt ein enthaltsames Leben. Leider sind nicht alle Gäste in der Lage, sich diesem Lebensstil anzuschließen.»

«Unsere Leser werden beeindruckt sein», sagte der Earl, fingerte unter dem Wohnzimmertisch in seiner Tasche und zog einen Fotoapparat hervor. «Darf ich nun einige Aufnahmen machen? Natürlich auch von Ihnen, Schwester?»

«Eigentlich möchte ich das nicht», zierte sich Immaculata. «Man könnte es als Eitelkeit auslegen.»

«Niemand würde Ihnen Eitelkeit unterstellen», sagte der Earl. «Es geht doch nur darum, anderen ein Vorbild im Glauben zu sein. Viele Frauen könnten sich an Ihnen aufrichten und Ihnen nacheifern.»

«Wenn Sie es so sehen ...», sagte Immaculata zufrieden. «Was halten Sie von folgendem Motiv: Die päpstliche Haushälterin betet einen Rosenkranz, während sie eine Wassersuppe kocht?»

«Großartig», sagte der Earl. «Und die Überschrift wird lauten: ‹Bußfertige Immaculata – Glaube in seiner strengsten Form›.»

«Ich gehe noch schnell ins Bad», sagte Immaculata, «und überprüfe, ob die Haube richtig sitzt. Brauchen Sie noch weitere Auskünfte?»

«Nein», sagte der Earl. «Nur noch die Fotos, dann überlasse ich Sie wieder dem Gebet. Ich habe alles erreicht, was ich mir vorgenommen hatte.»

VII

Ein roter Teppich, mit goldenen Beschlägen auf dem edlen Marmorboden befestigt, führte durch den Saal. Er endete an einem weit ausladenden Schreibtisch, hinter dem die Marmorbüsten von Giuseppe Garibaldi, Giuseppe Mazzini und Camillo Benso Conte di Cavour standen, den Helden der italienischen Staatsgründung. Über dem Schreibtisch hing ein dunkles Ölgemälde, vermutlich – dachte Petrus – ebenfalls eine Verherrlichung des Risorgimento. Links und rechts waren Stangen mit der italienischen Flagge aufgepflanzt.

Und zwischen den marmornen Heroen stand Signor Fallimento, Abteilungsleiter im Finanzministerium, und sah Petrus mit unbewegter Miene entgegen. Er wirkte genauso bleich wie der steinerne Garibaldi; sein Mund war ein langer Strich unter einer hohen Stirn, die sich zu einem leicht eiförmigen Schädel erweiterte. Aus blassblauen Augen beobachtete er Petrus.

«Sie wünschen?»

«Ich interessiere mich für Reliquien», sagte Petrus. «Aber wenn ich mir Ihr Büro ansehe, frage ich mich, ob ich bei Ihnen an der richtigen Stelle bin.»

«Wie meinen Sie das?»

«Es geht recht weltlich zu bei Ihnen: kein Kruzifix, keine Heiligen. Stattdessen Fahnen und Staatsmänner.»

«Ich bin ein Anhänger der Republik», sagte Fallimento. «Ein Freigeist. Ein Atheist. Ich respektiere die Kirche. Aber ich sehe keinen Grund, vor ihr in die Knie zu sinken.»

«Warum verkaufen Sie Reliquien, wenn Sie nicht daran glauben?», fragte Petrus.

«Ich bin kein Betrüger», sagte Fallimento. «Ich behaupte nicht, dass ein alter Knochen Wunder vollbringt. Ich sage nur: Das ist ein alter Knochen, den Sie kaufen können. Für sehr viel Geld. Vielleicht vollbringt er ein Wunder – vielleicht auch nicht. Niemand wird gezwungen, sein Erspartes in einen antiken Unterkiefer zu investieren.»

«Sie sind ein Patriot», sagte Petrus und musterte die italienischen Flaggen, die schlaff an den Stangen hingen.

«Patriotismus ist nicht selten geworden – er ist ausgestorben.» Fallimento wies auf die Porträtbüsten, die hinter seinem Schreibtisch standen. «Garibaldi. Mazzini. Cavour. Wer kennt noch diese Männer? Sie haben aus einem zerrissenen Land einen Staat geformt. Was war denn Italien, damals, im 19. Jahrhundert? Es war nicht vorhanden! Es war aufgeteilt unter Österreich, Spanien, dem Papst und vielen anderen Herren. Es war ein Name, nicht mehr. Aber in einigen Herzen brannte die Flamme der Vaterlandsliebe! Diese Männer haben die fremden Herren verjagt, das zersplitterte Land geeint und zu neuer Größe geführt. Und heute? Niemand kennt sie mehr. Niemand achtet sie mehr. Niemand eifert ihnen nach. In jedem Dorf gibt es eine Piazza Garibaldi. Aber finden Sie einen in diesem Dorf, nur einen, der mit derselben Inbrunst an Italien glaubt wie Giuseppe Garibaldi, der große General!»

«Man kann in der Tat den Eindruck bekommen, dass Italien … ein bisschen in Schwierigkeiten steckt», sagte Petrus und beobachtete fasziniert, wie das bleiche Gesicht Fallimentos Farbe annahm.

«Es steckt nicht in Schwierigkeiten. Es liegt am Boden. Ein Opfer von Egoismus und Habgier. Korruption und Unfähigkeit haben zerstört, was diese Männer aufbauten.»

«Aber immerhin», sagte Petrus freundlich, «gibt es noch Männer, die diesen Staat stützen. Männer wie Sie, Signor Fallimento. Wenngleich Sie etwas ungewöhnliche Methoden anwenden.»

«Ich erwarte nicht, dass Sie meine Methoden gutheißen. Aber ich hole Italien nur zurück, was die Kirche diesem Land geraubt hat. Viele Jahrhunderte ächzte Italien unter der Knute der Päpste. Nun verwandle ich religiösen Plunder in Geld und schenke es meinem Land.»

«Lohnt sich dieser Aufwand, Signore? Sicherlich – Sie machen gute Geschäfte. Aber es sind doch nur winzige Summen, die Sie hier erzielen?»

«Es ist mehr, als Sie denken. Allein die Uffizien haben einen Milliardenbetrag gebracht. Und die Gebeine der Apostel, soweit sie in Italien begraben liegen, ebenfalls. Genug jedenfalls, um dafür zu sorgen, dass nicht alles zerbricht. Es gibt noch loyale Beamte in diesem Staat. Polizisten, die Gesetze achten. Finanzbeamte, die nicht in die eigene Tasche wirtschaften. Politiker, die an Italien glauben. Ihnen helfe ich. Ich vernetze sie. Ich bilde Zellen, überall im Land, die eines Tages losschlagen werden. Irgendwann werden die Italiener aufstehen. Sie werden sich erinnern an eine Zeit, in der sie eine stolze Nation waren. Sie werden die Trikolore ergreifen und losziehen. Unter dem Banner von Grün, Weiß und Scharlachrot werden sie die Geschäftemacher und Verbrecher verjagen, die diesen Staat in den Bankrott getrieben haben.

Italien wird auferstehen zu neuer Macht und zu neuer Herrlichkeit und zu neuer Stärke.»

«Amen», sagte Petrus. «Ich bin übrigens ebenfalls ein großer Anhänger Italiens. Aber mit dem jetzigen Nationaltrainer gibt es keine Hoffnung. Es ist die erste Europameisterschaft seit Jahrzehnten, für die sich Italien nicht qualifiziert hat.»

Fallimento hatte ein Einstecktuch aus seinem Anzug gezogen und tupfte sich die Stirn ab. Er wirkte erschöpft und fahrig. «Was wollen Sie eigentlich?», fragte er dann.

«Dasselbe wie Sie, Signore: Geld.»

«Ich habe kein Geld. Und das wissen Sie auch.»

«Ich habe Zugriff auf einen ungeheuer wertvollen Gegenstand», sagte Petrus. «Diesen Gegenstand möchte ich verkaufen. Ich suche einen Käufer und jemanden, der den Kauf für mich abwickelt. Einen Zwischenhändler, einen Agenten. Einen Hehler, wenn Sie so wollen. Gegen Provision, natürlich. Insofern würden wir beide profitieren.»

«Um was handelt es sich?», fragte Fallimento misstrauisch.

«Um die Reliquien des heiligen Petrus.»

«Das ist lächerlich. Sie befinden sich im Vatikan und werden vermutlich besser bewacht als der Heilige Vater selbst.»

«Ich arbeite im Vatikan. Und was die Sicherheitsvorkehrungen angeht: Sie überschätzen den Heiligen Stuhl. Dort vertraut man immer noch mehr auf Gott als auf Alarmanlagen.»

«Es gibt tatsächlich einen Menschen in Rom, der sich explizit für die Reliquien des Petrus interessiert. Jemand, der am Ende seines Lebens steht und weiß, dass er nicht mehr viel Zeit hat. Und der alles tun würde, um den Schädel – oder zumindest ein Stückchen davon – in seinen Besitz zu bringen. Aber mit diesem Mann mache ich keine Geschäfte. Er ist ein Ungeheuer, ein Monster. Er hat diesen Staat zerstört und in den Bankrott getrieben. Er hat ihn schlimmer zugerichtet, als es die Kirche in der Zeit ihrer Herrschaft vermochte. Niemals werde ich etwas tun, was diesem Menschen nutzt!»

Signor Fallimento hatte Haltung angenommen hinter seinem Schreibtisch. Beeindruckt bemerkte Petrus, dass der blässliche Finanzbeamte tatsächlich von heiligem Zorn erfüllt war. Mit wütendem Pathos schmetterte er seine Anklagen hinaus, hob nun sogar den Arm und unterstrich seine Hasstirade, indem er mit dem Zeigefinger mehrfach in die Luft stach.

«Ich kann Ihnen nicht verbieten, mit diesem Dämon Geschäfte zu machen», rief Fallimento aus. «Aber niemals, unter keinen Umständen will ich etwas damit zu tun haben.»

«Es ist ganz offensichtlich, wen Sie meinen», sagte Petrus erstaunt. «Aber ich hätte niemals vermutet, dass er sich für Reliquien interessiert.»

«Weil ihn die Angst gepackt hat», giftete Fallimento. «Die Angst vor der Höllenstrafe, die ihm bevorsteht, wenn es wirklich einen Gott gibt.»

«Woran Sie ja nicht glauben, wie Sie vorhin sagten», erwiderte Petrus freundlich. «Aber ich darf Ihnen versichern: Wenn er alles getan hat, was man ihm nachsagt, steht ihm ein Platz im tiefsten Abgrund der Haupthölle zu. Wirklich schade, dass Sie nicht daran glauben: Die

Vorstellung, wie er dort unten schmort, müsste Ihnen gefallen.»

«Und trotzdem wollen Sie mit ihm Geschäfte machen.» Fallimento spie seine Worte aus. «Die Petrusreliquien als Beruhigungspille. Damit dem Verbrecher ein leichtes Ende beschert ist.»

«Und vergib uns unsere Schuld», sagte Petrus, stand auf und nickte Fallimento zu.

«Ich danke Ihnen für Ihre Auskünfte, Signore. Und gute Geschäfte noch!»

VIII

«Seht ihr die Kinder dort?», fragte Petrus und wies hinaus auf die Piazza San Cosimato. Vormittags waren hier Marktstände aufgebaut, doch jetzt, am Abend, lag der Platz still und leer.

Giulia sah hinüber. «Sie spielen Himmel und Hölle.»

«Ich habe es oft gespielt, als ich ein Kind war», sagte Petrus. «Genau hier, wo meine Mutter tagsüber den Puntarelle-Salat und die Auberginen kaufte. Manchmal fand man abends noch eine alte Kartoffel oder ein paar Äpfel. Da trafen wir uns dann und hüpften. Stundenlang.»

Giulia nickte. «Wir auch. Mit den Kindern unserer Dienstboten, im Hof des Palazzo. Das Spielfeld haben wir auf die alten Marmorfliesen gezeichnet. Mit Tafelkreide, die wir in der Schule geklaut hatten. Mein Gott, wie lange habe ich nicht mehr daran gedacht: Unten ein Kästchen, in dem ‹Erde› steht. Oben ein Kästchen, in dem

‹Himmel› steht. Und kurz vor dem Himmel ein Kästchen, das ‹Hölle› heißt. Dazwischen viele Felder mit Zahlen. Man wirft ein Steinchen in ein Feld und hüpft hinterher, falls man das Feld getroffen hat. Auf einem Bein natürlich. Und man muss achtgeben, dass man das Steinchen nicht in die Hölle wirft. Sonst ist alles vorbei.»

«Genauso geht es», sagte Petrus und wandte sich wieder zu Giulia und Francesco. Sie saßen in einer kleinen Bar in Trastevere. Immaculata hatte sich mit ihrem Stapel DVDs frühzeitig in ihr Schlafzimmer verzogen, doch Petrus konnte nach diesem Tag keine Ruhe finden. Ein Anruf – und Giulia erwartete ihn unten in ihrem Cinquecento. Sie packten den widerstrebenden Francesco ein, und los ging es, am nächtlichen Tiber entlang.

Giulia kurbelte das Fenster herunter, und der Schwall Abgase, der ins Auto wehte, vermischte sich mit dem Geruch des Flusses. Frühling in Rom, dachte Giulia.

In Trastevere angekommen, erzählte Petrus bei einem «Schlummertrunk», wie er es nannte, von Signor Fallimentos unheiligen Geschäften, von dem florierenden Reliquienhandel, den Fluren des «Tesoro», den Wühltischen und dem Ausverkauf des Abendlandes. Noch immer wirkte er schockiert.

«Aber ich habe herausbekommen, wer sich für die Petrusreliquien interessiert. Und wer dafür viel Geld bezahlen würde. Unendlich viel Geld.»

«Nun sagen Sie schon ...»

«Signor Fallimento nannte ihn ‹das Monster› oder auch ‹den Dämon›.»

«Sie meinen den Cavaliere?», fragte Giulia. «Lebt der überhaupt noch? Man erzählt sich ja gruslige Dinge über ihn. Niemand weiß, wie alt er inzwischen ist. Schon zu meiner Jugend war er ein Tattergreis ...»

«Wer soll das sein?», meldete sich Francesco zu Wort.

«Ach, ich vergaß, dass ihr in eurem umbrischen Kloster keine Zeitungen zur Verfügung hattet», sagte Giulia spöttisch. «Der Cavaliere war ein mächtiger Mann. Früher. Das ist Gott sei Dank lange her, denn er hat seine Macht vor allem dazu benutzt, sich selber immer reicher und die anderen immer ärmer zu machen. Das Letzte, was man von ihm hörte, war, dass er das antike Mausoleum des Augustus vom italienischen Staat als Geschenk bekam. Er hat sich dort wohl so eine Art Altersresidenz eingerichtet. Der Fall wurde damals quer durch die Presse diskutiert. Seitdem hat ihn nie mehr jemand in der Öffentlichkeit gesehen.»

Die kleine Bar an der Piazza San Cosimato gehörte Petrus' altem Schulfreund Vincenzo. Sie waren die einzigen Gäste, sodass der Papst sogar auf seine übliche Verkleidung verzichten konnte. Er hatte sich einen Campari-Orange bestellt, ein Getränk, das laut Giulia in ganz Italien nur noch von ihm getrunken wurde. Durch die Scheibe beobachteten sie die Kinder bei ihrem Spiel.

«Jeder von uns will in den Himmel, niemand in die Hölle», sagte Petrus nachdenklich. «Sogar eine Kreatur wie der Cavaliere sehnt sich nach dem ewigen Frieden. Alle mühen wir uns ab im Leben und hüpfen herum. Und trotzdem kann es sein, dass wir aus Versehen die Hölle treffen, wenn wir das Steinchen werfen.»

«Das ganze Leben – ein Himmel-und-Hölle-Spiel?», fragte Giulia.

«Das ganze Leben – und der ganze Tod», sagte Petrus.

«Der ganze Tod?»

«Die Zahlenfelder – die sind das Leben. Man hüpft von einer Station zur nächsten. Geburt, Kommunion, Heirat, Kinder, Sterbesakrament. Dann erst kommen die entscheidenden Felder: Himmel und Hölle. Sie liegen im Bereich des Todes.»

Plötzlich hörten die Kinder mit ihrem Spiel auf, rannten auf die andere Seite des Platzes und waren verschwunden.

«Aber Spiel und Wirklichkeit stimmen nicht ganz überein», fuhr Petrus fort. «Denn Himmel und Hölle zeichnet ein falsches Bild vom Jenseits.»

«Jetzt wird es gefährlich», sagte Giulia. «Falls Sie der Meinung sind, dass es die Hölle gar nicht gibt, bekommen Sie mächtig Ärger mit der katholischen Kirche.»

«Unsinn. Natürlich gibt es die Hölle. Das habe ich Signor Fallimento heute auch gesagt. Und dass ich hoffe, dass Sünder wie der Cavaliere dereinst darin schmoren werden. Aber es gibt noch viel mehr. Das Jenseits ist ziemlich unübersichtlich, genau genommen. Es gibt nicht nur Erde, Himmel und Hölle. Es gibt viele Zwischenstationen, Seiten- und Umwege.»

«Ich hätte Buddhistin werden sollen», seufzte Giulia. «Da gibt es einfach nur das Nirwana. Die große Leere.»

«Große Leere ist auch große Langeweile», sagte Petrus. «Bei uns ist wenigstens was los. Hol mir doch bitte ein Stück Kreide, Francesco. Vincenzo muss welche haben, er schreibt dort drüben an der Tafel gerade etwas an.»

Als Francesco mit der Kreide wiederkam, war Petrus schon aufgestanden.

«Es bringt nichts, wenn ich nur Ergänzungen vornehme», rief er ihnen zu. «Ich werde ein neues Feld danebenzeichnen.» Durch die Glastür ging er quer über den Platz zu dem Spielfeld, das die Kinder gezeichnet hatten.

Giulia nahm ihr Weinglas und ging ihm hinterher. Francesco folgte verwirrt.

«Wir beginnen mit der Erde», sagte Petrus, bückte sich und zeichnete ein Quadrat auf das Pflaster. «Dann kommen die Zahlenfelder.»

«Bisher sieht es genauso aus wie bei den Kindern.»

«Richtig.» Petrus schloss ein neues Viereck an. «Aber nun ändert sich etwas.»

«Partikulargericht», las Giulia.

«Was geschieht, wenn der Tod kommt? Das Leben entweicht, der Leib erkaltet und wird bestattet. Das Fleisch verfault, übrig bleiben einige Knochen. Die Seele aber – sie steigt empor aus dem Leib und tritt vor ihren Richter. Das Partikulargericht – so nennt man es seit dem Mittelalter.»

«Der Erzengel Michael», sagte Francesco eifrig. «In der Hand hält er die Waage und wiegt die Seelen. Wer gesündigt hat auf Erden, ist zu leicht. Er muss in die Hölle; wenn noch Hoffnung besteht, kommt er ins Fegefeuer. Wer die Probe besteht, steigt in den Himmel auf. Sie müssen also drei Felder malen.»

«Genau so ist es», sagte Petrus zufrieden und schloss an das Partikulargericht drei weitere Felder an: Himmel, Fegefeuer und Hölle.

Giulia drehte sich um und überprüfte, ob jemand in der Nähe war. «Ich hätte da mal eine Frage.»

«Bitte», sagte Petrus und ergänzte am Hölle-Kästchen die letzten Striche.

Giulia senkte die Stimme: «Gibt es Hölle und Fegefeuer wirklich? Die moderne Theologie bestreitet das ja. In der Hölle gebe es gar keine Teufelchen mit Spießen, keine lodernden Flammen, keine gemarterten Seelen.»

In sich versunken betrachtete Petrus das Bild auf dem Pflaster. «Was lehrt die moderne Theologie denn stattdessen?»

«Das wissen Sie doch», seufzte Giulia. «Die Hölle sei ein Ort völliger Gottferne. Die Seele in der Hölle müsse leiden, weil die Hölle der einzige Bereich im Universum ohne die Gegenwart Gottes sei.»

«Ach ja», sagte Petrus, «die Theologen. Kluge Menschen. So klug, dass ich sie fast nicht verstehe. Um ganz ehrlich zu sein: Ich war noch nie in der Hölle. Aber ich fände es ausgesprochen schade, wenn es dort keine Teufelchen mit Spießen gäbe. Schon als Kind habe ich mir die Hölle genauso vorgestellt, und seitdem fürchte ich mich vor ihr. Weil es aber der Sinn der Hölle ist, dass man sich vor ihr fürchtet, muss es dort auch Teufelchen mit Spießen geben. Gäbe es keine, würde ich mich nicht fürchten, und die Hölle wäre sinnlos. Wie gefällt dir diese Argumentation?»

«Theologisch nicht sehr überzeugend.»

«Ich hatte es befürchtet. Übrigens – die Teufelchen tragen Trikots der anderen.»

«Der anderen?»

«Rom hat zwei Fußballvereine. Wie könnte man mich besser quälen, als wenn ich bis zum Jüngsten Gericht die

Farben der anderen sehen müsste? Da könnten die Teufelchen auch ihre Spieße weglassen.»

«Ich hatte gehofft, Sie wüssten es etwas genauer. Schließlich sind Sie unfehlbar.»

«Unfehlbar ist derjenige, der eine gute Ausrede vorweisen kann, wenn er sich geirrt hat. Im päpstlichen Haushalt gibt es nur eine Person, die unfehlbar ist.»

«Immaculata – ich weiß.»

Petrus bückte sich und zeichnete ein weiteres Kästchen, das oben an Hölle, Fegefeuer und Himmel anschloss. «So – weiter geht es mit dem Hüpfspiel durch die Ewigkeit. Was muss ich hier hineinschreiben?»

«Jüngstes Gericht», sagte Francesco.

«Ganz genau.» Petrus malte die Buchstaben in das Feld. «Die Gräber öffnen sich, die Toten treten heraus. Sie vereinigen sich mit den Seelen, die bis dahin in Hölle und Fegefeuer gebrutzelt oder im Himmel geschwelgt haben. Dann folgt die finale Entscheidung. Die auferstandenen Menschen treten vor den Weltenrichter und erfahren, wo sie bis in alle Ewigkeit bleiben werden. Glücklich, wer sich im Fegefeuer für den Himmel qualifiziert hat. Denn das Fegefeuer wird nun geschlossen. Es bleiben nur zwei Optionen: Himmel oder Hölle. Erlösung oder Verdammnis.»

Petrus zeichnete die letzten beiden Kästchen auf den Stein: Himmel und Hölle. Dann suchte er ein Steinchen und begann.

Giulia lehnte sich an die Hauswand, ihr Glas Rotwein in der Hand. Francesco stand neben ihr in der Dunkelheit, sie konnte seinen Atem in ihrem Nacken spüren. Beide blickten sie fasziniert auf ihren Papst: Hochkonzentriert warf er das Steinchen und hüpfte, trotz seines Leibesumfangs, auf einem Bein voran – den Himmel fest im Blick.

Mittwoch

I

Über ihrem Kopf hörte Giulia ein leises Klicken: Die Überwachungskameras hatten die Verfolgung aufgenommen. Sie fröstelte – und das lag nicht nur an der kühlen Morgensonne.

Natürlich hatte sie sich geweigert, hierherzufahren.

Vergeblich.

«Schau mich an», hatte Petrus gestern auf der Heimfahrt gesagt. «Mich lässt der Cavaliere sicher nicht in sein Häuschen, dick und alt, wie ich bin. Francesco, entschuldige, mein Junge, ist ihm nicht gewachsen. Doch dir wird er nicht widerstehen können. Du bist eine Legende in Rom, ‹Die schönste Form des Glaubens›, wenn ich diesen Zeitungsartikel noch einmal zitieren darf. Wir müssen wissen, was er vorhat – oder was er vielleicht schon getan hat. Am besten, du bietest ihm das an, was er unbedingt haben will. Als Köder. Ich bin sicher, dass er anbeißt.»

Es war nicht einfach gewesen, die Telefonnummer des Cavaliere herauszufinden. Dann aber hatte Giulia sofort einen Termin erhalten. Bevor sie sich im dezenten Outfit – schwarze Hose, schwarze Bluse – auf den Weg machte, hatte sie noch einmal die Luftaufnahmen im Netz aufgerufen und das bizarre Ensemble studiert, das der Cavaliere – mitten in Rom, aber völlig abgeschieden von der Außenwelt – bewohnte. Früher war das Mausoleum des Kaisers Augustus eine Abfolge großer, zerfallener Mauerringe gewesen, überwuchert von struppigen Feigenbäumen und weißem Oleander – nun überspannte eine riesige, silbrig glänzende Kuppel mit einer hohen Statue den Mittelteil. Zwischen immergrünen Zypressen erstreckten sich weite Rasenflächen. Der Cavaliere hatte noch einige Nachbargrundstücke dazugekauft und gewaltige Umbauten vorgenommen. Unter anderem hatte er eine kilometerlange Mauer um das Grundstück ziehen lassen und dahinter Bäume gepflanzt, so hoch, dass man selbst von den umliegenden Häusern nicht hineinsehen konnte.

Niemand wusste, was er dort tat.

Giulia musterte ratlos das große Tor. Doch noch bevor sie eine Klingel gefunden hatte, schoben sich zwei riesige Stahlplatten lautlos auseinander.

«Treten Sie bitte ein», tönte es aus einer unsichtbaren Sprechanlage. «Gehen Sie vor bis zur Sicherheitsschleuse. Sie werden abgeholt.»

Die Sicherheitsschleuse hatte ebenfalls metallene Wände und war groß genug, um Autos aufzunehmen. Giulia ging bis in die Mitte des Raums und sah sich um: kaltes Neonlicht, blinkende Kameras, Betonboden. Hinter ihr schlossen sich die Türflügel genauso leise, wie sie sich geöffnet hatten.

Dafür glitten nun die Stahltüren auf der anderen Seite auseinander und gaben den Blick frei in ein Paradies: Exotische Bäume überschatteten einen malerischen Park. Zwei Springbrunnen plätscherten ihr Wasser in Muschelschalen; Giulia meinte sogar, das Krächzen von Papageien zu hören. Im Hintergrund glänzten die Mauern der Rotunde, verkleidet mit makellosem Marmorstein.

Direkt hinter dem Eingang stand eine große, blonde Frau im weißen Mantel. Sie ging auf Giulia zu und lächelte förmlich. «Mein Name ist Dr. Elizabeth Parker. Willkommen, Contessa.»

Giulia sah sie an: Ihre nach hinten geknoteten Haare umrahmten ein altersloses, klassisches Gesicht. Sie konnte fünfzig sein, oder älter, und sie war ohne Zweifel attraktiv, aber von einer selbstbewussten, nahezu arroganten Kälte, die sie unnahbar machte.

«Ich bin die Leibärztin des Cavaliere», sagte sie und lud Giulia mit einer Handbewegung ein, ihr in den Garten zu folgen. Ihr amerikanischer Akzent war vernehmbar, aber kultiviert und unaufdringlich.

«Und um Missverständnisse zu vermeiden, möchte ich – von Frau zu Frau, sozusagen – gleich zu Beginn etwa klarstellen: Meine Aufgaben beschränken sich ausschließlich auf den medizinischen Bereich.»

«Offenbar glauben Sie, dass ich etwas anderes vermutet hätte?»

«Sie haben mich sehr genau gemustert. Und wir beide wissen, dass dem Cavaliere ein gewisser Ruf vorausgeht. Aber um diese Neigungen des Cavaliere kümmern sich andere. Vielleicht setzen wir uns noch kurz, bevor wir eintreten, und ich erkläre Ihnen die Verhältnisse hier.»

Dr. Parker wies auf eine der Marmorbänke, die wie kleine Denkmäler im Park standen.

«Ich will ganz offen zu Ihnen sein», erklärte sie. «Sie könnten sonst irritiert sein, vielleicht sogar abgeschreckt.»

«Im Vatikan geht es manchmal auch etwas ... merkwürdig zu.»

«Im Altersruhesitz des Cavaliere gibt es vier Bereiche», erläuterte Dr. Parker. «Natürlich die Abteilung für Sicherheit. Sie haben ja die Schleuse gesehen, die Kameras, die Mauer und all diese Dinge.»

Giulia nickte.

«Dann die Abteilung für Lebensverlängerung – diesen Part bestreite ich mit meinem Team», fuhr Dr. Parker fort. «Die Abteilung für Unterhaltung kümmert sich um alle körperlichen Bedürfnisse des Cavaliere, die nicht medizinischer Art sind. Aber ich darf Ihnen versichern: Der Cavaliere ist auf diesem Gebiet nicht mehr zu besonderen Höchstleistungen imstande. Schließlich gibt es einen vierten Bereich. Der Cavaliere hat ihn ‹Abteilung für den Übergang› genannt.»

«Damit meint er vermutlich ...»

«... den Tod – ganz richtig, Contessa. Aber dieses Wort ist hier verboten. Und auch alle anderen Worte aus diesem Begriffsfeld: Sterben, Leiden, Grab – und so weiter. Das alles gibt es hier nicht. Die Rotunde ist ein Ort der Freude, der Vitalität. Ein ewiges Fest, eine Feier des Lebens. Eine Party, die niemals endet.»

«Aber immerhin wird es einen ‹Übergang› geben.»

«Der Übergang ist nur eine kurze Unterbrechung. Das gibt es auf jeder Party: Das nächste Lied wird angespielt. Der nächste Gang wird aufgetragen. Das nächste Mädchen betritt den Raum. Der Tod – der Übergang – ist nichts anderes als eine solche Unterbrechung: Die irdische Party endet – und wird im Jenseits fortgesetzt. Das Paradies auf Erden wird mit dem Paradies im Himmel vertauscht. So sieht es jedenfalls der Cavaliere.»

«Falls man den Cavaliere dort hineinlässt.»

«Genau darum geht es», sagte Dr. Parker und lächelte wieder ein zuvorkommend-kühles Lächeln. «Aber auf diesem Gebiet kann ich dem Cavaliere leider nicht weiterhelfen. Das Leben nach dem Tod – um das böse Wort einmal zu verwenden – gehört nicht zu meinem Aufgabenbereich. Ich kümmere mich nur darum, den Tod zu verhindern. Aus diesem Grund hatte der Cavaliere schon vor längerer Zeit beschlossen, einen Experten für den ‹Übergang› zu konsultieren: die Kirche. Aber zu seinem Bedauern konnte ihm die Kirche nicht zusichern, was er so dringend wünschte. Obwohl er ihr gigantische Summen geboten hat.»

«Und was wollte er?»

«Einen Platz im Himmel.»

«Und da ließ sich nichts machen? Auch nicht gegen einige Hospitäler, Waisenhäuser, Klostergründungen etc.?»

«Sie haben ein bemerkenswert nüchternes Verhältnis zu Ihrem Arbeitgeber, Contessa. Nein, es ließ sich nichts machen. Die Kirche hat einen Beichtvater geschickt, der eine Aufstellung aller Sünden anlegte und dann ein Angebot machte. Das Angebot hat dem Cavaliere nicht gefallen.»

«Warum nicht? Was nützt ihm sein Geld, wenn er tot – ich meine: hinübergegangen ist?»

«Es wäre nicht ohne Reue und Buße abgegangen. Ohne ehrliche Reue und Buße. Und zwar in ganz erheblichem Maße. Darum hat er den Beichtvater hinausgeworfen und nach anderen Wegen gesucht.»

«Nach anderen Wegen in den Himmel?»

«Der Cavaliere macht keine schlechten Geschäfte. Das ist sein Erfolgsgeheimnis. Wenn ihm ein Verkäufer zu teuer ist, sucht er einen anderen, der ihm ein preiswerteres Angebot macht.»

«Und er hat einen gefunden?»

«Es schien zunächst so. Aber das Geschäft kam nicht zustande. Er wird Ihnen das selbst erklären, vermute ich. Er war jedenfalls sehr erfreut, dass Sie angerufen und um einen Termin gebeten haben.»

«Ich frage mich die ganze Zeit», sagte Giulia nachdenklich, «woher ich Sie kenne. Ich bin Pressesprecherin des Heiligen Stuhls, wie Sie wissen. In diesem Job treffe ich sehr viele Menschen und verwechsle gelegentlich Gesichter. Aber ich glaube doch, dass wir uns schon einmal gesehen haben. Vor einigen Jahren, als der Vatikan seinen großen Kongress über Medizinethik veranstaltet hat. Es ist schon etwas länger her, darum bin ich mir nicht ganz sicher ...»

«An diesem Kongress habe ich teilgenommen», sagte Dr. Parker. «Es kann gut sein, dass wir uns dort begegnet sind. Bei dieser Gelegenheit erhielt ich übrigens meine Einladung zum Cavaliere.»

«Dann gehörten Sie zum Team dieses Nobelpreisträgers für Medizin, der bei dem Kongress dabei war. Und haben dort, wenn ich mich richtig erinnere, eine bedeutende Rolle gespielt.»

«Einige Experten sind der Auffassung, dass ich den Preis hätte bekommen sollen», sagte Dr. Parker kühl.

«Aber ... warum arbeiten Sie jetzt ...»

«Weil ich sehr viel Geld dafür bekomme. Mehr Geld, als ich in der Forschung jemals verdienen könnte. Für jedes Jahr, das er am Leben bleibt, zahlt mir der Cavaliere eine außerordentlich hohe Erfolgsprämie. Der Job ist etwas eintönig, zugegeben. Aber der Cavaliere gestattet mir, nebenher einige Forschungsprojekte voranzutreiben. Und ich weiß, dass diese Beschäftigung irgendwann ein Ende haben wird – trotz all meiner Bemühungen. Irgendwann endet die ‹Feier des Lebens›, wie der Cavaliere seinen etwas ... ungewöhnlichen Lebensstil nennt.»

«Ich würde mir diese ‹Feier des Lebens› gerne ansehen», sagte Giulia.

«Sie werden erstaunt sein», antwortete Dr. Parker. «Der Anblick ist ernüchternd. Wissen Sie: Es gibt Feste, die aus Freude veranstaltet werden. Aber die Party dort drinnen wird nicht aus Freude gefeiert. Der Cavaliere hat nur noch sehr kurze Zeit zu leben – und er weiß das auch. Mag sein, dass es danach weitergeht. Aber zunächst kommt ein kurzer, hässlicher Augenblick, in dem er alles loslassen muss: seine Macht und seinen Reichtum. Seine Villen und seine Frauen. Ahnen Sie, warum diese Party gefeiert wird?»

«Der Cavaliere hat Angst.»

«Panische Angst, Contessa.» Dr. Parker lächelte. «Kommen Sie – wir gehen hinein.»

II

«Wir üben heute Elfmeter, Jungs», sagte Jack Steel. «Ist gar kein Problem, so ein Elfmeter. Los geht's!»

Aufmunternd nickte er seinem Linksverteidiger zu. Der Linksverteidiger nickte tapfer, nahm den Ball und legte ihn auf den Punkt. In der Mitte des Tors stand der englische Ersatztorwart, krümmte sich sprungbereit und wartete. Es sollte kein Problem sein, den Ball in diesem Tor unterzubringen.

Jack Steel hatte zu ihm gesagt: Denk einfach an gar nichts und hau drauf.

Aber es ist schwer, an gar nichts zu denken.

Jack Steel hatte zu ihm gesagt: Mach in deinem Kopf eine leere, weiße Fläche. Schieb alles von dieser Fläche herunter, was deine Konzentration stört. Spüre die Ruhe in dir und die Kraft. Die Kraft in dir wird so stark sein wie ein mächtiges Tier.

Der Linksverteidiger ging einige Schritte zurück, schloss die Augen und bemühte sich, in seinem Kopf eine leere, weiße Fläche zu erzeugen. Und es gelang: Unendlich weit dehnte sich eine hellweiße Fläche um ihn. Entschlossen schob er alles herunter, was seine Konzentration störte, und hielt Ausschau nach dem mächtigen Tier.

Da geschah es.

Weit hinten kletterte das Tier über den Rand der Ebene. Schnell kroch es näher. Der Linksverteidiger sah, dass es ein riesiger Oktopus war, der sich auf dem Trockenen fortbewegen konnte. Der Oktopus trug ein schwarz-rot-goldenes Trikot und hatte Torwarthandschuhe an allen acht Fangarmen, die wild durch die Luft kreisten.

«Los, schieß schon!», krächzte der Oktopus.

Er kroch in das Tor, schob den Torwart zur Seite und richtete sich auf. Der Linksverteidiger bemerkte voll Schrecken, dass die acht Fangarme den gesamten Torraum ausfüllten. Sie reichten bis zu den Pfosten, wickelten sich um die Latte und schienen ihm höhnisch zuzuwinken.

«Los, schieß endlich!», rief der englische Ersatztorwart. Er sah ganz normal aus, keine Spur von einem Oktopus. «Stimmt etwas nicht?»

Der Linksverteidiger schloss die Augen. Der Oktopus war wieder da.

Augen auf, Anlauf, Schuss.

Der Linksverteidiger hämmerte den Ball entschlossen Richtung Tor.

«Ins Tor», brüllte Jack Steel. «Du sollst ihn ins Tor schießen. Nicht drei Meter über den Querbalken.»

Der Linksverteidiger bremste ab und nickte ergeben.

Vor ihm kreisten die Fangarme.

III

Es roch süßlich in der Halle. Nach billigem Parfüm, Duftölen und nach abgestandener Luft.

«Ich habe mich daran gewöhnt», sagte Dr. Parker. «Und damit meine ich nicht den Anblick des Cavaliere, an den man sich auch gewöhnen muss. Ich meine … das hier.»

Giulia antwortete nicht.

Das Mausoleum des Augustus, überspannt von einer mächtigen Kuppel, war mit einem plüschigen roten Teppich ausgelegt. In der Mitte, durch mehrere Stufen leicht erhöht, befand sich eine Art Bühne, verhüllt von golddurchwirkten Brokatvorhängen. Auf den Stufen davor saß ein junger Mann, Typ Latin Lover, wie Giulia mit einem kurzen Blick feststellte. Unter seinem enganliegenden schwarzen Shirt zeichneten sich Muskeln und Goldkettchen ab. Er trug eine Sonnenbrille und kaute ungerührt Kaugummi.

«Das ist Alessandro», sagte die Ärztin. «Er leitet den Sicherheitsbereich.»

Giulia nickte ihm zu. Alessandro machte mit der rechten Hand ein Victory-Zeichen, ohne die linke von seinem Maschinengewehr zu nehmen.

«Die Mädchen schlafen noch», sagte Dr. Parker.

Jetzt erst sah Giulia, dass sich entlang der Wand eine Landschaft aus Sofas, Polstern und Kissen erstreckte. Sie zog sich das ganze Rund entlang. Überall lagen Frauen, manche schienen kaum zwanzig Jahre alt zu sein. Dünn und üppig, mit wallenden Haaren oder kurzen Locken. Einige waren in orientalische, durchsichtige Tücher gewickelt, andere trugen Leder-Look. Die meisten waren nackt. Sie schliefen oder blätterten in Zeitschriften, ohne Giulia und die Ärztin zu beachten; einige lackierten sich die Nägel.

«Voilà, die Abteilung für Unterhaltung», sagte Dr. Parker in völlig sachlichem Ton. «Die Chefin dieser Abteilung hat früher den Escortservice geleitet, der die Staatsempfänge betreut hat. Im Augenblick ist sie in Osteuropa und rekrutiert neue Mädchen. Der Cavaliere wünscht

Abwechslung. Es handelt sich übrigens nur um … Vorführungen. Weitergehende Aktivitäten sind dem Cavaliere nicht mehr möglich. Die künstlerische Qualität – nun ja, das ist Geschmackssache.»

«Und die Mädchen schlafen hier?»

«Nur für zwei Wochen. Dann wechselt die Belegschaft. Sehr bequem ist es nicht, aber der Cavaliere möchte nicht, dass sie in Hotels wohnen und zu viel ausplaudern. Sie kommen irgendwo aus dem Ausland, fliegen nach Rom, werden hierhergebracht und zwei Wochen später wieder zurück. Abends machen sie Programm, und tagsüber putzen sie ein bisschen. Jedenfalls dann, wenn ihre Chefin da ist.»

«Der Cavaliere bevorzugt immer noch sehr junge Frauen?»

«Natürlich. Aber der Vorrat an jungen Frauen, die bereit sind, hier zu arbeiten, ist irgendwann erschöpft. Aus Italien waren inzwischen alle da. Osteuropa geht zur Neige. Bald kommt Nordafrika an die Reihe. Zum Glück sieht der Cavaliere immer schlechter. Darum kann man inzwischen auch deutlich reifere Damen einsetzen.»

Neben der Eingangstür war ein Touchscreen angebracht. Dr. Parker tippte auf den Bildschirm: Überall an der Wand flammten Fackeln auf; am Kuppelrund leuchtete ein Sternenhimmel.

«Das Kreuz des Südens», sagte Dr. Parker. «Natürlich kann man auch Musik einspielen. Sogar Dufteffekte sind möglich.»

Wieder berührte sie den Touchscreen: Die Fackeln erloschen, der Himmel verblich, im Kuppelrund öffneten sich Belüftungsfenster. Im Tageslicht sah der rote Teppich plötzlich abgewetzt aus, die Polster waren zerschlissen, die Vorhänge hatten faustgroße Löcher, und die Mädchen wirkten um Jahre gealtert.

«Dem Cavaliere ist es egal», sagte Dr. Parker, die Giulias Blick bemerkt hatte. «Natürlich müsste man renovieren, seit einigen Jahren schon. Aber lohnt es noch? Das Fest geht auch so immer weiter. Kommen Sie, ich bringe Sie zum Cavaliere.»

Sie gingen zu der Bühne in der Mitte der Halle.

«Ich bin unbewaffnet», sagte Giulia zu Alessandro.

«Weiß ich», sagte er und deutete auf einen Laptop, der neben dem Maschinengewehr auf dem Boden stand. Auf dem Schirm rauschten Bilder durch, die Giulia in der Sicherheitsschleuse zeigten: von allen Seiten, von oben und unten, schließlich unbekleidet – gestochen scharfe Aufnahmen eines Körper-Scanners.

«Sorry», sagte Alessandro und grinste. «Natürlich lösche ich das wieder. Aber so sind die Vorschriften.»

Giulia antwortete nicht. Sie sah Dr. Parker zu, die den Vorhang ein Stück beiseiteschob. «Treten Sie ein!»

Zu sehen war kein Thron, wie Giulia beinahe erwartet hatte, sondern ein riesiges Himmelbett. Auf kleinen Rollwagen, die um das Bett standen, blinkten Geräte und Bildschirme. Ein Gestrüpp von Kabeln in verschiedenen Farben führte unter die Bettdecke; von allen Seiten, aus allen Maschinen und Computern schlängelten sie sich auf den Körper zu, dessen Konturen sich unter der Bettdecke abzeichnete.

«Ein komplettes Krankenhaus», sagte Dr. Parker. «Etwas ungewöhnlich, aber aus fachlicher Sicht äußerst bemerkenswert. Wir können sogar operieren. Von der

Decke fährt ein Glaskasten über die Station, in dem wir für völlige Keimfreiheit sorgen können.»

Giulia hörte nicht zu.

Sie sah nur das Gesicht des Cavaliere, das dort in den Kissen lag. Seit Jahren schon hatte man ihn nicht mehr in der Öffentlichkeit gesehen, es gab keine Fotos, nur retuschierte Bilder, mit denen man von Zeit zu Zeit versuchte, sein Erscheinungsbild dem tatsächlichen Alter anzupassen. Umso schockierter war Giulia von dem, was sie nun sah: Vor ihr in den Kissen lehnte ein junger Mann, mit einem glatten, bronzefarbenen Teint. Die schwarzen Haare glänzten voll und seidig und fielen ihm in einer leichten Welle in die Stirn. Die Zähne blitzten. Der Cavaliere lächelte.

«Ich will Sie nicht mit den medizinischen Einzelheiten langweilen», sagte Dr. Parker. «Aber das, was hier vor Ihnen liegt, ist ein Kunstwerk der Wissenschaft. Wir haben einem uralten Greis das Antlitz eines jungen Mannes verschafft. Mit Lifting allein konnte das natürlich nicht gelingen. Wir haben eine komplette Gesichtstransplantation vorgenommen und dabei die Gesichtszüge des jungen Cavaliere nachmodelliert. Das Lächeln haben wir fixiert, damit ist die ganze Konstruktion haltbarer. Nur beim Körper mussten wir Abstriche machen – weitere Transplantationen hätten den Organismus überfordert.»

Giulia sah zu Dr. Parker, suchte nach einem ironischen Lächeln und fand nichts – nur kühle Kompetenz, umrahmt von ihrem streng gescheitelten Haar.

«Willkommen, Contessa», sagte die Stimme des Cavaliere unvermittelt. Es kostete ihn einige Mühe, sich aufzurichten, doch mit Dr. Parkers Hilfe schaffte er es schließlich. Im Gegensatz zu seinem straffen Gesicht wirkte sein Körper schmächtig und zusammengefallen. Er trug ein helles, gebauschtes Hemd mit ausuferndem Kragen, seine Hände steckten in feinsten Lederhandschuhen.

«Wenn ich Sie so sehe», sagte der Cavaliere, «bedaure ich es noch mehr, dass mein Körper nicht mehr voll funktionsfähig ist.»

«Seine psychischen Verhaltensmuster sind übrigens völlig stabil – sie funktionieren nach denselben Schemata wie seit Jahrzehnten», sagte Dr. Parker und schob den Vorhang auf. «Ich verlasse Sie jetzt. Der Cavaliere möchte mit Ihnen allein sprechen.»

IV

«Setzen Sie sich doch, Contessa», sagte der Cavaliere und klopfte auffordernd auf seine Bettdecke.

Giulia nahm kommentarlos einen Stuhl und schob ihn an das Bett – nahe genug, um höflich zu sein; weit genug entfernt, um keine Einzelheiten des grinsenden Kopfes sehen zu müssen.

«Ich empfange nur sehr selten Besuch», sagte der Cavaliere. «Zum einen, weil ich nicht mehr so ansehnlich bin wie noch vor einigen Jahren – trotz aller Bemühungen der verehrten Dr. Parker. Zum anderen, weil die Menschen immer etwas unangenehm berührt wirken, wenn sie mich sehen. Ihnen scheint es auch so zu gehen.»

«Ich beginne gerade, mich zu erholen.»

«Es ist nicht schwer, mich zu verstehen.»

«Tatsächlich?» Giulia betrachtete das Bett, die Apparate und schließlich, zögernd, das Gesicht des Cavaliere, ein Produkt höchster Chirurgenkunst.

«Unser Körper verschafft uns höchste Genüsse», dozierte der Cavaliere. «Wer wüsste das besser als ich? Aber er spendet seine Freuden nur auf Zeit. Irgendwann versagt er seine Dienste. Nicht alle zugleich, natürlich, denn unser Körper dosiert seine Grausamkeiten. Beim einen beginnt es mit dem Augenlicht, beim anderen mit dem Gehör. Häufig mit der Schönheit: Die Haut vergilbt, das Fleisch erschlafft, das Skelett verhärtet. Und wir alle, Contessa – auch Sie! –, wir reagieren auf dieselbe Weise: Indem wir den Kampf aufnehmen gegen diesen Verfall. Weil wir wissen, dass er ein Vorbote des Todes ist.»

Die Augen in dem unbeweglich grinsenden Gesicht musterten sie wohlgefällig.

«Sie sind schön, Contessa, eine Göttin Roms», fuhr der Cavaliere fort. «Widersprechen Sie nicht, ich kenne Ihren Ruf. Aber in Ihrem Badezimmerschrank – sind da nicht einige Töpfchen und Tuben versteckt? Doch das ist nur der Anfang. Die Lesebrille in der Schreibtischschublade, die gefärbten grauen Haare, die verzweifelten Abende im Fitnessstudio – kleine Eitelkeiten, eigentlich belanglos und alltäglich. Aber in Wahrheit sind es Verteidigungswälle, aufgerichtet gegen die Vorhut des Todes, die man beschönigend Alter nennt. Irgendwann bedarf es stärkerer Waffen. Sie werden geführt von den Herren in Weiß. Blitzende Skalpelle sind es. Aber wir haben freundliche Namen erfunden für diese Schlachten gegen die Fäulnis: Korrekturen. Glättungen. Straffungen. Wie steht es um Sie, Contessa? Kämpfen wir nicht doch denselben

Kampf? Mit dem kleinen Unterschied, dass ich radikaler und mutiger bin als die gewöhnlichen Menschen? Der Tod hatte seine Schergen ausgeschickt. Falten wollten sie mir ins Gesicht schlagen. Ich aber lächle Ihnen entgegen. Sie wollten meinen Leib auflösen – aber ich habe meinen Leib in eine Festung verwandelt. Die Schwachstellen habe ich durch härteres Material ersetzt. Ich habe ihn verstärkt und umgebaut, ergänzt und optimiert. Wer will mich dafür schelten? Sie, Contessa? Der Pöbel dort draußen? Der es genauso tun würde, hätte er die Mittel dafür?»

Giulia schwieg.

«Ich bin ein gewöhnlicher Mensch», fuhr der Cavaliere fort. «Ich habe immer nur das getan, was alle tun – nur ein wenig konsequenter. Paolo der Eisenbahnschaffner. Giovanni der Zahnarzt. Vittorio der Gemüsehändler – sie alle sind wie ich. Was macht Vittorio, damit er vor seinem Laden parken darf, im Halteverbot? Er lässt ein Gewicht weg, wenn er für die Carabinieri ein Pfund Tomaten abwiegt. Was macht Vittorio, damit er zu Geld kommt, trotz der hohen Einkaufspreise? Er stellt ein Gewicht mehr auf die Waage, wenn ein dummer Amerikaner Erdbeeren verlangt. Was macht Vittorio, wenn die Leidenschaft seiner Frau erlischt? Er nimmt einen Umweg über die Via Appia, wo die Mädchen am Straßenrand stehen, wenn er aufs Land fährt, um frisches Obst zu kaufen. Macht, Geld, Lust. Das ist es, was Vittorio interessiert. Genau wie mich. Ich bin nicht anders. Ich bin wie ihr. Ich bin euer Spiegel. Ihr seht euch selbst, wenn ihr hineinblickt. Unendlich vergrößert, aber dasselbe Antlitz. Werft keinen Stein in den Spiegel, denn ihr trefft euch selbst. Ich wollte Macht – und habe sie erhalten. Ich wollte Geld –

und habe es mir verschafft. Ich wollte Lust, ewige Lust. Dafür brauche ich einen Körper, der dem Alter trotzt. So lange es möglich ist. Natürlich weiß ich, dass es nicht in alle Ewigkeit möglich sein wird. Genau darum möchte ich mit Ihnen sprechen, Contessa. Denn für die Ewigkeit ist Dr. Parker nicht zuständig.»

«Sie haben Angst vor dem Tod», sagte Giulia angewidert. «Und diese Angst werde ich Ihnen nicht nehmen können. Für die Ewigkeit bin ich genauso wenig zuständig wie Dr. Parker.»

«Sie nicht, Contessa. Aber Ihre Firma. Was lehrt die Kirche über die Ewigkeit? Über das Ende aller Zeiten? Es öffnen sich die Gräber, so heißt es, und die Toten werden zum Jüngsten Gericht ziehen. Die Auferstehung des Fleisches. Ein faszinierender Gedanke.»

«Ich hätte nicht gedacht, dass Sie ein gläubiger Katholik sind.»

«Niemand weiß, ob es zur Auferstehung des Fleisches kommen wird. Sie wissen es nicht. Ich weiß es nicht. Und auch Ihr dicker Chef weiß es nicht. Mag sein, dass ich mich auflöse nach dem Tod: Körper, Seele, Geist – ein Tanz von tausend Atomen? Aber möglicherweise stimmt es auch, was seit Jahrhunderten gepredigt wird: Vielleicht öffnet sich irgendwann mein Grab. Dann möchte ich gerüstet sein. Denn die Ewigkeit ist eine sehr lange Zeit, und ich möchte sie gerne im Paradies verbringen. Dafür brauche ich einen Schlüssel, der mir zur Verfügung steht, wenn es so weit sein sollte, morgen, in tausend Jahren, in Jahrmillionen. Sie besitzen diesen Schlüssel – falls es stimmt, was man mir berichtet hat.»

«Was wollen Sie?»

«Das wissen Sie genau, sonst wären Sie nicht hier. Ich habe Erkundigungen eingeholt, nachdem Sie um einen Termin gebeten hatten. Über Sie, Ihre Lebensverhältnisse, Ihre Familie. Offensichtlich brauchen Sie Geld, Contessa. Kein Wunder, der einstmals so glanzvolle Reichtum Ihrer Familie hat die Zeit nicht überdauert. Aber die Gründe für Ihr Handeln interessieren mich nicht. Mich interessiert einzig und allein das, was Sie mir verschaffen können.»

«Was wollen Sie?», fragte Giulia noch einmal.

«Die Reliquien des Petrus. Am liebsten den Schädel. Zumindest Teile davon. Ich will hinter dem Heiligen gehen, wenn die Reise ins Jenseits beginnt. Ich will der Anführer seines Gefolges sein. Ich habe schon einmal versucht, ihn zu erwerben, aber es hat nicht geklappt. Mein Partner konnte nicht liefern. Nun setze ich alle Hoffnungen auf Sie.»

«Was bieten Sie?»

«So viel Sie wollen. Ich verfüge über Milliarden, Contessa, und brauche das Geld nicht mehr. Meine nichtsnutzige Familie hat ohnehin schon genug. Aber ich benötige Garantien. Das Geschäft kommt nur zustande, falls ich diese Garantien erhalte.»

«Welche Garantien meinen Sie?»

«Ich möchte sichergehen, dass ich mein Geld in die echte Reliquie investiere. Dazu brauche ich einen Beweis, dass Sie, Contessa, Zugriff auf die Reliquien haben. Sie sind die Pressesprecherin des Heiligen Stuhls. Das ist eine mächtige Position. Aber geht Ihre Macht so weit, dass Sie die Reliquien des Apostels stehlen können? Ich weiß es nicht.»

«Welche Beweise fordern Sie?»

«Zeigen Sie mir, dass Sie die Reliquien berühren dürfen. Zeigen Sie es mir im Vatikan.»

«Der Heilige Vater wird keine Privatvorführung der Reliquien arrangieren.»

«Ich will auch nicht in den Vatikan kommen, Contessa. Ich fühle mich sehr wohl hier und möchte den Papst nicht schockieren.»

Die Hand des Cavaliere fingerte nach einer Tastatur, die auf der Bettdecke lag. Er drückte einen Knopf. Gegenüber seinem Bett leuchtete ein gigantischer Bildschirm auf.

«Hier möchte ich den Beweis sehen. Im Fernsehen. Das genügt völlig! Der Vatikan präsentiert die Reliquien, bei welcher Gelegenheit auch immer, und Sie sind dabei. Ich will, dass Sie den Schädel berühren. Ich will, dass Sie ihn an sich nehmen. Ich will sehen, dass Sie Macht haben über die Reliquien. Der Vatikan würde niemals falsche Reliquien präsentieren. Man trickst nicht mit Heiligtümern in Ihren Kreisen. Wenn Sie mir im Fernsehen zeigen, dass Sie die Reliquien berühren können – dann glaube ich Ihnen.»

«Ich werde Ihnen Bescheid geben. Und bei dieser Gelegenheit werde ich Ihnen den Preis nennen.»

«Ich will diesen Schädel besitzen, Contessa. Sollte ich nach dem Tod für einige Jahre ins Fegefeuer wandern, wäre das zu verschmerzen. Aber dann, wenn die Ewigkeit anbricht, will ich einziehen ins Paradies. Im Gefolge des Apostels. Nach der Auferstehung der Toten werde ich wieder einen Körper haben, falls es stimmt, was die Kirche predigt. Und dieser Körper wird alles tun können, was ein Körper tun kann, verstehen Sie? Alles!»

«Ich habe mich umgesehen in der Halle und weiß, was Sie meinen.»

«Das Fest wird weitergehen. Die Sonne wird nicht mehr scheinen und der Mond, es wird keinen Anfang mehr geben und kein Ende. Reine Ewigkeit. Zeitloses Glück. Zeitlose Lust.»

«Was haben Sie mit dem Schädel vor?»

«Er wird bei mir sein. Hier, in meinem Mausoleum.»

«Im Mausoleum des Augustus!»

«Im Mausoleum des Augustus, das künftig auch mein Mausoleum sein wird. Sobald ich sterbe, wird man den ganzen Plunder herausräumen, den sie in der Halle gesehen haben. In der Mitte wird ein Sarkophag stehen. Edelster Marmor. Und dort drin werden meine Gebeine warten, dass die Ewigkeit beginnt. Zusammen mit dem Schädel des Apostels. Schade, dass wir uns nicht unterhalten können, der Apostel und ich! Was hätten wir uns zu erzählen: er über das korrupte Rom der Antike. Ich über das korrupte Rom der Gegenwart.»

Das Lachen des Cavaliere bellte blechern, wie aus einem Lautsprecher.

«Alessandro wird dafür Sorge tragen, dass die Eingänge zubetoniert werden. Ich habe eine Stiftung gegründet, die einen Sicherheitsdienst finanziert. Er wird das Gelände bewachen. Für Jahrtausende, wenn es sein muss. Und dann werden wir ruhen – bis zum Jüngsten Gericht.»

«Sie sprechen von ‹wir›?»

«Dachten Sie, ich möchte allein ins Paradies einziehen? Ich plane ein Fest dort, ein Fest für die Ewigkeit. Aber ein Fest ohne Gäste ist eine fade Angelegenheit. Und Sie wissen doch, wie ich mir ein Fest vorstelle. Dort draußen, jenseits des Vorhangs – dort warten meine Gäste.»

«Die Mädchen?»

«Diese oder andere – ganz egal. Wichtig ist nur, dass sie mich begleiten werden. Ich möchte Sie nicht mit den Einzelheiten meiner Pläne belasten. Aber so viel verrate ich Ihnen gerne: Sobald ich sterbe, wird man dafür sorgen, dass ich nicht allein sein werde in der Ewigkeit.»

Der Cavaliere schloss die Augen.

Die Audienz war beendet.

V

«Sie liebt Inszenierungen», sagte Petrus. «Und da sie tatsächlich die ganzen siebzehn Stunden Filmmaterial überprüft hat, wollen wir ihr den Triumph gönnen. Siebzehn Stunden Karfreitagsprozession – niemand von uns hätte das durchgestanden.»

Der Papst, Francesco und Giulia saßen auf dem Sofa des päpstlichen Wohnzimmers und warteten. Ihnen gegenüber stand der große Flachbildschirm, den Petrus vor der letzten WM angeschafft hatte – um, wie er auszuführen pflegte, selbstkritisch die Aufzeichnungen seiner Festgottesdienste zu betrachten. Giulia hatte ihm auf der Fernbedienung durch einen kleinen, unauffälligen Kratzer den Sportsender markiert und gezeigt, wie er im Notfall schnell auf «Vatikan TV» umschalten konnte.

Alle drei schwiegen.

Francesco ließ die Perlen seines Rosenkranzes durch

die Finger gleiten, Giulia blätterte in der aktuellen Pressemappe, und Petrus überlegte, wie lange er auf Immaculata warten durfte, ohne sich lächerlich zu machen.

Nicht länger als fünf Minuten, beschloss er.

Nach vier Minuten döste er ein, um nach elf Minuten vom Quietschen der Tür zu erwachen. (Immaculata ölte sie nie – die Türen boten ihr, neben den knarzenden Dielen, eine perfekte Möglichkeit, die Wege des Heiligen Vaters zu kontrollieren.)

Die Haushälterin stand im Zimmer, ernst und feierlich. In der Hand hielt sie eine DVD.

«Zu Beginn möchte ich ein Gebet sprechen», sagte sie. «Mit deiner Gnade, oh Herr, ist es mir gelungen, die Machenschaften des Satans zu erkennen. Du, oh Herr, hast deiner getreuen Dienerin die Konzentrationskraft und Geistesgegenwart gegeben, um die Schritte des Bösen zu erkennen. Siebzehn Stunden hat deine treue Dienerin gewacht. Siebzehn Stunden, oh Herr, hast du sie geprüft. Doch zugleich hast du ihr die Standhaftigkeit gegeben, um einen glorreichen Sieg zu erringen gegen die Finsternis. Ich bitte dich, Herr: Sei der verirrten Seele gnädig, die sich – wie wir gleich sehen werden – von teuflischer Macht verführen ließ. Möge sie schmoren im Fegefeuer ...»

«Vielleicht möchtest du uns zeigen», sagte Petrus gereizt, «was dich der Herr in seiner ungeheuren Gnade entdecken ließ?»

Schweigend nahm Immaculata die Fernbedienung und spulte vor. Dann startete sie den Film.

Die Zuschauer vor den Fernsehgeräten hatten diese Bilder niemals zu sehen bekommen: Unruhe, Lärm, Chaos – der Moment, als der Erzbischof mit dem Kreuz gestürzt war und Petrus ihm aufhalf, ihn stützte. Im Hintergrund sah man deutlich, wie sich die Prozession auflöste. Für einen kurzen Moment war der Papst im Bild, dann sah man Marietta Crederci, die zurücktrat, immer weiter, die Kamera angehoben. Sie fotografierte fortwährend, ging dabei rückwärts, auf den Abgrund zu.

Dann blieb sie stehen.

Und genau in diesem Augenblick sprang seitlich eine Gestalt auf sie zu, wie aus dem Nichts, ein großer, schwarz gekleideter Mann, den sie nicht sehen konnte, da sie sich ganz auf ihr Foto konzentrierte.

Jetzt stand er neben ihr, fasste sie – und im nächsten Augenblick verlor Marietta Crederci das Gleichgewicht, sie wankte, stürzte und kippte nach hinten weg. Und für einen Moment sah man das Gesicht des Mannes, ausgeleuchtet vom großen Flammenkreuz des Kolosseums.

VI

Ein Lichtpunkt tanzte über die Schreibtischplatte, das Schneidemesser, die akkurat ausgerichteten Bleistifte und die Fotos, die sich inzwischen schon an den Rändern wellten. Francesco stand in dem kleinen Zimmer und blickte nachdenklich aus dem Fenster.

Diesmal kam er sich schon nicht mehr wie ein Eindringling vor, im Gegenteil: Es fühlte sich fast vertraut an, in Mariettas Schlafzimmer zu stehen, den leichten Lavendelduft zu riechen, das unberührte Bett und den Bücherstapel zu sehen, die Stille zu fühlen. Marietta war ihm hier ganz nah, obwohl fast kein Gegenstand in diesem Raum etwas Persönliches über sie verriet. Er nahm den kleinen Gedichtband von John Keats zur Hand. Metodozzis Foto steckte noch an derselben Stelle. «An Fanny» hieß das Gedicht, das auf der einen Seite im englischen Original, auf der anderen in der italienischen Übersetzung abgedruckt war:

Ich schreie: hab Erbarmen! – Mitleid! – Liebe!
Liebe, die sich erbarmt und die nicht quält,
Beständige, arglose, offene Liebe,
Die, makellos, sich keine Maske *wählt.*

«Liebe, die sich erbarmt und die nicht quält ...» Hatte Marietta das Foto von Metodozzi willkürlich an diese Stelle gelegt? Der Gedichtband wirkte zerlesen, sie hatte ihn auf jeden Fall oft zur Hand genommen. «Beständige, arglose, offene Liebe ...» Marietta hatte Metodozzi vertraut. Sie wollten heiraten, hatte er gesagt. Und doch war er es, der sie in den Abgrund gestoßen hatte. Ganz deutlich sah Francesco Metodozzis Gestalt vor sich, sah, wie er sich Marietta von hinten näherte, sah, wie er sie packte. Und wie Marietta fiel. Francesco sah ihre helle Gestalt auf dem Boden des Kolosseums liegen, sah ihr blasses Gesicht, umrahmt von ihren langen roten Haaren.

Warum?

Warum hatte Metodozzi sie hinabgestürzt? Warum war Marietta verschwunden? Lebte sie noch? Francesco fühlte sich wie gelähmt vor Wut und Trauer. Zu viele Fragen, die er nicht beantworten konnte. Und je mehr er versuchte, etwas über Marietta herauszufinden, desto mehr entzog sie sich ihm. Marietta war ihm immer so weltentrückt vorgekommen, so zurückgezogen. Das Einzige, was sie wirklich zu beschäftigen schien, war ihre Arbeit. Ihre Fotos, denen sie fast all ihre Zeit widmete. Stunden hatte sie auf einer Stelle ausgeharrt, um das richtige Licht zu bekommen.

Commissario Brunelli und seine Mitarbeiter, die inzwischen diskret ihre Nachforschungen anstellten, hatten ebenfalls nichts Nennenswertes ermittelt. Mariettas Handy war unauffindbar, im Gärtnerhaus besaß sie kein Telefon. Sie hatte keine einzige Freundin, der sie sich anvertraute, ihre Eltern waren gestorben, Geschwister hatte sie keine. Ihre Personalakte war schmal und bestand vor allem aus Arbeitsproben, der Lebenslauf geradlinig und unauffällig: geboren und aufgewachsen in Florenz, in einer strengen Schwesternschule erzogen. Das katholische Internat jedoch war längst aufgelöst, die Nonnen, die dort als Lehrerinnen tätig gewesen waren, lebten nicht mehr.

In Mailand hatte Marietta Fotografie studiert, ihr einstiger Professor lehrte inzwischen an einer privaten Hochschule in Taiwan, hatte sich aber für ein Forschungsjahr freistellen lassen. Commissario Brunelli hatte ihn bisher noch nicht erreichen können. Nach ihrem Studium war Marietta mehrere Jahre durch die Welt gezogen und hatte an ihrer Mappe gearbeitet. In ihren Unterlagen fanden sich Aufnahmen aus Hongkong, aus England, Estland, Russland. Ihren Lebensunterhalt verdiente sie durch Auftragsarbeiten für verschiedene renommierte Zeitungen und Zeitschriften. Zuletzt hatte sie sich wieder in Mailand niedergelassen, hatte dort im Auftrag des Erzbistums die Renovierungsarbeiten am Mailänder Dom fotografiert und war über Empfehlungen nach Rom in den Vatikan gekommen. Nichts, aber auch gar nichts gab Aufschluss darüber, warum sie einem Verbrechen zum Opfer fallen sollte. Und Brunelli hatte erst an diesem Vormittag, schwitzend und peinlich berührt, dem Papst gegenüber zugegeben, dass er allmählich mit seinem kriminalistischen Gespür am Ende wäre.

Francesco setzte sich im Schneidersitz auf den Boden und schloss die Augen. Minutenlang saß er so da, die Sonnenflecken flirrten über sein Gesicht. Als er etwas knistern hörte, öffnete er die Augen: Eine Fliege schabte sich die Beinchen an den Fotostapeln, setzte sich Papst Petrus auf das Gesicht und brummte schließlich über der Londoner Menschenmenge, die dem Heiligen Vater zujubelte. Francesco stand auf, nahm einen der Stapel in die Hand und betrachtete die Bilder. Offizielle Aufnahmen von Papst Petrus, die auch Giulia in ihrem Pressebüro liegen hatte: die Messe, der Heilige Vater im Gebet und staunend vor dem Big Ben.

Darunter aber lagen weitere Fotografien, Stadtansichten von Rom, Details von Kirchen, Brunnen, Plätzen. Francesco erkannte den Fischschwanz einer Nymphe im schillernden Wasser, den Kopf einer Porzellanpuppe in einem Spielwarengeschäft, die Hand eines Bettlers am Kirchenportal, den Ausschnitt eines Gemäldes, das zwei überaus schmutzige Füße zeigte, und silbern glitzernde Votivgaben, Herzen, Kinderfiguren, Stoffblumen, wie an einem bunten Jahrmarktsstand. Er stutzte, besah sich das Foto noch einmal, dann die Aufnahme davor, offensichtlich zur gleichen Zeit in derselben Kirche gemacht.

Er packte die beiden Fotos, stolperte die Treppe hinunter, zog die Tür hinter sich zu und griff schon im Lauf nach seinem Handy.

«Ciao, Francesco», sagte Giulia. «Ich glaube, du hast mich noch nie auf der Arbeit angerufen. Was verschafft mir die außerordentliche Ehre?»

«Du bist doch Kunsthistorikerin ...»

«Unter anderem ... Darf ich dich mit meinem reichen Wissensschatz erfreuen?»

«Ich hab hier ein Bild von einem Gemälde aus Rom, du musst mir sagen, was drauf ist, vielleicht komm ich schnell bei dir vorbei und ...»

«Was ist denn zu sehen?»

«Na ja, das ist ja das Komische, ich habe nur einen Ausschnitt davon. Es sind nur Füße drauf, ziemlich schmutzige Füße ...»

«Wie viele Füße denn?»

«Ein Paar Füße, man sieht nur die Sohlen, von hinten und ...»

«Caravaggio. Die Madonna di Loreto. Die Füße gehören zu einem Pilger, der vor ihr kniet. Es gab einen riesigen Skandal damals, also ich meine, so etwa um 1600. Wegen der Madonna, die einige Zeitgenossen an eine stadtbekannte Prostituierte erinnerte. Und wegen der schmutzigen Füße ...»

«Kannst du mir auch sagen, in welcher Kirche das Bild hängt?»

«Auch das, oh großer päpstlicher Inquisitor. In San Agostino, gleich hinter der Piazza Navona. Darf ich fragen, seit wann du dich für barocke Gemälde der unsittlichen Art interessierst?»

«Erkläre ich dir später. Jetzt muss ich erst mal dorthin, bevor die Kirche schließt.»

«Weißt du was: Wollen wir uns dort treffen? Ich hab noch einen Termin in der Stadt, aber dann hätte ich Zeit. Sagen wir – so um 20 Uhr auf der Piazza Navona? An dem großen Bernini-Brunnen? Du erkennst mich an meiner Sonnenbrille und …»

«… an deinem schneewittchenschwarzen Haar.»

«Auf was du so achtest, neuerdings. Pass auf, Francesco – sonst wird aus dir noch ein Romantiker …»

«Ich glaube, Giulia, der bin ich schon immer gewesen.»

Und während er auflegte, murmelte er: «Genau das ist mein Problem.»

VII

«Wunderschön, nicht wahr?», sagte Dr. Parker, schloss die Augen und hielt ihr Gesicht für einen Moment in den Sprühregen. Die Fontana di Trevi schäumte und rauschte wie zu Anita Ekbergs Zeiten. Wohin man sehen konnte: azurblaues Wasser, barocke Figuren, Menschenmassen, selbst jetzt noch am frühen Abend.

«Ich habe nicht viel Freizeit, wie Sie sich denken können. Aber wenn ich rauskomme aus dem Mausoleum, dann gehe ich hierhin. Südliche Leichtigkeit. Barocke Lebensfreude. Finden Sie nicht auch, Contessa?»

«Ehrlich gestanden habe ich die Fontana di Trevi noch nie leiden können: zu viele Menschen und zu viel Theatralik – für meinen Geschmack.»

«Ich mag es», sagte Dr. Parker ungerührt. «Darum habe ich Ihnen diesen Treffpunkt vorgeschlagen. Die Fontana di Trevi ist einer der Gründe, warum ich nicht mehr aus Rom fort möchte.»

Dr. Parker trug ihre blonden Haare jetzt offen, hatte Lippenstift und Rouge aufgelegt, und zu beiden Seiten ihrer Wangen glitzerten strassbesetzte Ohrgehänge.

«Ein anderer Grund ist er – habe ich recht?» Giulia deutete auf Alessandro, der unten am Beckenrand der Fontana di Trevi stand und eine Münze über die Schulter warf.

«Ich habe mein Leben in Laboren und Operationssälen verbracht», sagte Dr. Parker. «Sterilität überall. In den keimfreien Räumen und in den Herzen. Forschung und Wissenschaft, Kontrolle und Perfektion – mehr kannte ich nicht. Und dann Rom: Licht und Leben. Süden und Sinnlichkeit. Finden Sie mich kitschig, Contessa?»

«Alessandro steht für die Sinnlichkeit, vermute ich.»

«In einem Krankenhaus lernen Sie attraktive Männer kennen: ehrgeizige, intelligente Herren in weißen Kitteln. Jeden Tag vierzehn Stunden im Job und am Wochenende Golf. Ich kann Ihnen gar nicht sagen, wie mich das langweilt.»

«Dann lieber ein Latin Lover mit MG statt IQ.»

«Alessandro ist großartig. So viril. Er macht nichts anderes als Sport und hält ansonsten die Klappe. Der erste Mann, in dessen Gegenwart ich mich völlig entspannen kann.»

«Und ein schöner Ausgleich zum Cavaliere, vermute ich?»

«Müssen Sie ihn erwähnen? Ausgerechnet hier?»

Dr. Parker seufzte und schob ihre Sonnenbrille ins Haar. Sie seufzte. «Wie fanden Sie ihn denn – meinen Patienten?»

«Monströs.»

«Ich wäre schon lange weg, wenn Rom nicht wäre. Und Alessandro. Und vielleicht auch das Geld. Aber Geld habe ich allmählich genug verdient. Bleiben Rom und Alessandro.»

«Sie könnten doch einfach kündigen und einen anderen Job annehmen. Meinetwegen auch in Rom.»

«So einfach ist das nicht. Ich bin zwar etwas abgetaucht für die Fachwelt, aber ich habe immer noch einen hervorragenden Ruf. Und darum gibt es weltweit höchstens eine Handvoll Kliniken und Institute, an denen ich ohne Ansehensverlust arbeiten könnte. Und keines davon befindet sich in Rom.»

Die Ärztin hatte einen verträumten Ausdruck in ihren Augen. Dann wurde sie plötzlich ernst. «Ich bin gespannt, ob Sie mit dem Cavaliere ins Geschäft kommen», sagte sie. «Haben Sie wirklich die Möglichkeit, den Papst um sein größtes Heiligtum zu erleichtern? Und vor allem: Sind Sie dazu skrupellos genug?»

«Ich werde eine Lösung finden.»

«Die Lösung sollte nicht darin bestehen, dass Sie dem Cavaliere eine Fälschung präsentieren. Ich bin keine Anthropologin, aber ich verstehe genügend von Knochen, um die Echtheit einer Reliquie zu überprüfen. Falls der Schädel, den Sie präsentieren, falsch sein sollte, werde ich es merken.»

«Natürlich könnten Sie es merken. Aber warum sollten Sie es tun?»

«Weil mich der Cavaliere damit beauftragt hat. Sobald Sie den Schädel liefern, werde ich ihn prüfen. Mit Hilfe der fähigsten Experten. Der Cavaliere zahlt gut, wie Sie wissen.»

«Nehmen wir an, der Schädel wäre nicht echt: Könnte es irgendeinen Grund für Sie geben, den Cavaliere darüber im Unklaren zu lassen?»

«Ich wusste, dass Sie mir diese Frage stellen würden», sagte Dr. Parker. «Ich wusste es, seit Sie mir dieses Treffen vorgeschlagen haben. Und Sie wissen vermutlich, was ich Ihnen antworten werde, nicht wahr?»

«Ehrlich gesagt: nein.»

«Dabei ist es doch so einfach», sagte Dr. Parker. Und lächelte zum ersten Mal richtig.

«Ich versuche gerade, mich in Ihre Lage zu versetzen», sagte Giulia. «Sie haben den Cavaliere satt. Aber Sie wollen nicht aus Rom weg. Also brauchen Sie hier einen Job. Einen Job, der Ihren Qualifikationen entspricht.»

«Richtig.»

«Nehmen wir einmal an», sagte Giulia, «dass an der Sapienza ein Forschungsinstitut gegründet werden soll. Zufälligerweise für Ihr Fachgebiet. Nehmen wir an, dass man einen renommierten Spitzenforscher sucht. Ein Aushängeschild.»

«So ein Institut kostet viel Geld», sagte Dr. Parker. «Ich dachte, die Sapienza ist pleite.»

«Eine private Stiftung.»

«Und der Stifter ist – lassen Sie mich raten – der Cavaliere.»

«Ich dachte daran, den Gewinn aus dem Schädelverkauf in die Stiftung einzubringen. Zumindest teilweise.

Voraussetzung wäre natürlich, dass der Cavaliere den Schädel kauft.»

«Und das wird er nur tun, falls der Schädel echt ist.»

«Genau.»

«Ich verstehe», sagte Dr. Parker und sah spöttisch einer Gruppe Touristinnen zu, die verzückt Fotos von Alessandro schossen.

«Der Cavaliere hat mir anvertraut, welche Pläne er für den Fall seines Ablebens hat», sagte Giulia.

«Sie denken an die Mädchen, nicht wahr?»

«Ich dachte zunächst, dass der Cavaliere einen makabren Scherz macht. Im Verlauf des Gesprächs wurde mir dann klar, dass er es ernst meint.»

«Er meint es ernst», sagte Dr. Parker. «Aber dafür ist Alessandro zuständig. Reden Sie mit ihm.»

«Meinen Sie, er lässt mit sich reden?»

«Nach dem Tod des Cavaliere muss er nachweisen können, dass die Mädchen das Mausoleum nicht mehr verlassen haben. Ein Vertrauter des Cavaliere überprüft es und zahlt ihm pro Mädchen einen ziemlich hohen Betrag.»

«Ich könnte mir vorstellen, den Betrag zu erhöhen – falls die Mädchen lebend rauskommen. Meinen Sie, das passt zu seinen Plänen?»

«Alessandro hat keine Pläne», sagte Dr. Parker. «Sein Lebensziel besteht darin, mich glücklich zu machen. Dazu braucht er Geld und Zeit. Ich könnte mir vorstellen, Contessa Giulia, dass Sie mit ihm ins Geschäft kommen werden.»

VIII

«Hej, wie siehst du denn aus?», fragte Giulia. «Bist du dem Leibhaftigen begegnet?»

«Tut mir leid. Ich glaube, ich muss mich erst einmal ein bisschen beruhigen», antwortete Francesco.

«Da hilft Alkohol, in größeren Mengen.»

«Du weißt doch, dass ich so gut wie nichts trinke.»

«So gut wie nichts war an diesem Sommerabend auf meinem Balkon aber eine ganze Menge.»

Francesco wurde rot.

«Giulia, ich ... der Abend damals ... Du weißt, ich würde nie ... Also, ich bin Mönch und ...»

«Schon gut, quäl dich nicht.» Giulia merkte, wie ihr schlagartig die gute Laune verging. «Du musst dich vor mir niemals rechtfertigen. Nicht für deinen Alkoholkonsum. Und auch sonst für nichts. Damit Ende der Diskussion.»

«Möchtest du dich irgendwo hinsetzen?» Francesco blickte sich ratlos um. Die Brunnen auf der Piazza Navona waren erleuchtet, die Straßencafés voll, obwohl es allmählich kühl wurde. Straßenmusikanten walzten mit Ziehharmonika und Geigengeschrammel von einem Tisch zum nächsten, einige bauten sogar noch Verstärker auf.

«Nicht hier. In diesen Etablissements reicht mein üppiges Pressesprechergehalt nicht einmal für einen Cappuccino.»

Am Ärmel seines Habits zog sie Francesco an der hell angestrahlten Kirchenfassade von Sant'Agnese vorbei in eine enge Gasse. Ihre Absätze klackerten auf dem Kopfsteinpflaster. Energisch lief sie neben ihm her, ließ ihn nicht los und bog schließlich nach rechts in eine weitere, noch engere kleine Gasse ein, die an einer Kirchenfassade endete.

«Das hier ist Santa Maria della Pace», dozierte Giulia. «Bekannt wegen ihrer zauberhaften Fresken von Raffael, die allerdings nie zu sehen sind, weil die Kirche fast immer geschlossen hat. Ganz im Gegensatz übrigens zum weltberühmten Kreuzgang von Bramante.»

Sie wandte sich nach links und steuerte eine kleine Tür an. Francesco hielt sie überrascht zurück. «Ich wusste nicht, dass du noch Kirchen besichtigen wolltest. Vielleicht verschieben wir den gemeinsamen Abend ja noch einmal, und wenn du …»

«Lass dich überraschen. Das hier ist genau der richtige Ort für einen Mönch, der einmal etwas über den Durst trinken möchte.»

Sie betraten den ehemaligen Klosterhof. Giulia ging auf eine kleine Treppe zu, die zu den Säulenarkaden im ersten Stock führte.

«Gefällt es dir?», fragte Giulia.

In den Arkaden waren kleine Nischen mit Bänken und Tischen. Es war so eng, dass Francesco mit seinen Knien die Beine von Giulia berührte.

Er wurde rot.

Wieder einmal.

«Dies hier ist eigentlich ein Örtchen für den etwas späteren Abend. Aber sie machen kleine Gerichte. Und hervorragende Cocktails. Ich nehme einen Martini. Aber du kannst sicher auch ein Bier haben …»

Sie sah ihn besorgt an.

«Und jetzt erzählst du mir vielleicht mal, was du Schreckliches in Sant'Agostino erlebt hast.»

Francesco stützte den Kopf in die Hände und sagte erst einmal gar nichts. Sein Gesicht war nach dem mondänen Ausflug am Ostermontag längst wieder von einem Dreitagebart überwuchert. Trotzdem ertappte sich Giulia dabei, wie sie unter Bartstoppeln und Lockengewirr nach seinen markanten Gesichtszügen suchte.

«Also, ich habe mehrere Fotos von Marietta ... von Marietta Crederci gefunden.»

«Du warst noch mal im Gärtnerhaus?»

«Ich war dort und habe zuerst nichts Außergewöhnliches bemerkt. Bis auf diese Fotos. Offensichtlich private Schnappschüsse von ihr. Auf einigen waren Details aus Sant'Agostino zu sehen – ohne deine Hilfe hätte ich dieses Gemälde von Caradingsbums ...»

«Caravaggio!»

«... natürlich nie erkannt. Ich ging also zu dieser Kirche und erkannte auch das Bild wieder – eine Madonna von überirdischer Schönheit ...»

«... das fanden schon die Männer zu Caravaggios Zeiten. Die Prostituierte, die er als Maria verewigte, war damals legendär.»

«Jedenfalls traf ich dort auf einen Bruder, einen Augustinermönch, der mich ein bisschen herumführte und mir alles erklärte. Die Kirche ist nämlich nicht nur berühmt wegen dieses Gemäldes, sondern vor allem wegen einer Marmorstatue, die gleich beim Eingang steht. Sie zeigt die Muttergottes, die den Jesusknaben auf dem Schoß hält. Diese Figur wird sehr verehrt. Alle Römerinnen kennen sie, sagte mir der Bruder. Denn sie ist ...»

«Du meinst die Madonna del Parto, oder?»

«Ja. Die ‹Madonna der Geburt›. Sie wird angebetet, wenn eine Frau sich Kinder wünscht. Oder», er schluckte kurz, «wenn sie wegen einer Schwangerschaft in Schwierigkeiten ist.»

«Du meinst, Marietta …»

«Ich habe dem Bruder beschrieben, wie Marietta aussah. Und er konnte sich genau an sie erinnern: ungewöhnlich zierlich, mit langem rotem Haar. Sie war vor einigen Wochen dort. Erst machte sie Fotos, dann kniete sie sich vor die Madonna del Parto und betete lange. Der Bruder sagte, sie habe geweint. Er wollte sie ansprechen, aber sie stand auf und war so schnell wieder verschwunden, dass er nicht mit ihr reden konnte.»

«Das heißt also nüchtern betrachtet: Sie war schwanger.»

«Unglaublich, oder?»

«Wirft das jetzt dein Weltbild von der unschuldigen und engelsgleichen Künstlerin über den Haufen?»

«Du brauchst nicht immer zu spotten. Selbst ich weiß, wie Kinder entstehen.» Zum Glück war es inzwischen so dunkel, dass Giulia seine Gesichtsfarbe nicht sehen konnte.

«Aber du hättest diesen Lebenswandel nicht von Marietta angenommen …»

«Nein, hätte ich nicht.» Francescos Antwort kam schärfer, als er eigentlich wollte. Er stand auf. «So kann ich das nicht, verstehst du. Das Ganze geht mir nahe. Ich … ich mochte Marietta und fand sie so rein …»

«Und jetzt musst du feststellen, dass sie genauso ist wie alle anderen?»

«Nein. Aber wenn ich mich in diesem Punkt geirrt habe, dann ist sie nicht nur ganz anders, als ich dachte. Dann ist das ganze Bild, das ich von ihr habe, nicht stimmig. Was wussten wir denn bisher von ihr? Dass sie fromm ist und schön, dass sie eine Klosterschule besucht hat und gut fotografieren kann. Jetzt wissen wir außerdem, dass sie ein Verhältnis mit unserem Chefarchäologen hatte, dass sie schwanger war und in Nöten ... Warum haben die beiden nicht geheiratet? Warum hat sie das alles verheimlicht?»

«Du bist gut: Natürlich hat sie nichts gesagt. Mit einem Kind, noch dazu einem unehelichen, ist sie wohl die längste Zeit die Leibfotografin des Papstes gewesen. Warum sie nicht geheiratet haben, verstehe ich allerdings wirklich nicht. Gerade wenn er, deinen Erzählungen nach, so verrückt nach ihr war ... Guck mal, da kommen die Getränke. Setz dich endlich wieder hin und trink einen Schluck. Ich entschuldige mich auch in aller Form. Und dann lass uns überlegen, wie wir weitermachen. Du musst unbedingt noch einmal mit Metodozzi reden – wenn du dazu in der Lage bist?»

Francesco nickte widerstrebend.

Donnerstag

I

Nicht einmal fünf, ach was, drei ruhige Minuten waren ihm mit der Sportzeitung am Morgen vergönnt.

Die Vorbereitungen zur Fußball-EM waren in vollem Gange, und langsam begann sich auch Petrus, trotz der misslichen italienischen Situation, für die Geschehnisse auf dem Platz zu interessieren. Stark, ganz stark war die Ukraine, spannend die Mannschaft aus Aserbaidschan. Weit abgeschlagen bei den Wettbüros dagegen die Engländer um ihren schrägen Trainer Jack Steel. Petrus hatte fast Mitleid mit der Mannschaft. Seit seiner umjubelten Audienz in London fühlte er sich dem Inselvolk merkwürdig verbunden, und dieser Steel schien zumindest ein ehrlicher Kerl zu sein – was man von einigen seiner italienischen Kollegen nicht unbedingt behaupten konnte.

«Und jetzt die Füße hoch.»

Nicht einmal drei Minuten.

«Höher!»

Auch zwei Minuten hätten gereicht, um wenigstens die Überschriften zu überfliegen.

«Sie müssen mit dem Sessel schon ein Stück zum Fenster rutschen, oder glauben Sie, ich schwebe wie der Heilige Geist über Ihrem Haupt?»

Oder eine Minute, um einfach nur in aller Stille die Augen zu schließen.

«Am besten, Sie erheben sich zu einem kurzen Spaziergang. Etwas Bewegung könnte Ihnen nicht schaden nach den vergangenen Ostervöllereien.»

Immaculatas Stimme drang wie von Ferne durch das Dröhnen des Staubsaugers an sein Ohr. Wenn er die Gazzetta dello Sport mitnahm, konnte er es sich vielleicht noch auf der Dachterrasse gemütlich machen. Für fünf Minuten.

Noch bevor er sich erheben konnte, landete ein Schwall Schaum auf seiner Soutane. Immaculata hatte den Staubsauger abgestellt und mit dem Wischen der Möbel begonnen. Dem Feuchtwischen. Mit Emsigkeit wirbelte sie durch den Raum, ihre sonst so blassen Backen glühten vor Befriedigung. Mit der einen Hand schüttelte sie die Sofakissen auf und legte sie mit einem kurzen, akkuraten Handkantenschlag wieder ab. Mit der anderen wischte sie über den Couchtisch, die Oberfläche, die Seiten, die gedrechselten Füße – kein noch so kleines Stäubchen war vor ihr sicher. Petrus betrachtete sie mit einer Mischung aus Faszination und Ekel.

«Wie Sie in all diesen Mikroben hausen können, ist mir völlig schleierhaft», schnaubte seine Haushälterin. «Obwohl ich einmal am Tag trocken und alle zwei Tage feucht nachwische, kleben ständig neue Partikel an den Möbeln. Hier zum Beispiel» – sie schrubbte mit kleinen zackigen Bewegungen an der Unterseite des Tisches entlang – «pappt wieder etwas fest. Wahrscheinlich ein Kaugummi Ihrer Pressesprecherin.»

Mit einem Ruck zog Immaculata ihre Hand samt Wischlappen zurück und betrachtete triumphierend das kleine Stückchen Dreck.

«Aber das ist, Heiliger Vater, das ist ...» Ihre Stimme zitterte vor Empörung. «Dieses Objekt hat hier überhaupt nichts verloren. Das ist, das ist ...»

Petrus sah ihr über die Schulter und nahm ihr vorsichtig das winzige schwarze Plättchen aus der Hand.

«Das, liebe Immaculata, ist ein mobiles Abhörgerät, eine sogenannte Wanze. Und jetzt überleg gut, was du sagst. Denn wir beide, du und ich, wir sind gerade auf Sendung.»

II

«Du schaffst das», sagte Jack Steel und haute seinem Mittelstürmer aufmunternd auf die Schulter.

«Klar, ich schaff das», sagte der Mittelstürmer, legte den Ball auf den Elfmeterpunkt und wollte eben schießen, als sich jemand vordrängelte. Es war, wie er erstaunt feststellte, eine korpulente Frau mit grauen, zu einem Dutt geknoteten Haaren, die einen karierten Haushaltskittel trug. Entschlossen ging sie zurück, um Anlauf zu nehmen.

«Mum!», rief der Mittelstürmer.

Die Frau hielt inne, stemmte die Hände in die Hüften und funkelte ihn wütend an. «Alles muss man selbst machen. Putzen, waschen, kochen, Elfmeter schießen.»

«Du musst das nicht tun, Mum! *Ich* bin doch der Fußballprofi! *Ich* kann den Elfmeter schießen!»

«Kannst du nicht. Ich weiß doch, wie es um dich steht: Seit Wochen machst du dir in die Hosen, nur weil es im Turnier gegen die Krauts gehen könnte.»

«Das ist nicht wahr, Mum, ich …»

«Du bringst es fertig und jagst den Ball in die Wolken. Dein Großvater hat sein Leben auf einer verdammten Fregatte gelassen. Für sein Vaterland. *Rule, Britannia! Rule the waves: Britons never will be slaves.* Darauf kommt es an. Und weil du das nie begriffen hast, werde ich diesen Elfmeter schießen.»

«Mum!»

Doch da rannte sie schon los, angefeuert von Jack Steel und den anderen Spielern. Mit watschelnden Schritten, ungeachtet ihrer Arthrose.

«Hey, Junge, was ist los!»

«Bitte?»

Jack Steel legte ihm die Hand auf die Schulter. «Du stehst jetzt seit Minuten vor dieser Kugel und starrst sie an. Was ist los, mein Junge?»

«Nichts. Ich musste nur an einen Albtraum denken.»

«Du hattest einen Albtraum letzte Nacht?»

«Nicht letzte Nacht», sagte der Mittelstürmer. «Jede Nacht.»

Dann lief er an und schoss:

Vorbei.

III

Das Erste, was sie hörte, war lautes Töpfeklappern, übertönt von einem enormen Streichorchester und einer aufgeregten Frauenstimme: Im Vatikan ist tatsächlich die Hölle los, dachte Giulia, als sie den Flur der päpstlichen Wohnung hinunterging. Das Getöse klang entfernt nach Verdi, Rigoletto. Seit wann hatte Immaculata ihre Liebe zur Oper entdeckt? Giulia roch gebratene Zwiebeln und Sellerie, abgelöscht mit … mit … das musste tatsächlich Wein sein. Wie kam dieses Teufelszeug in die sonst so nüchtern geführte Küche?

Was war hier eigentlich los?

Mit einem schnellen Ruck öffnete sie die Tür. Die Arie dröhnte ohrenbetäubend durch die riesige Küche. Ganz hinten konnte sie schemenhaft in einer Dampfwolke eine rundliche Gestalt erkennen, mit einem Kochlöffel in der einen und einer Flasche Wein in der anderen Hand.

«Heiliger Vater, was machen Sie da? Und wo ist Immaculata?»

Der Papst drehte sich ertappt um. Er hatte eine karierte Tischdecke umgebunden und trug etwas auf dem Kopf, das Giulia entfernt an eine zusammengeknautschte Bischofsmitra erinnerte.

«Ich dachte, ich wäre längst fertig, bis ihr beiden hier seid. Aber schon das Zwiebelschneiden hat so lange gedauert und …»

Giulia warf einen besorgten Blick in den Kochtopf.

«Was soll denn das werden?»

«Ich wollte Lasagne zum Mittagessen machen. Nach dem alten Familienrezept meiner Mutter. Sie hat es in ein Schulheft notiert, das immer in der Küchenschublade lag. Allerdings hat sie nirgendwo Mengenangaben hingeschrieben, sodass ich jetzt einfach mehr nach Gefühl arbeite.»

«Haben Sie den ganzen Wein schon über die Zwiebeln gekippt?»

«Nun ja, es stand da, dass man mit Wein ablöschen sollte und ...»

«Aber doch nicht mit einem halben Liter, die Zwiebeln schwimmen ja schon.»

Energisch nahm ihm Giulia die Weinflasche aus der Hand, stellte sie auf den Küchentisch und drehte das Radio leiser.

«Sie haben mir immer noch nicht verraten, wo Sie Immaculata hingeschickt haben.»

«Immaculata ermittelt.» Der Papst lächelte selig. «Ich habe ihr gesagt, sie solle sich ruhig ein paar Tage Zeit lassen. So eine Untersuchung lässt sich schließlich nicht in wenigen Stunden durchführen. Und in ihrer gewohnten Gründlichkeit wird sie nicht eher ruhen, bis sie allen Dreck und alle Ungereimtheiten beseitigt hat.»

«Sie dürfen nicht aufhören zu rühren. Wo um Gottes willen wirbelt sie denn den Staub auf? Und wie haben Sie den alten Hausdrachen dazu gekriegt, seine Höhle zu verlassen?»

«Sie wird sich als Zimmermädchen im Hotel Hassler an der Spanischen Treppe bewerben. Falls man sie nimmt, wird sie sich besonders den hochwohlgeborenen britischen Gästen widmen.»

«Sie haben Immaculata auf den Earl of Sunderness angesetzt? Wie kommen Sie denn darauf?»

«Nun, nach meinen Informationen benimmt sich der Earl zumindest seltsam …»

«Entschuldigen Sie, aber was haben Sie mit den beiden rohen Würstchen und dieser riesigen gusseisernen Pfanne vor?»

«Hier, bei meiner Mutter steht: zwei Würstchen. Und die wollte ich nun braten.»

«Sie sollen die Würstchen nicht braten, sondern nur das Brät aus der Pelle drücken und ins Hackfleisch mischen. So. Ich rühre, und Sie können ja schon mal die Tomaten klein schneiden.»

«Jetzt hast du mich unterbrochen», sagte Petrus und suchte nach einem Küchenmesser. «Also: Der Earl schnüffelt als angeblicher Klatschreporter im Vatikan herum, er zückt sein Aufnahmegerät bei jeder Gelegenheit, er befestigt Wanzen unter meinem Couchtisch und macht der Pressesprecherin des Papstes schöne Augen.»

«Er hat mir keine schönen Augen gemacht …»

«… macht der Pressesprecherin des Papstes schöne Augen! Ich mag es nicht, wenn jemand stets zur richtigen Zeit am richtigen Ort ist. Es stimmt mich misstrauisch.»

«Sind Sie fertig mit den Tomaten?»

«Au!» Petrus lutschte ärgerlich an seinem Zeigefinger. «Jetzt habe ich mich geschnitten.»

Die Küchentür knarrte.

«Francesco», sagte Giulia, «du kommst gerade recht! Könntest du bitte mal weiterrühren, damit nichts anbrennt – ich muss den Heiligen Vater verpflastern.»

«Was ist denn hier los?» Francesco blickte hilflos auf den Kochlöffel, den ihm Giulia in die Hand gedrückt hatte. «Wo ist Immaculata?»

«Wir sind ihr nicht mehr gut genug. Momentan wischt sie Staub im Hassler. Rühren, hab ich gesagt!»

«Francesco, mein Sohn», sagte Petrus. «Du siehst verwirrt aus. Ist irgendetwas? Wusstest du eigentlich, dass die Küche früher das Terrain der Männer war, bevor die Frauen die Herrschaft an sich gerissen haben?»

Ratlos stocherte Francesco im Hackfleisch herum. «Was wird das?»

«Du bist schon der Zweite, der mich das heute fragt», sagte Petrus gereizt. «Die Antwort ist: Lasagne. Nach dem Rezept meiner seligen Mutter, einer großartigen Köchin.»

«Offensichtlich haben Sie ihr in der Küche nicht so oft Gesellschaft geleistet, sonst wüssten Sie, dass eine gute Lasagnesoße mindestens drei Stunden vor sich hin köcheln muss», sagte Giulia. «*Meine* Mutter, die eine miserable Köchin ist, hat solche Aufgaben immer gleich ans Personal delegiert. Und von unserer Köchin weiß ich wiederum, dass man die Lasagne besser einen Tag im Voraus vorbereitet, um sie dann mit der Béchamelsoße nur noch in den Ofen zu schieben.»

«Bécha- was?»

«Béchamelsoße, eine äußerst heikle Angelegenheit aus Butter, Milch und Mehl. Wenn Sie möchten, übernehme ich das. Dann haben wir morgen ein schönes Mittagessen. Und für jetzt empfehle ich entschieden den Pizzadienst.»

Petrus sah missmutig zu, wie Giulia ihr iPhone zückte und die Bestellung aufgab.

«Ja, einmal Capricciosa, einmal Margherita und für Sie», sie musterte ihren Chef mitleidig, «darf es eine Golosa sein, mit pikanter Salami und Artischocken?»

Giulia legte auf und setzte sich zu ihm an den übergroßen, dunklen Küchentisch, an dem ein ganzes Kloster Platz gefunden hätte.

«Sie sind nicht zufrieden», konstatierte sie.

«Ich habe das Gefühl, dass mich seit dem Diebstahl der Reliquie die göttliche Intuition verlassen hat», seufzte Petrus.

«Wirklich weitergekommen sind wir jedenfalls noch nicht», stellte Giulia fest.

«Ich fasse zusammen», sagte Petrus. «Eine Person wird angeschossen, eine andere verschwindet, der Schädel wird gestohlen. Alle diese Ereignisse haben mit den Reliquien zu tun. Und mit mir. Da ist dieser eigenartige Fallimento mit seinem ketzerischen Warenhaus. Der tattrige Cavaliere, der sich das ewige Seelenheil sichern und dazu unbedingt meinen Petrusschädel kaufen will. Da ist ein englischer Spion, der Wanzen unter meinen Sofatisch klebt …»

Es klingelte.

«Der Pizzabote! Francesco, könntest du bitte die Tür öffnen?»

«Er sieht ein wenig blass aus», sagte Petrus leise zu Giulia, als Francesco die Küche verlassen hatte.

«Ja, die Sache mit Marietta Crederci nimmt ihn furchtbar mit. Hat er Ihnen überhaupt schon das Neueste erzählt? Marietta und Metodozzi waren nicht nur ein Paar. Sie wollten heiraten – und sie erwartete ein Kind …»

«Ach.» Petrus sah nachdenklich vor sich hin. «Heiraten. Und ein Kind … Wenn das mal nicht …»

In diesem Augenblick kam Francesco mit den Pizzakartons zurück.

«Mein Junge, deine schöne Freundin hier erzählte mir gerade, dass dir die Liebesbeziehung des Herrn Metodozzi mit der zarten Marietta Crederci nicht gefällt.»

Francesco wusste vor Verlegenheit gar nicht, wo er hinsehen sollte.

«Nun, mein Sohn, mir gefällt sie auch nicht. Und ich finde, du solltest unseren Chefarchäologen bei Gelegenheit noch einmal etwas genauer aushorchen.» Petrus zerteilte mit einem großen Küchenmesser die Pizzen. «Und Giulia, so leid es mir tut, du wirst noch einmal zum Cavaliere zurückkehren müssen. Du musst in Erfahrung bringen, wer sein Partner war, als er den Schädel zum ersten Mal kaufen wollte.»

«Ich habe schon einen Plan», sagte Giulia.

«Tatsächlich?»

«Sie wollen eine Information haben. Aber diese Information bekomme ich nur, wenn ich ein Vertrauensverhältnis zu ihm aufbaue. Und ein Vertrauensverhältnis kann ich nur aufbauen, wenn ich ihm den Schädel verkaufe. Also werde ich ihm den Schädel des Petrus verkaufen. Und nebenbei – aber das muss Sie nicht interessieren – seine Mädchen vor dem Paradies retten.»

«Ich verstehe nicht recht …»

«Müssen Sie auch nicht. Lassen Sie mich nur machen. Sie bekommen Ihre Information.»

Petrus nahm sich ein großes Stück Golosa und biss hinein.

«Derweil wird Immaculata unseren Engländer beschatten», sagte er kauend. «Sie will mich morgen früh an einem *geheimen Ort* treffen, um mir ihre Ermittlungsergebnisse mitzuteilen. Ich kann es kaum erwarten.»

IV

«Wir suchen dringend Verstärkung für unseren Zimmerservice», sagte Signor Martini, Personalchef des Hotels Hassler, und musterte die ältere, streng blickende Frau, die steif in der Mitte des Raumes stand. Sie trug ein schwarzes Witwenkleid mit einem Rüschenkragen und hielt eine große, schwarze Tasche in der Hand. «Aber wir haben auch ganz besondere Ansprüche an unser Personal. Das Hassler an der Spanischen Treppe ist eines der ersten Häuser Roms und blickt auf eine lange Tradition zurück. Es stammt noch aus den achtziger Jahren des 19. Jahrhunderts.»

«Aus dem Jahr 1885, um genau zu sein», sagte Immaculata.

«In der Tat», sagte Signor Martini. «Sie haben sich gut informiert, Signora. Darf ich fragen, weshalb Sie sich für eine Tätigkeit in unserem Haus interessieren?»

«Weil ich Ordnung und Sauberkeit liebe», sagte Immaculata. «Und ich vermute, dass es im Zimmerservice vor allem darum geht, für Ordnung und Sauberkeit zu sorgen.»

«Das trifft sicherlich zu», sagte Signor Martini. «Aber damit ist nicht nur Staubsaugen und Bettenaufschütteln gemeint. Ich wünsche mir von unserem Zimmerservice, dass er Schmutz auch dort aufspürt, wo man ihn nicht gleich sieht. Und ich möchte, dass unser Zimmerservice ein perfektes Gefühl für Ordnung entwickelt. Ich suche Mitarbeiterinnen, die ein Zimmer betreten und sofort spüren, dass hier etwas nicht stimmt. Verstehen Sie, was ich meine, Signora?»

«Natürlich. Ich weiß immer, wenn etwas nicht stimmt.»

«Um Ihnen zu verdeutlichen, worum es geht, habe ich Sie in dieses Hotelzimmer geführt. Ein ganz normales Hotelzimmer, der Zimmerservice war bereits hier. Aber ich habe einige Kleinigkeiten verändert. Vielleicht finden Sie ja, was nicht mehr ganz passt? Lassen Sie sich Zeit. In fünf Minuten komme ich wieder.»

Signor Martini ging. Als er kurz darauf zurückkam, stand Immaculata immer noch in der Zimmermitte, die schwarze Handtasche fest im Griff.

«Sie haben sich gar nicht umgesehen», fragte Signor Martini enttäuscht.

«Selbstverständlich. Ich arbeite äußerst rasch.»

«Und?»

«Das Ölgemälde über dem Sekretär dort hinten hängt schief. Die Tagesdecke über dem Bett ist etwas zerknittert. Und im Waschbecken liegt ein hauchdünnes, kaum sichtbares Haar.»

«Sie haben sogar das Haar gefunden», sagte Signor Martini. «Das ist ganz erstaunlich.»

«Ich dachte mir, dass Sie diese drei Veränderungen meinten», sagte Immaculata. «Sie waren sehr auffällig und kaum zu übersehen. Ganz offensichtlich hatte sie jemand mit Absicht vorgenommen. Natürlich habe ich noch weit mehr gefunden, was nicht perfekt ist.»

«Tatsächlich?»

«Auf dem Balkon befinden sich in der dritten und der siebten Blumenschale – von links aus gesehen – leicht verwelkte Pflanzen. Sie wirken bedrückend und irritieren Ihre Gäste durch ihre triste Ausstrahlung. Die Handtücher sind unterschiedlich gepflegt worden: Das große Badehandtuch hat eine etwas rauere Oberfläche als die kleineren Handtücher. Oben auf dem Türstock befinden sich Staubreste. Die Fransen der Teppiche, die neben dem Sekretär liegen, sind nicht akkurat in einer Richtung geordnet. Und die Schale mit Früchten, die sie zur Begrüßung bereitgestellt haben, überzeugt mich gar nicht: Die Banane weist, wenn man sie umdreht, einen kleinen braunen Fleck auf. Und die Äpfel hätte man stärker polieren können, sodass sie glänzen. Im Kleiderschrank befinden sich überwiegend Kleiderbügel, die aus dunkelbraunem Holz mit auffälliger Maserung gearbeitet wurden. Aber ein Kleiderbügel wirkt heller und zeigt keine Maserung. Warum nicht einheitlich? Haben Sie die Schränke mit Restbeständen bestückt? Im Leuchter an der Decke strahlt die hintere Birne etwas schwächer als die anderen. Die Terrassenliege weist an ihrer Unterseite etwas Schmutz auf. Eine Frau mit weit geschnittenem Kleid, die sich dort niederlässt, hat Schlimmes zu befürchten. Und als unpassend empfinde ich die obszönen Bilder an den Wänden. Aber das ist Geschmackssache.»

«Sie haben einen erstaunlichen Ordnungssinn», sagte Signor Martini. «Aber darf ich fragen, weshalb Ihnen die Barock-Gemälde an den Wänden missfallen? Sie zeigen Szenen aus der antiken Mythologie.»

«Ich habe nichts gegen Barock-Gemälde. Aber wir befinden uns in der Hauptstadt der Christenheit. Sicherlich hätte man auch Heiligenlegenden aufhängen können. Oder ein schönes Papstporträt. Darf ich noch etwas anmerken?»

«Bitte, Signora.»

«Ihre Schuhe sind nicht perfekt.»

«Aber ich bitte Sie, Signora: Sie sind frisch geputzt! Gerade eben! Vom Hotelpagen! Ich kann kein Stäubchen auf dem Leder entdecken.»

«Ich meine auch nicht das Leder. Ich meine die Schnürbändel. An Ihrem linken Schuh sind sie unterschiedlich lang gebunden. Darauf sollte man achten.»

«Sie sind eingestellt», sagte Signor Martini erschöpft. «Wenn Sie möchten, können Sie gleich anfangen.»

«Und zwar am besten hier», sagte Immaculata. «Dieses Chaos können Sie Ihren Gästen keinesfalls zumuten.»

V

«Ich schlage vor, dass wir uns aufteilen», sagte Petrus zum Großkanzler der Päpstlichen Universität Gregoriana, einem durchgeistigten, etwas kränklich wirkenden Professor der Theologie. «Sie saugen, und ich wische Staub. Oder umgekehrt. Wie ist es Ihnen lieber?»

«Heiliger Vater ...», stotterte der Großkanzler. «Solche Aufgaben ... sollte da nicht doch besser Ihre Haushälterin ...?»

«Meine Haushälterin ist für einige Tage unterwegs», sagte Petrus. «Leider konnte sie kurzfristig keinen Ersatz finden. Jedenfalls keinen, der ihren Ansprüchen genügt – und weniger qualifizierte Kräfte darf ich nicht in die Wohnung lassen. Folglich muss ich mich nun selbst um den Haushalt kümmern. Aber das macht nichts: Bete und arbeite, sagte der heilige Benedikt. Und gebetet habe ich am Osterwochenende schon genug. Übrigens: Der Stecker gehört in die Steckdose. Vorher bleibt der Staubsauger so untätig wie zwei Drittel meiner Kurienbeamten.»

«Ich hatte gehofft, dass wir in Ruhe über eine sensible Frage sprechen können ...»

«Können wir doch», sagte Petrus. «Wer behauptet denn, dass eine Audienz immer im Sessel stattfinden muss? Aber ich sehe schon, dass Sie zu meinem Staubsauger ein eher distanziertes Verhältnis haben. Am besten, Sie nehmen dieses Staubtuch und kümmern sich um meinen Schreibtisch.»

Petrus entrollte das Kabel und steckte den Stecker ein. Der Großkanzler ergriff mit spitzen Fingern das Staubtuch, wedelte fahrig über die Schreibtischplatte und rang um Fassung.

«Ich hatte die Fenster offen gelassen», sagte Petrus und montierte die Polsterdüse. «Und plötzlich war alles von Blütenstaub bedeckt. Vor allem mein Lieblingsohrensessel.»

Er schaltete den Staubsauger an und widmete sich liebevoll den Ritzen zwischen Lehne und Sitzpolster.

«Wenn Sie fertig sind, können Sie sich das Bücherregal vornehmen», rief er und schaltete den Regler etwas tiefer, um die Antwort des Großkanzlers verstehen zu können. «Und dann sagen Sie mir bitte, weshalb Sie so dringend einen Termin bei mir benötigten.»

«Es handelt sich um Signor Metodozzi», sagte der Großkanzler. «Ihren Archäologen. Er ist, wie Sie wissen, im Gespräch für unsere Professur für frühchristliche Archäologie. Die Kurie hatte mich dringend gebeten, seine Bewerbung äußerst wohlwollend zu prüfen. Offenbar ...»

Der Großkanzler suchte nach einer möglichst diskreten Formulierung.

«Offenbar will man ihn loswerden im Vatikan», sagte Petrus und begann mit der Rückenlehne. «Sie dürfen die Dinge ruhig beim Namen nennen. Ich schätze das. Unser Signor Metodozzi, ein hervorragender Experte, sah sich leider nicht in der Lage, unseren Reliquienfund angemessen zu würdigen. Und auch sonst neigt er dazu, die Erkenntnisse der Wissenschaft zu überschätzen – und die Offenbarungen des Glaubens zu ignorieren. Aus diesem Grund haben meine Kurienkardinäle dazu geraten, ihn durch einen etwas frömmeren Archäologen zu ersetzen. Ich bin in solchen Fragen ja nicht so heikel, habe mich aber gefügt. Allerdings habe ich darum gebeten, dass man ihm ein angemessenes Pöstchen mit gutem Auskommen verschafft. Er ist kein schlechter Mensch, nur etwas verblendet. Wie ich sehe, hat die Kurie ihn zu Ihnen verräumt – an die Universität. Ich wusste das gar nicht.»

«Offen gesagt, waren wir darüber nicht sehr glücklich», sagte der Großkanzler gequält. «Er ist ein hervorragender Wissenschaftler. Aber seine religiösen Zweifel sind natürlich eine Belastung. Dennoch wollten wir dem Wunsch des Heiligen Stuhls entsprechen. Nun aber ...»

Der Großkanzler säuberte mechanisch den Lampenschirm und rang um Worte.

«... nun aber sind diese Gerüchte aufgetaucht. Sein Lebenswandel soll nicht den Geboten der Kirche entsprechen. Damit wäre er für uns untragbar, Heiliger Vater.»

«Was wirft man ihm denn vor?» Petrus hatte den Staubsauger ausgeschaltet, setzte sich in seinen Lieblingsohrensessel und beobachtete den Großkanzler beim Staubwischen.

«Er soll in wilder Ehe leben», flüsterte der Großkanzler. «Es soll zu ... Ereignissen gekommen sein. Im Gärtnerhaus des Vatikans. Ganz Rom spricht davon.»

«Ich habe davon gehört», sagte der Heilige Vater. «Natürlich kann ich solche ... Ereignisse nicht billigen. Aber es wäre doch möglich, dass Signor Metodozzi mit seinem Verhältnis den heiligen Bund der Ehe schließt.»

«Das wäre natürlich eine Lösung», sagte der Großkanzler. «Ich habe ihm auch dringend dazu geraten. Aber ich war mir nicht sicher, ob es dazu kommen wird ... er wirkte merkwürdig gereizt bei diesem Thema. Nun wollte ich Sie bitten, Heiliger Vater, ob Sie auf ihn einwirken könnten.»

«Das kann ich gerne tun», sagte Petrus freundlich. «Der Ruf der Päpstlichen Universität liegt mir natürlich am Herzen. Professur gegen Eheschluss – habe ich das richtig verstanden?»

«Zumindest aber sollte er sein ... Verhältnis äußerst diskret ausleben. Das Gerede muss aufhören. Und auf gar keinen Fall können wir ihn in unsere ehrwürdige Hochschule aufnehmen, sollte aus dieser Verbindung ein Kind entstehen. Das habe ich Signor Metodozzi auch mit aller Deutlichkeit gesagt. Ganz Rom würde davon erfahren, dass im Garten der Wissenschaft auf einmal die Frucht der Schande wächst.»

«Sie können aufhören», sagte Petrus nachdenklich. «Mit dem Staubwischen, meine ich. Ich werde mich nun auch ein wenig erholen. Mein Lieblingsohrensessel ist sauber – das genügt für heute.»

«Ich darf mit Ihrer Unterstützung rechnen, Heiliger Vater?»

«Die Frucht der Schande», murmelte Petrus und ignorierte den Großkanzler, der sich mit einer Verbeugung zurückzog. «Ist es wirklich so einfach?»

VI

«Da ist der Ball», sagte Jack Steel und legte die Kugel auf den Elfmeterpunkt. «Und jetzt stell dir Folgendes vor: Der Ball ist das größte Schwein, das du kennst. Was machst du mit dem größten Schwein, das du kennst? Klarer Fall, nicht wahr: Du trittst es in den Hintern. Und genau dasselbe machst du mit diesem Ball. Was wird passieren? Der Ball geht ins Tor. So einfach ist das.»

Der englische Rechtsaußen nickte und dachte an Juan. An seinen kleinen Hintern, mit dem er Emily verrückt gemacht hatte. Er stellte sich vor, dass dieser Ball dort der Hintern dieses feisten, kleinen Schnösels Juan sei. Es würde ein großartiges Vergnügen sein, in diesen Hintern hineinzutreten.

Ach, Emily!

Sein Vater hatte ihn gewarnt: Geh nicht zu Real Madrid – das hatte er gesagt. Auch wenn sie dir noch so viel Geld bieten. Schau dir dein Mädel an, hatte er gesagt. Sie ist schön, aber sie hat ihre Augen überall. Du bist ein kleiner, stämmiger Kerl mit dickem Kopf und hast ein Seite-eins-Mädchen abbekommen. Riesengroß, blond wie ein Weizenfeld und das meiste noch echt, wenn es stimmt, was die Presse schreibt. Überleg dir gut, ob du mit ihr nach Spanien gehen willst.

Er wusste selbst nicht so genau, warum er Emily geheiratet hatte. Wahrscheinlich liebte sie ihn nicht, und wenn er ganz ehrlich war, liebte er sie auch nicht. Und so viel, wie die Presse schrieb, war gar nicht echt an ihr. Vermutlich hatte sie ihn genommen, weil er berühmt, reich und ein harter Kerl war. Und er hatte sie genommen, weil sie so aussah, wie die Frauen berühmter Fußballer auszusehen hatten. Nein, vermutlich liebte er sie nicht. Aber deswegen hatte dieser kleine Spanierschnösel noch lange kein Recht, sie ihm wegzunehmen.

Er lief an und wollte eben mit voller Wucht in Juans Hintern treten, als ihm Sue einfiel. Mitten im Lauf stoppte er und drehte ab.

Sue.

Sue hätte sich nicht von einem kleinen spanischen Hintern verhexen lassen. Nimm ein Mädchen, das du aus dem Pub kennst, hatte Dad ihm immer geraten. Sue hatte er im Pub kennengelernt, damals, als er noch in der Jugendmannschaft spielte. Sie war vielleicht etwas dicklich und nicht die Hellste, aber er war auch nicht der Hellste, und sie waren ein tolles Team gewesen.

«Was ist los mit dir», brüllte Jack.

Juans Hintern, natürlich. Er war nicht zum Spaß hier, er hatte eine Aufgabe. Und seine Aufgabe war es, in Juans Hintern zu treten.

Er lief an, wollte schießen und bremste plötzlich ab, denn auf einmal verstand er, was seine Aufgabe war.

Nicht Juan verdiente einen Tritt, sondern er selbst.

Er hatte sich im Hintern geirrt.

«Sue», brüllte er verzweifelt und lief an, «ich tu es für dich, Sue!»

Dann stolperte er und fiel hin.

Direkt neben den Ball, der weiterhin ruhig auf dem Punkt lag.

VII

«Ich mache das nur, weil ich mal in dich verknallt war», sagte Dottore Tremante. «Es ist streng verboten und ethisch verwerflich.»

«Was du damals gemacht hast, war in ethischer Hinsicht genauso verwerflich», sagte Giulia.

Sie saßen in einer kleinen Kneipe im Studentenviertel. Es war inzwischen so dunkel geworden, dass die Bedienung mit den Dreadlocks die Kerzen angezündet hatte. Ihr erstes Studienjahr, in dem sie Tremante (damals noch ohne «Doktor») kennengelernt hatte, schien eine Ewigkeit her. Umso beruhigender war es, dass manche Dinge immer gleich blieben. Zu diesen Dingen zählten, neben der Kneipe und der Bedienung mit den Dreadlocks, der Dreitagebart Tremantes, sein Hundeblick und vermutlich auch seine Anmachmasche.

«Wie meinst du das?», fragte Tremante.

«Du weißt genau, was ich meine», sagte Giulia. «Du hast Medizin im höheren Semester studiert und irgendwann herausbekommen, dass der menschliche Körper nicht nur für angehende Ärzte, sondern auch für angehende Kunsthistoriker ein interessantes Thema ist. Einfach deshalb, weil die großen Meister über Jahrhunderte nichts anderes gemacht haben, als nackte Götter, Heroen und Heilige zu pinseln. Und darum hast du dem Leiter des kunsthistorischen Instituts den Vorschlag unterbreitet, für seine Erstsemester einen Wahlkurs in Anatomie anzubieten. Unentgeltlich. Um den interdisziplinären Austausch zu fördern.»

«Was ist daran verwerflich?» Tremante erprobte seinen Hundeblick.

«Gar nichts. Wenn es dir tatsächlich um den interdisziplinären Austausch gegangen wäre.»

Tremante grinste. «Was sollte ich machen? Die Medizinstudentinnen waren graue Mäuse. Bei euch lag der Frauenanteil bei neunzig Prozent. Und mindestens die Hälfte sah großartig aus.»

«Und wurde vom angehenden Dottore Tremante mit anatomischem Unterricht beglückt. Inklusive Besuch der Pathologie, zu später Stunde. Da kommt man sich natürlich näher.» Giulia imitierte Tremantes Stimme: «Die Knochensäge musst du ganz gerade führen, Chiara. Komm, ich leg mal meine Hand auf deine und zeig es dir. Und du, Laura, ist dir nicht gut? Ja, so ein Leichenschauhaus ist schon ein merkwürdiger Ort. Lass uns einen Kaffee trinken, dann wird dir gleich besser.»

«Bei dir hat das nie gewirkt.»

«Deine billige Gruselmasche hatte ich ziemlich schnell durchschaut», sagte Giulia. «Aber immerhin verdanke ich dir gewisse Kenntnisse in Anatomie.»

«Die du nun auffrischen möchtest?»

«Wofür ich eine Leiche brauche, geht dich nichts an.

Außerdem brauche ich keine ganze Leiche, sondern nur einen Schädel.»

«Ich fasse deine Wünsche mal zusammen», sagte Tremante. «Du brauchst einen Totenschädel. Er soll so aussehen, dass man einem medizinischen Laien den Eindruck vermitteln kann, er sei zweitausend Jahre alt. Und er sollte von jemandem stammen, der in seinem Leben hochgradig kriminell war und darum, wenn das Jüngste Gericht anbricht, im tiefsten Kreis der Hölle schmoren wird. Habe ich das richtig verstanden?»

«Perfekt», sagte Giulia und schenkte Tremante einen Augenaufschlag, der ihr mit Anfang zwanzig in dieser Perfektion niemals gelungen wäre. Auch Tremante schien dieser Auffassung zu sein und schaltete sofort um auf Hundeblick.

«Und was bekomme ich dafür?»

«Nicht das, was du haben möchtest. Aber immerhin schuldet dir die päpstliche Pressesprecherin dann einen Gefallen. Das kann viel wert sein in Rom.»

«Wir bekommen natürlich schon einige Leichen von Verbrechern rein», sagte Tremante. «Organisierte Kriminalität vor allem. Opfer von Schießereien. Die Italiener werden natürlich sofort von ihren Clans in Empfang genommen, aber die Ausländer behalten wir. Russenmafia, chinesische Banden und so weiter.»

«Einschusslöcher im Schädel gehen natürlich nicht», sagte Giulia. «Aber die Herkunft wäre völlig egal. Nur alt muss der Schädel aussehen.»

«Mal sehen, was wir da haben», sagte Tremante. «Ansonsten gibt es natürlich Methoden, eine frische Leiche ein wenig zu bearbeiten. Man müsste dazu …»

«… vielen Dank», sagte Giulia. «Die Details interessieren mich nicht. Hauptsache, der Schädel sieht ein bisschen antik aus und muss beim Jüngsten Gericht in die Hölle.»

«Glaubst du ernsthaft an diesen Quatsch?», fragte Tremante.

«Muss ich. Steht in meinem Arbeitsvertrag», sagte Giulia. «Und faszinierender als ein Kühlfach ist die Hölle ganz bestimmt.»

«Und wärmer», sagte Tremante. «Apropos warm: Heute ist so ein schöner warmer Frühlingstag. Wollen wir später noch …»

«Du hast nichts dazugelernt», sagte Giulia. «Wann kann ich mir den Schädel abholen?»

«Ich ruf dich an», sagte Tremante resigniert. «Wann brauchst du ihn?»

«Noch vor dem Jüngsten Gericht», sagte Giulia. «Und bis dahin dauert es nicht mehr lange.»

Freitag

1

In Sant'Andrea delle Fratte gab es alles, was eine anständige römische Kirche ausmachte: ein wundertätiges Heiligenbild (die Madonna del Miracolo), anrührende Kunstwerke (Marmorengel von Bernini!) und einen verschwiegenen Kreuzgang.

Petrus mochte Sant'Andrea delle Fratte.

Was er dagegen gar nicht mochte, waren Immaculatas bizarre Einfälle.

Der Beichtstuhl stand hinten rechts. Petrus blickte auf seine Armbanduhr. Gleich war es zehn Uhr. Unauffällig schob er den roten Vorhang beiseite, zwängte sich in die enge Kabine, schloss den Vorhang und wartete.

Kurz darauf hörte er schnelle, energische Schritte. Dann kniete sich jemand auf die Bank. Durch das Gitter erkannte Petrus eine wohlbekannte Gestalt in Schwarz mit strenger Miene.

«Im Namen des Vaters und des Sohnes und des Heiligen Geistes. Amen», begann Immaculata.

«Gott, der unser Herz erleuchtet, schenke dir wahre

Erkenntnis deiner Sünden und Seiner Barmherzigkeit», antwortete Petrus.

«Amen.»

«Ich finde diese Veranstaltung reichlich überflüssig», schnaubte Petrus. «Wieso müssen wir uns in Sant'Andrea delle Fratte treffen? In einem Beichtstuhl?»

«In Sant'Andrea delle Fratte, weil die Kirche nahe am Hotel Hassler liegt», sagte Immaculata ungerührt. «Und in einem Beichtstuhl, weil es besonders unauffällig ist. Ich könnte beschattet werden.»

«Das Hassler ist ein Luxushotel. Mag sein, dass es dort sogar Telefone gibt. Meinst du nicht auch?»

«Telefone werden gewöhnlich abgehört», sagte Immaculata. «Ich wollte kein Risiko eingehen.»

«Na schön», seufzte Petrus. «Was hast du ermittelt?»

«Der Earl bewohnt eine Suite im zweiten Stock.»

«Vermutlich musstest du dich in Lebensgefahr bringen, um das herauszufinden.»

«Die Suite hält er verschlossen. Tag und Nacht. Auch das Hotelpersonal hat keinen Zutritt.»

«Aber du hast sicherlich einen Generalschlüssel.»

«Der mir nichts nützt, wenn er den Raum von innen verriegelt.»

«Verlässt er die Suite?»

«Häufig. Zu unterschiedlichen Tag- und Nachtzeiten.»

«Da könntest du aber das Zimmer betreten?»

«Nur, wenn niemand in der Nähe ist. Das war aber bisher immer der Fall.»

«Wohin geht er denn?»

«Woher soll ich das wissen?», sagte Immaculata mit beleidigtem Ton. «Ich stehe im Hotel Hassler unter Vertrag. Es ist mir verboten, das Hotel während der Arbeitszeit zu verlassen.»

«Mit anderen Worten: Bislang wissen wir nur, dass der Earl manchmal zu Hause ist und manchmal nicht. Wir wissen nichts über sein Privatleben und nichts über seine Aktivitäten.»

«Doch!»

«Tatsächlich?»

«Ich weiß, was er frühstückt. Der Etagenkellner hat mich aufgeklärt. Und heute Morgen habe ich es selbst gesehen.»

«Daraus lassen sich mit Sicherheit wertvolle Schlussfolgerungen ziehen», seufzte Petrus. «Was nimmt er denn so zu sich?»

«Er lässt sich ein englisches Frühstück bringen. Bestehend aus Würstchen, gebratenem Speck, gegrillten Tomaten, Pilzen und einem Rührei extra. Außerdem bestellt er immer noch ein Croissant mit Marmelade, einen Joghurt und frisches Obst. Dazu trinkt er jeden Morgen zwei Milchkaffee, im Laufe des Morgens lässt er sich noch einen Tee nach oben bringen.»

«Er trinkt Tee?»

«Er ist Engländer!»

«Und das Frühstück lässt er sich auf dem Zimmer servieren?»

«Ich sagte es schon.»

«Aber er lässt doch niemanden in sein Zimmer?»

«Das ist richtig. Das Frühstück wird auf einem Servierwagen bis vor seine Tür geschoben. Der Etagenkellner klopft und entfernt sich. Dann öffnet der Earl und holt den Wagen hinein. Abends lässt er sich auf dieselbe

Weise ein Gericht bringen. Dazu ordert er immer einen großen Salat auf einem extra Teller, manchmal bestellt er sogar noch nach.»

«Scheint ja einen prächtigen Appetit zu haben, der Gute», brummelte Petrus. «Vielleicht könntest du dich im Servierwagen verstecken. Unter dem Tischtuch.»

«Falls Sie keine besseren Vorschläge haben, begebe ich mich nun wieder an die Arbeit», sagte Immaculata kühl. «Ich habe eine verantwortungsvolle Aufgabe zu erfüllen. Und ich genieße es, dass man mir im Hotel Hassler große Wertschätzung entgegenbringt.»

11

Der Platzregen kam völlig überraschend.

In Minutenschnelle zogen schwarze Wolken am römischen Frühlingshimmel auf, der Wind kühlte ab, und die Römer beschleunigten ihre Schritte.

Giulia hatte Petrus in Sant'Andrea delle Fratte abgesetzt und ihr Auto gleich dort abgestellt. In zwei Stunden sollte sie sich mit Tremante zur Übergabe des Schädels treffen, genug Zeit für einen kleinen Bummel durch die Stadt. Aber sie hatte nicht mit dem Wetter gerechnet. Sie war noch etwa fünfzig Meter vom Pantheon entfernt, als die ersten Tropfen fielen. Die Vorhalle der Kirche war ihre einzige Chance. Sie schaffte es gerade noch, die mächtigen Marmorsäulen zu erreichen, da rauschte auch schon der Regen herunter.

Giulia fröstelte. Sie zog ihren leichten Frühlingsmantel

enger um sich und beobachtete, wie ein kleiner, stämmiger Mann bemerkenswert schnell über den Platz rannte und direkt neben ihrer Säule zum Stehen kam. Sein Trainingsanzug hatte dunkle Flecken vom Regen. Mit einem Ärmel wischte er sich die nassen Haare aus der Stirn und blickte kummervoll in die Fluten.

«Auch das noch ...», murmelte er wütend – in schwerverständlichem, genuscheltem Englisch.

«Ein typischer römischer Platzregen», sagte Giulia. «Wird nicht lange dauern.»

«Alles geht schief zur Zeit.» Der Schnauzbärtige schien den Regen persönlich zu nehmen. «Einfach alles.»

«Ich glaube, ich kenne Sie irgendwoher», sagte Giulia. «Ich hab Sie erst vor kurzem irgendwo gesehen ...»

«Kann sein.»

«Warten Sie ... diese amerikanische Vorabendserie, nicht wahr?»

«Nein. Ich habe den dämlichsten Job der Welt: Ich stehe auf dem Rasen und brülle auf vierundzwanzig Vollidioten ein. Ohne jeden Erfolg, leider.»

«Sie sind ... Gärtner?»

«Fußballtrainer.»

«Aber doch nicht von der englischen ...»

«Doch.» Jack Steel spie das Wort aus. «Leider.»

«Jetzt verstehe ich. Sie sind in einem Trainingslager ganz in der Nähe von Rom, nicht wahr?», sagte Giulia. «Ich habe einen Bericht gesehen, im Fernsehen. Und daher kenne ich Sie auch.»

«Wir sind in einem Sporthotel in den Albaner Bergen. Wunderbares Haus. Sehr gutes Essen. Tolle Trainingsplätze.»

«Aber ...» Giulia suchte nach Worten: «Es läuft nicht so gut, was?»

«Das Problem ist, dass wir in der Finalrunde ... früher oder später ... wenn alles gutgeht: erst im Finale ... gegen ...»

«Sie müssen im Finale eventuell gegen die Deutschen spielen, nicht wahr?»

«Genau.»

«Verstehe.» Giulia überlegte, welche Bemerkung hier passend war. Ein aufmunterndes Na-das-wird-schon-werden wäre fehl am Platz. Der kleine Brite wusste genau, dass es nicht so einfach werden würde, und er wusste auch, dass sie es wusste.

«Wissen Sie, ich kenne mich einigermaßen aus mit Fußball», sagte Giulia. «Mein Chef ist ziemlich fußballverrückt. Und darum verstehe ich auch Ihr Problem. Wenn es nach hundertzwanzig Minuten unentschieden steht, kommt unweigerlich ein ...»

«... genau.»

«Und dabei verlieren die Engländer in der Regel.»

«Genau.»

Jetzt wurde der Regen schwächer.

«Wir üben es seit einer Woche», sagte Jack. «Nicht ausschließlich, natürlich, aber ziemlich viel. Gestern Abend wieder. Wissen Sie, wie viele Spieler getroffen haben?»

«Nicht sehr viele – so wie Sie gelaunt sind.»

«Zwei. Von über zwanzig.»

«Und die anderen? Danebengeschossen? Oder hat der Torwart einen Supertag erwischt?»

«Der Torwart kommt auch aus England», sagte Jack

müde. «Genau wie die Spieler. Und die haben es alle versaut. Danebengeschossen, darübergeschossen, gar nicht geschossen. Einer ist heulend zusammengebrochen. Direkt am Elfmeterpunkt. Hat etwas von einem Oktopus erzählt. Wir sollen den Oktopus aus dem Tor nehmen, sofort.»

«Und? Haben Sie ihn rausgenommen?»

Jack antwortete nicht.

«Ich habe einen etwas merkwürdigen Chef», sagte Giulia dann. «Er könnte Ihnen vielleicht helfen, Sie ein bisschen aufmuntern. Und stärken. Er ist ein dicker, freundlicher Mann und hat ein großes Herz.»

«Und warum sollte er mir helfen können?»

«Er hat einen ziemlich guten Draht nach oben. Und er interessiert sich sehr für Fußball. Die Azzurri dürfen ja diesmal nicht mitspielen. Ich könnte mir vorstellen, dass er sich für Ihr Schicksal interessiert.»

«Wer ist denn Ihr Chef?»

Giulia erzählte es ihm.

Jack Steel hörte ihr mit gerunzelter Stirn zu. Erst unwirsch, dann immer interessierter. Und als es schließlich aufhörte zu regnen, reichte er Giulia die Hand.

III

«Das ist er», sagte Giulia.

Tremante hatte Unglaubliches geleistet und tatsächlich innerhalb eines Tages einen Schädel aufgetrieben und entsprechend präpariert. Das gute Stück steckte in einer weißen, metallischen Box mit blinkenden Tasten an der Oberseite. Als Dreingabe hatte Tremante ihr noch ein Päckchen steriler Handschuhe vermacht. Die zog Giulia nun an und öffnete die Box. Dann nahm sie den Schädel heraus und hielt ihn dem Cavaliere vor sein bronziertes, lächelndes Gesicht.

«Und?» Giulia klopfte sanft auf die Schädeldecke. «Gefällt er Ihnen?»

«Er sieht ziemlich frisch aus», sagte der Cavaliere misstrauisch.

«Er wurde gesäubert und präpariert», sagte Dr. Parker, die auf der anderen Seite des Betts stand. «In zweitausend Jahren sehen Sie genauso aus, wenn sich ein Profi an Ihnen zu schaffen macht.»

«Und er ist echt, Dottoressa?», fragte der Cavaliere. «Der Schädel des Apostels? Die Eintrittskarte ins Paradies?»

«Sie überschätzen mich», sagte Dr. Parker. «Unter ihrer Kopfhaut haben die Menschen nur einen Schädel. Blanker Knochen, sonst nichts. Da ist kein Schild angebracht, auf dem geschrieben steht, wer sein Gehirn unter dieser Rundung parken durfte: ‹Dieser Schädel gehört Antonio Bariello, Barista bei Tazza d'Oro. Bitte geben Sie den Schädel in der Bar ab, falls Sie ihn finden, als Finderlohn gibt es tausend Tassen gratis.›»

«Sie sind neuerdings so heiter», sagte der Cavaliere. «Das gefällt mir nicht. Ich schätze mehr Ihre eiskalte Intelligenz. Sie haben den Schädel untersucht, Dottoressa?»

«Habe ich. Ich garantiere Ihnen, dass er ungefähr zweitausend Jahre alt ist. Die Contessa hat mir außerdem noch weitere Knochen gezeigt, die zu dieser Leiche gehören. An ihnen kann man einwandfrei Spuren von Gewaltanwendung nachweisen.»

«Der heilige Petrus wurde gekreuzigt, nicht wahr?», sagte der Cavaliere.

«Sie wollen zu seinem Gefolge gehören, wenn das Jüngste Gericht anbricht», sagte Giulia. «Da sollten Sie ein bisschen über ihn Bescheid wissen. Im Jenseits ist viel Zeit für Smalltalk.»

«Nicht für mich», sagte der Cavaliere, hob mühsam seinen Kopf vom Kissen und blickte zu den Mädchen hinüber, die auf den Sofas am Rande des Kuppelrunds lagen. «Was wollen Sie für den Schädel, Contessa?»

«Hundert Millionen. Und eine Information.»

«Sie sind verrückt, aber das ist mir egal. Ich habe so viele übers Ohr gehauen, dass es irgendwann reizlos wird, um alles zu feilschen. Hundert Millionen kann ich Ihnen hier nicht so einfach übergeben, verehrte Contessa. Darum werde ich mit meinem Vermögensverwalter sprechen. Er wird sich mit Ihnen in Verbindung setzen und den Kaufpreis transferieren. Dann werden Sie liefern. Falls Sie nicht liefern, werde ich dafür sorgen, dass Sie sterben. Glauben Sie mir, dass ich dazu in der Lage bin?»

«Ohne Zweifel.»

«Dann ist es gut. Aber zuvor benötige ich noch den Beweis, über den wir sprachen.»

«Sie wollen, dass ich den Schädel im Fernsehen präsentiere.»

«Damit ich erkenne, dass Sie tatsächlich den echten Schädel in die Hand bekommen können. Das ist kein hundertprozentiger Beweis. Aber immerhin.»

«Es ist alles vorbereitet: Wenn Sie heute Abend im Fernsehen die Nachrichten angucken, werden Sie mich sehen.»

«Ich werde einschalten», sagte der Cavaliere. «Sie haben noch einen zweiten Preis verlangt. Eine Information. Was möchten Sie wissen?»

«Als ich zuletzt hier war, haben Sie eine Andeutung gemacht. Sie haben erwähnt, dass Sie schon einmal versucht haben, den Schädel zu kaufen. Aber Ihr Partner habe nicht liefern können.»

«Das ist richtig.»

«Um wen handelt es sich?»

«Um den Chefarchäologen des Vatikans. Er hat weniger verlangt als Sie. Viel weniger. Aber er schien das Geld noch viel dringender zu benötigen. Wir hatten vereinbart, dass er das Geld bekommt, sobald er den Schädel liefert. Aber dazu war er nicht in der Lage. Ich hoffe, Sie werden Ihre Sache besser machen.»

IV

«Das war es doch, was Sie wissen wollten», sagte Giulia und nahm einen großen Schluck aus ihrem Cappuccinobecher. Seit Immaculata im Hassler weilte, genoss sie es, den Papst ungestraft und regelmäßig mit Caffè und Cornetti zu versorgen. «Signor Metodozzi war der Reliquienverkäufer. Er konnte allerdings nicht liefern.»

«Die Ermittlungen gegen den Cavaliere können wir damit einstellen», sagte Petrus. «Allerdings habe ich den

Eindruck, dass du noch gewisse Pläne verfolgst, Giulia.»

«Ich möchte nur dafür sorgen, dass eine berühmte Medizinerin ein eigenes Institut an der Sapienza bekommt», sagte Giulia. «Ich möchte dafür sorgen, dass alle das Mausoleum des Augustus lebend verlassen können, sobald der Cavaliere stirbt. Und ich möchte seine Pläne für das Jenseits etwas korrigieren ...»

«Zwei Bedingungen», sagte Petrus streng. «Erstens: Du bringst dich nicht in Gefahr. Zweitens: Echte Reliquien sind nicht beteiligt – von wem auch immer.»

«Versprochen», sagte Giulia. «Damit können wir uns dem geheimnisvollen Signor Metodozzi zuwenden», sagte Petrus. «Inzwischen wissen wir eine ganze Menge. Hat jemand überzeugende Schlussfolgerungen anzubieten?»

«Ich fasse mal zusammen», sagte Giulia. «Metodozzi wollte dem Cavaliere Reliquien verkaufen. Zumindest hat er behauptet, dass er dazu in der Lage sei. Er hatte eine Affäre mit Marietta Crederci, die ein Kind von ihm erwartet, nun aber verschwunden ist. Sein Vertrag mit dem Heiligen Stuhl als Chefarchäologe läuft aus, weil er nicht an die Echtheit der Petrusgebeine glaubte. Überhaupt ist er ein kirchenkritischer Querkopf. Dafür wollte man ihm, wie Sie berichtet haben, eine Professur an der Päpstlichen Universität Gregoriana zuschanzen. Aber auch dort mokiert man sich schon über seinen Lebenswandel.»

«Denkt an die Fernsehaufnahmen», sagte Francesco plötzlich. Er hatte Giulias Ausführungen bislang schweigend verfolgt. Ohne ein weiteres Wort stand er nun auf und verließ das Zimmer. Er wirkte so schockiert und neben sich stehend, dass Giulia für einen kurzen Moment überlegte, ob sie ihm nachgehen sollte.

«Francesco hat seine Schlussfolgerungen schon gezogen», sagte Petrus besorgt. «Hoffen wir, dass es die richtigen sind ...»

Auf dem Flur klingelte das Telefon.

«Seit Immaculata nicht mehr da ist, bin ich hier für alles zuständig», brummte Petrus. «Ich muss mir abends meine Wärmflasche selber machen, ich finde kein Paar sauberer Socken mehr, morgens ist der Tisch nicht gedeckt, mein Bett ist nicht gemacht. Ich suche heute schon den ganzen Tag meine Brille, eine Taube hat die Fenster verdreckt, und in der Küche herrscht das Chaos.»

«Sie werden den alten Drachen doch nicht etwa vermissen?»

Das Telefon klingelte wieder.

Missmutig schob sich Petrus auf den Flur und nahm das Haustelefon ab: «Pronto? Ah, Signora Santini ... Wenn Sie Ihre Tochter sprechen wollen ...»

Giulia stand so rasch auf, dass sie ihren restlichen Cappuccino auf Immaculatas besticktem Heiligendeckchen verschüttete. Sie wehrte mit beiden Händen ab, als Petrus ihr den Hörer reichen wollte.

Petrus lächelte wissend und stellte auf laut.

«Signora, ich sehe gerade, sie ist nicht hier. Kann ich ihr vielleicht etwas ausrichten?»

«Es ist wichtig, wirklich, Sie müssen sie finden, es geht um Leben und Tod ...»

«Das ist ja furchtbar, Signora. Warum versuchen Sie nicht einfach, Ihre Tochter auf dem Handy zu erreichen?»

«Das habe ich. Schon mehrmals. Sie nimmt nicht ab, wenn sie meine Nummer sieht. Ach, das ist alles nur meine Schuld …»

Sie schluchzte theatralisch.

«Kann ich ihr vielleicht etwas ausrichten?»

«Ich weiß ja nicht einmal, mit wem ich spreche. Sie sind der Hausdiener, nicht wahr?»

«So etwas Ähnliches», brummte Petrus.

«Es ist nur, ach, Sie können mir da auch nicht weiterhelfen. Haben Sie Kinder?»

«Wir wollen es mal nicht hoffen.»

«Sehen Sie, diese Sorgen können Sie gar nicht nachvollziehen. Giulia ist mein einziges Kind. Und seit Jahren schon versuchen ihr Vater und ich, eine passende Partie für sie zu finden. Nun ist da ein sehr adäquater Kandidat aufgetaucht: reich, adelig, gutaussehend …»

«Ach.» Petrus wurde hellhörig.

«Und nun …» Signora Santini schnäuzte sich kräftig. «Nun habe ich gestern im Gespräch mit einer Verwandten aus England erfahren, dass der Earl, den ich für einen Earl hielt, gar keiner ist, dass das Geschlecht der Sunderness' schon seit Jahrzehnten nicht mehr existiert … Mir schwinden die Sinne, wenn ich nur daran denke: Auf unserer Gartenparty, zu der immer nur ausgewählte Personen der besseren Gesellschaft geladen sind, war ein Betrüger zu Gast. Womöglich», sie schluchzte wieder, «sogar ein Heiratsschwindler. Oh, mein armes Täubchen muss so enttäuscht sein …»

«Das glaube ich nun nicht gerade», sagte Petrus. «Fassen Sie sich, Signora Santini. Ich werde der Sache persönlich nachgehen.»

Er legte auf.

Das hätte ich schon viel früher machen sollen, dachte er.

V

Nun war alles klar. Jedes Detail hatte seinen Platz gefunden. Das Verbrechen war so ungeheuerlich, dass Francesco fast der Schädel barst. Antonio Metodozzi, Chefarchäologe des Vatikans, scheinbar ehrbarer Wissenschaftler, war ein Betrüger und Dieb. Und, schlimmer noch, ein Mörder.

Nichts war ihm heilig gewesen. Er hatte die kirchliche Lehre angezweifelt. Er hatte die wundersame Auffindung der Petrusreliquien belächelt. Er hatte sich das Vertrauen eines unschuldigen Wesens erschlichen. Von Anfang an hatte er nur an seine Karriere gedacht. Ein großer Professor wollte er werden, ein renommierter Archäologe, und doch war er skrupellos genug gewesen, die Heiligtümer der Kirche an einen Kriminellen zu verkaufen.

Francescos Gedanken drehten sich immer schneller, während er durch die Flure des päpstlichen Palasts lief. Wie entsetzt musste Metodozzi gewesen sein, als er von Mariettas Schwangerschaft erfuhr.

Francesco rannte inzwischen fast, er stürzte zwischen den Schweizergardisten die Treppe hinunter und nahm, auf dem Petersplatz angekommen, Kurs auf den Dom.

Eine Heirat – das wäre seine einzige Chance gewesen. Vermutlich hatte sie sich geweigert, ganz bestimmt hatte sie sich geweigert, denn inzwischen musste ihr klar geworden sein, dass Metodozzi ein charakterloses Geschöpf der Finsternis war.

Außer Atem war Francesco im Petersdom angekommen. Er nahm die Menschenmassen nicht wahr, die sich im Inneren drängten, Michelangelos Pietà bewunderten und den bronzenen Fuß der Petrusstatue berührten. Vorne, ganz vorne, am Zugang zu den Katakomben leuchteten die Öllichter und wiesen ihm den Weg hinunter in die Finsternis. Dort musste er sitzen, wie ein Dämon in seiner Höhle. Das Böse verbarg sich immer im Dunkeln, war es nicht so?

VI

In der Mitte der Lobby stand ein Flügel, die Terrassentüren zum Palmengarten waren weit geöffnet, leise Jazzmusik klang durch die Räume.

«Es ist wirklich nur vorübergehend», sagte der Chefportier des Hotels Hassler. Er trug eine rote Uniform mit Goldtroddeln und strahlte souveräne Gelassenheit aus. «Wir haben gerade extremen Personalmangel im Servicebereich. Krankheitsbedingt. Natürlich weiß ich, dass Sie für die Zimmerreinigung eingestellt wurden. Aber ich muss Sie bitten, heute einmal in der Lobby auszuhelfen. Beim Bedienen. Es ist keine schwierige Aufgabe. Die Gäste hier möchten in der Regel Kaffee oder Tee; Sie müssen keine riesigen Tabletts balancieren.»

«Meine eigentliche Berufung», sagte Immaculata, «sehe ich darin, Schmutz zu beseitigen. Aber selbstverständlich wird es mir gelingen, dieses Haus auch im direkten Kontakt mit den Gästen würdig zu vertreten.»

Immaculata straffte sich in ihrer neuen Uniform und marschierte auf einen Ecktisch zu. Irritiert beobachtete der Chefportier, wie ein Gast – ein elegant gekleideter älterer Herr – nach einem kurzen Wortwechsel aufsprang und empört die Lobby verließ.

Immaculata kehrte zur Rezeption zurück.

«Die neue Aufgabe gefällt mir», sagte sie zufrieden. «Ich habe hier Gelegenheit, ganz unmittelbar auf die Gäste einzuwirken und sie zu einer gottgemäßen Lebensweise anzuleiten. Damit kenne ich mich sehr gut aus – mein früherer Dienstherr hatte erhebliche Defizite, was eine gottgemäße Lebensweise betrifft. Dieser Herr gerade wollte übrigens einen Whisky sour. Um diese Uhrzeit! Ich bin mir sicher, dass er nie wieder mit solch unsittlichen Wünschen hier erscheinen wird. Oh, dort ist schon wieder jemand gekommen!»

«Der Gast ist König», rief ihr der Chefportier hinterher, aber Immaculata hörte ihn schon nicht mehr.

Der Neuankömmling war tief in einem Ohrensessel versunken, das Gesicht von seiner Sportzeitung verdeckt.

«Erst einmal hätte ich gerne einen Cappuccino», brummte er und raschelte mit den Zeitungsseiten. «Dazu ein, nein zwei Stück von diesem unglaublich cremigen Käsekuchen. Mit Sahne. Vergessen Sie das Kirschkompott nicht. Und sehr gute Baisertörtchen soll es hier geben. Und dann bringen Sie mir bitte noch …»

Immaculata hatte noch nicht einmal das Wort Cappuccino notiert. Mit versteinerter Miene folgte sie der Aufzählung.

«... einen Schlüssel zum Zimmer des Earls of Sunderness. Er hat gerade das Hotel verlassen.»

«Heiliger Vater», zischte sie, «wie kommen Sie dazu, sich ins Hotel Hassler einzuschleichen ...»

«Wie kommst du dazu, verehrteste Immaculata, hier unten den Tee zu servieren, während du doch oben unter fremden Betten kehren solltest. Bevorzugt unter dem Bett des Earls of Sunderness.»

«Hier im Hotel hält man sehr viel von meiner Arbeit. Besonders schätzt man meinen sensiblen Umgang mit Menschen. Im Gegensatz zu anderen Arbeitgebern, die mein Wesen und Wirken bisher nicht zu würdigen wussten.» Sie straffte sich und rückte ihre Schürze zurecht. «Ich bin sozusagen befördert worden und kann es hier noch ganz weit bringen.»

«Du bringst mir jetzt vor allem den Schlüssel», sagte Petrus grimmig. «Und zwar subito. Ich befehle es dir kraft meiner apostolischen Vollmacht.»

«Ich fühle mich dem Ansehen und der Tradition des Hauses Hassler verpflichtet», sagte Immaculata mit Würde. «Und darum weigere ich mich, Gäste des Hauses zu hintergehen, indem ich ...»

«Du lenkst den Portier ab, begibst dich zur Rezeption und besorgst den Schlüssel.» Petrus blätterte die Sportzeitung um und überflog missbilligend die Berichte zum englischen Fußball. «Ansonsten werde ich den Orden der Bußfertigen Begonninen informieren, in welch luxuriösem Umfeld du dich hier eingerichtet hast. Ob Schwester Oberin es goutieren würde, dass du hier als Serviermädchen tätig bist? Nicht einmal deine Knie sind ganz bedeckt, scheint mir …»

«Gut», fauchte sie. «Ich werde den Portier ablenken. Aber mit meinen Methoden, Heiliger Vater.»

«Vielen Dank», sagte Petrus. «Und nenn mich nicht immer ‹Heiliger Vater›. Niemand muss erfahren, dass der Papst im Hotel Hassler unterwegs ist.»

Immaculata steuerte die Rezeption an und wandte sich an den Chefportier: «Dort hinten sitzt der Papst und möchte Sie dringend sprechen. Vielleicht sollten Sie auch dem übrigen Personal Bescheid geben, damit alle unserem hohen Gast mit dem nötigen Respekt begegnen. Auch der Hoteldirektor sollte informiert werden. Vermutlich kommt es nicht oft vor, dass der Heilige Vater hier erscheint. Sicherlich freut er sich über viel Aufmerksamkeit. Er möchte übrigens ein Diätfrühstück. Mit einem Glas Wasser.»

Der Chefportier winkte dem Oberkellner. Diskret umkreisten sie den Sessel, in dem Petrus thronte; keiner von beiden sah, wie sich Immaculata rasch an der Rezeption zu schaffen machte.

«Er könnte es tatsächlich sein», flüsterte der Chefportier. «Die Ähnlichkeit ist verblüffend. Nur die Sonnenbrille irritiert. Ich glaube, wir riskieren es …»

Sie näherten sich dem Sessel: «Heiliger Vater … welche Ehre … können wir Ihnen irgendwie behilflich sein …?»

Petrus ließ die Zeitung sinken. Hinter den Herren stand Immaculata, versteckte den Schlüssel unter ihrem Schürzchen und lächelte maliziös.

Eins zu null für dich, dachte Petrus. Jetzt habe ich

zwar den Schlüssel, aber dafür die ganze Hoteldirektion am Hals.

«Bitte kein Aufsehen.» Er winkte Chefportier und Oberkellner näher. Beide senkten ihre Köpfe zu seinem Sessel. Immaculata stellte sich, um noch etwas hören zu können, auf ihre Zehenspitzen.

«Sie müssen wissen, ich bin inkognito hier», fuhr Petrus fort. «Um mich zu informieren, wie perfekter Service aussieht. Alles, was dazugehört: Zimmerservice. Gästebetreuung. Service am Tisch. Im Vatikan gibt es leider großen Nachholbedarf auf diesem Gebiet. Wir haben hohe ausländische Geistliche zu Gast, zunehmend aus England, die sich leider nicht optimal betreut fühlen. Hier muss der Vatikan aufholen: die richtige Zubereitung des Tees, ein anständiges ‹English Breakfast›, ganz zu schweigen von den vielen üppigen Kuchen, für die England so berühmt ist. Es bleibt mir nichts anderes übrig, als mich persönlich um diese Dinge zu kümmern – es sind schließlich auch meine persönlichen Gäste. Mir wurde das Hotel Hassler als Vorbild empfohlen ...»

«Eine hohe Ehre!» Der Chefportier strahlte. «Ich gebe dem Hoteldirektor Bescheid. Er wird Sie persönlich im Haus herumführen.»

Petrus winkte ab. «Zu viel Aufsehen. Ich möchte den normalen Service kennenlernen. Die täglichen Verrichtungen Ihres Hauspersonals. Vielleicht könnte mir die freundliche Dame hier zeigen, wie perfekter Service im Hotel Hassler aussieht? Kennt sie sich auch mit dem Zimmerservice aus?»

«Da hat sie sogar ganz besondere Stärken.»

«Großartig!» Petrus strahlte. «Dann schlage ich vor,

dass mir die Dame zunächst einmal vorführt, wie man ein perfektes Frühstück serviert, mit Rührei, Toast, Orangensaft – allem Drum und Dran. Ruhig etwas üppiger. Und dann könnte sie mir zeigen, wie man die Zimmer säubert.»

Der Chefportier wandte sich an Immaculata: «Sie werden sich um die Wünsche des Heiligen Vaters kümmern. Erst das Frühstück, dann bitte eine Zimmerbesichtigung. Sie wissen ja, welche Zimmer gerade leer sind. Alles bitte sehr diskret und in völliger Perfektion.»

«Ich danke Ihnen.» Petrus zog drei Rosenkränze aus den Tiefen seines Mantels, segnete sie und überreichte sie dem Chefportier, dem Oberkellner und Immaculata. «Und bitte viel aufgeschäumte Milch auf dem Cappuccino!»

VII

Francesco machte sich an den Abstieg in die Nekropolen. Seine Gedanken rasten ihm voraus.

Die Platte. Metodozzi hatte sie manipuliert, in eine tödliche Falle verwandelt. Er dirigierte Marietta genau in diese Richtung, und als sie am Abgrund stand, gab er ihr den letzten, tödlichen Stoß. Die Fernsehbilder zeigten es deutlich, wie er scheinbar aus dem Nichts zu ihr sprang und sie hinunterstieß.

Francesco wurde übel.

Er ging kurz in die Hocke, lehnte sich an den kühlen Felsen. Er kam sich so verwirrt vor, so hilflos und sterbensunglücklich wie noch nie in seinem Leben. Sie war ein Engel gewesen. Sie hatte sich verliebt, sie hatte sich Metodozzi ausgeliefert, mit Herz und Seele – und mit ihrem Körper. Doch dieser hatte sich längst an den Antichrist verkauft. Er brachte sie um, er tötete sie und ihr ungeborenes Kind.

Francesco stand auf, lief weiter in die Katakomben hinunter. Er musste ihn zur Rede stellen, sofort.

In der Ferne konnte er schon die Scheinwerfer sehen. Er hörte es hämmern, er hörte Steine splittern – und er hörte die wütenden Flüche Metodozzis.

VIII

Satt und zufrieden marschierte Petrus über den Flur des dritten Stocks, gefolgt von Immaculata, die einen Putzwagen vor sich herschob und kampfbereit ihren Staubwedel reckte. Sie hatte sich mit ihrer Niederlage abgefunden und flüchtete sich in ihre Würde als perfekte Servicekraft.

«Zimmer 552 – hier ist es!» Petrus zog den Schlüssel hervor.

«Wenn Sie es für moralisch vertretbar halten – bitte!» Immaculata fasste ihren Staubwedel fester. «Ich dringe nicht dort ein und schnüffle in fremdem Eigentum.»

«Wenn ich dich erinnern darf, liebe Immaculata: Der Earl schnüffelt ebenfalls in fremdem Eigentum. Er hat sogar eine Wanze in *deinem* Wohnzimmer angebracht …»

Dieser Hinweis wirkte.

Immaculata zog zwei Paar gelbe Putzhandschuhe aus ihrem Wagen, zog einen an und überreichte den anderen dem Heiligen Vater. «Wegen der Fingerabdrücke. Wir dürfen keine Spuren hinterlassen.»

Dann nahm sie ihm den Schlüssel aus der Hand und öffnete.

Der Earl of Sunderness bewohnte kein Zimmer, sondern eine Suite. Im Flur stand ein zierliches, barockes Tischchen unter einem goldgerahmten Spiegel. Darauf thronte ein üppiges Bouquet weißer Rosen.

«Wir gehen systematisch vor», ordnete Immaculata an und wischte mit ihrem Staubwedel über Kommode und Rosen. «Ich kümmere mich um das Bad. Männer hinterlassen vor allem im Badezimmer die erstaunlichsten Spuren. Sie, Heiliger Vater, untersuchen den Wohnraum. Und machen Sie bitte keinen Dreck – meine Kolleginnen müssen das alles hinterher putzen.»

Immaculata verschwand im Badezimmer.

Der Papst rückte unterdessen ins Wohnzimmer vor. Geblümte Vorhänge, geblümte Sesselchen, geblümtes Sofa. Und ein Sekretär mit wertvollen Einlegearbeiten, den der Earl achtlos mit Papieren überhäuft hatte. Missmutig blätterte sich der Papst durch den Stapel. Stadtpläne von Rom, ein Führer durch das Kolosseum, und mehrere Ausgaben des Tatler lagen da durcheinander.

«Die Zimmermädchen brauchen dringend eine Unterweisung.» Immaculata war aus dem Bad zurückgekehrt. «Auf den Unterseiten der Regalböden in den Kommoden habe ich Schlieren gefunden. Ansonsten ist mir nur aufgefallen, dass der Earl nicht besonders ordentlich ist.

Sehen Sie nur: Er hat seine Bettdecke auf das Sofa geworfen!»

«Möglicherweise hat er dort geschlafen», sagte Petrus und untersuchte die Schreibtischschubladen. «Übrigens ist er gar kein Earl. Giulias Mutter hat Erkundigungen eingezogen.»

«Ein Hochstapler also! Das überrascht mich nicht. Untersuchen wir die weiteren Räume. Hier ist nichts Außergewöhnliches.»

Petrus öffnete die Tür zum angrenzenden Schlafzimmer, stockte kurz und wandte sich dann zu Immaculata um: «Wenn du etwas Außergewöhnliches sehen willst, liebe Immaculata, dann komm doch hierher.»

Immaculata blieb steif in der Tür stehen und sah zu dem riesigen Himmelbett hinüber. Dort saß, gestützt von Kissenbergen, eine zierliche Gestalt, das Gesicht von zwei großen Pflastern bedeckt, der rechte Arm bis zur Schulter bandagiert. Über Kopfkissen und Bettdecke ergoss sich eine Kaskade von leuchtend rotem Haar.

«Sie haben nicht eingecheckt, Signorina Crederci», sagte Immaculata streng, als sie sich wieder gefasst hatte. «Das ist ein schwerer Verstoß gegen die Hausordnung des Hotels Hassler.»

«Ich glaube, wir haben im Augenblick größere Probleme, liebe Immaculata.» Petrus nahm in dem großen Sessel Platz, der dem Bett gegenüberstand.

Marietta Crederci sah blass und erschöpft aus und wirkte noch durchscheinender als je zuvor. Erschrocken und mit großen Augen blickte sie auf den Papst. «Heiliger Vater ... ich ...»

«Liebe Marietta, nun haben wir Sie tatsächlich gefunden», sagte Petrus. «Wenn ich auch zugeben muss, dass mich Ihre Anwesenheit hier nicht besonders überrascht. Warum sonst hätte sich der Earl of Sunderness – oder wie auch immer er heißen mag – täglich ein doppeltes Frühstück mit einem zweiten Milchcafé bestellen sollen? Dazu einen Tee zusätzlich und abends eine üppige Portion mit einem extra Salat? Was Immaculata über den Appetit des Earls zu berichten hatte, kam mir von Anfang an verdächtig vor.»

Er musterte Pflaster und Verbände. «Aber wie geht es Ihnen, wie steht es um Ihre Verletzungen, Marietta?»

«Ich kann wieder gehen. Zumindest einige Schritte. Mein Sturz wurde von einem großen Gebüsch gebremst. Das war mein Glück. Sonst wäre ich längst tot. Der Arzt sagte, das alles wäre ein Wunder. Vor allem, dass mein Baby ...»

Sie hielt erschrocken inne.

«Ihrem Baby geht es gut?»

«Sie wissen davon?»

«Wir haben ein wenig recherchiert, als Sie plötzlich verschwunden waren.»

«Ja.» Ihre Wangen glühten. «Sie sagen, es ist alles in Ordnung.»

«Ich freue mich darüber.» Petrus versuchte mit wenig Erfolg, seiner Rührung Herr zu werden.

«Wie schön, dass Sie sich freuen.» Marietta Crederci lächelte und sah plötzlich so glücklich aus wie ein kleines Kind. «Vor allem deshalb, weil ich Ihnen übel mitgespielt habe. Eigentlich rechne ich nicht damit, dass Sie mir das alles jemals verzeihen.»

«Es ist mein Job, dass ich alles verzeihe», sagte Petrus

freundlich. «Allerdings weiß ich noch gar nicht, was genau ich Ihnen verzeihen soll. Abgesehen davon, dass Sie den Schädel des heiligen Petrus gestohlen haben.»

«Das wissen Sie auch?»

«Ich hatte Sie von Anfang an im Verdacht», sagte Petrus. «Im Grunde konnten nur Sie es gewesen sein. Zuerst lag der Schädel in meinen Privaträumen, bestens bewacht von Immaculata. Dann im Tresor. Als ich ihn dann herausgenommen hatte, war er fast immer unter Beobachtung. Zunächst wurde er von Metodozzi und Francesco zum Fotografieren gebracht, dann in die Sakristei transportiert und auf Kissen befestigt. Und bei der Prozession befand er sich direkt vor meiner Nase. Als der Erzbischof stürzte, gab ich ihn an Metodozzi, der ihn an Francesco weiterreichte. Und dann war er wieder bei mir. Wer also sollte ihn gestohlen haben? Francesco sicherlich nicht. Und Metodozzi hätte eine große Tasche oder einen Koffer gebraucht, um den Ersatzschädel hinein- und den richtigen Schädel hinausschmuggeln zu können. Eine solche Tasche hatte er jedoch nicht dabei. Sie dagegen schon.»

«Meine Fototaschen», sagte Marietta Crederci. «Für die Apparate, Stative und den Blitz.»

«Außerdem», sagte Petrus zufrieden, «waren Sie für einen kurzen Augenblick unbeobachtet: beim Fotografieren.»

«Antonio stand neben mir. Aber …»

«… ich vermute, er war geblendet. Vom Blitzlicht. Sie hatten außerdem große Schweinwerfer montiert, die ebenfalls blendeten. Später, in der Sakristei, befestigte Metodozzi den falschen Schädel auf dem Kissen. Aber er bemerkte es nicht – er war in Eile, die Prozession stand unmittelbar bevor. Und die Lichtverhältnisse in der Sakristei waren schlecht. Immaculata beschwerte sich ständig beim Bügeln.»

«Außerdem hatte ich eine exzellente Kopie», sagte Marietta Crederci.

«Und damit wären wir beim entscheidenden Punkt», sagte Petrus und beugte sich vor. «Wer hat Ihnen diese Kopie gegeben? Wer ist Ihr Auftraggeber, Marietta?»

«Der englische Geheimdienst.»

«Die Königin», sagte Petrus verblüfft und sank in seinen Sessel zurück. «Also doch! Der Erzbischof von Canterbury hatte recht mit seinem Verdacht ...»

«Ich brauchte Geld», sagte Marietta Crederci leise. «Mehr, als ich bei Ihnen verdienen konnte.»

«Aber wofür?»

«Der Geheimdienst wollte schon länger jemanden aus Ihrem Umkreis anheuern. Ich glaube, sie haben alle überprüft, die in Frage kamen – Francesco, Giulia, sogar Ihre Haushälterin.»

Immaculata schnaufte empört.

«Sie suchten nach jemandem, den man erpressen oder kaufen konnte. Bei mir wurden sie fündig.»

«Allmählich verstehe ich ...», sagte Petrus.

«Wir wussten erst seit kurzem, dass ich schwanger bin. Und wir waren so glücklich! Da erfuhr Antonio, dass sein Vertrag nicht verlängert wird. Weil seine Forschungen zu kirchenkritisch seien. Und er nicht daran glauben konnte, dass die Reliquien echt waren. Für ihn brach eine Welt zusammen! Er wollte doch seine Familie ernähren! Ganz vage hatten sie ihm eine Professur in Aussicht gestellt, an der Gregoriana. Doch das kam für ihn mit seinem wissenschaftlichen Anspruch nicht in Frage. Dazu war er zu stolz. Natürlich wollte er auch nicht, dass ich weiter fotografiere und er zu Hause bleibt. Und einen Job als Archäologe zu finden – das ist fast unmöglich. Also brauchten wir Geld.»

«Der Geheimdienst hat herausgefunden, dass Sie schwanger und in Not sind – vermute ich.»

«Genauso war es. Ich weiß nicht, wie sie davon erfahren haben. Aber sie riefen mich an – und sie wussten alles. Wir haben uns getroffen. Ich sollte eine ungeheure Summe bekommen, wenn ich mit ihnen zusammenarbeite. Und sie wollten nicht viel: Ich sollte Fotos machen von der päpstlichen Wohnung, von Ihrem Arbeitszimmer. Das war kein Problem – ich war ja ständig in Ihrer Nähe.»

«Aber plötzlich wollten sie mehr ...»

«Ich war naiv», sagte Marietta Crederci. «Schon mit den ersten Fotos hatten sie mich in der Hand. Sie machten mir ein Angebot: Noch mehr Geld – falls ich den Schädel stehle. Ich weigerte mich. Also drohten sie mir, dass der Vatikan alles erfährt. Und dann wäre auch ich rausgeflogen. Was sollte ich tun?»

«Wie hätten Sie Metodozzi erklärt, dass Sie plötzlich reich sind?»

«Eine plötzliche Erbschaft, irgendetwas in dieser Art. Das wäre in Ordnung gewesen für Antonio. Er hätte es nur nicht ertragen, wenn seine Frau für ihn arbeiten muss. Das Geld hätte uns die Möglichkeit gegeben, die erste Zeit mit dem Baby zu überbrücken.»

«Sie konnten nicht damit rechnen, dass der Tausch unbemerkt bleibt.»

«Doch. Nach der Prozession hätte ich Antonio abgelenkt. Ich wollte einen Schwächeanfall vortäuschen – wegen der Schwangerschaft. Dann hätte jemand anders den Schädel zurück in den Tresor gelegt. Und bald wäre Antonios Vertrag ausgelaufen. Ob ein Nachfolger bemerkt hätte, dass der Schädel falsch ist? Irgendwann, vielleicht. Aber sicherlich zu spät, um die Spur bis ins Kolosseum zurückzuverfolgen.»

«Doch dann sind Sie abgestürzt», sagte Petrus nachdenklich. «Sie lagen in den Katakomben des Kolosseums, schwer verletzt und voller Angst um Ihr ungeborenes Kind. Und dort, so vermute ich, hat der Earl of Sunderness Sie gefunden.»

«Er hat mich zu einem Arzt gebracht. In eine Privatklinik, irgendwo am Stadtrand von Rom. Dort wurden wir versorgt. Ich und mein Baby …»

«Zurück in den Vatikan konnten Sie nicht. Sie mussten damit rechnen, dass Antonio den Tausch bemerkt und Alarm geschlagen hat. Aber aus Rom fliehen konnten Sie auch nicht. Denn Sie waren schwer verletzt. Und Sie wären niemals ohne Antonio gegangen …»

«Niemals. Er ist der Vater meines Kindes. Und ich liebe ihn. Nur für ihn und unser gemeinsames Leben habe ich das alles getan. Damit wir als Familie zusammen sein können.»

Marietta versuchte sich aufzurichten. Sie verzog das Gesicht, unterdrückte ein Stöhnen und sank wieder in ihren Kissenberg.

«Zunächst wollte ich warten, bis ich wieder auf den Beinen bin. Dann hätte ich den Geheimdienst informiert. Ich hätte den Schädel übergeben, das Geld genommen und Antonio alles erklärt. Ich hoffte darauf, dass er es verstehen würde – mit dem Vatikan war er ohnehin fertig. Wir wären fortgegangen, irgendwohin.»

«Aber Sie haben Ihre Meinung geändert …?»

«Ich hatte viel Zeit zum Nachdenken. Und plötzlich erschien mir alles falsch. Wissen Sie», ihre Stimme wurde noch leiser, «wahrscheinlich hat mir der Petrusschädel das Leben gerettet. Ich hatte ihn bei mir, in meiner Fototasche, die über meiner Schulter hing. Der Arzt hat ja gesagt, mein Überleben wäre ein Wunder. Und», jetzt war sie kaum mehr zu hören, «vielleicht war es ja wirklich eines.»

«Außerdem waren Sie enttarnt», sagte Petrus. «Zumindest ein Mensch wusste, dass Sie den Schädel gestohlen hatten – der Earl of Sunderness. Ob der Sie einfach hätte ziehen lassen?»

«Das ist richtig», sagte Marietta lächelnd. «Eine Flucht wäre nicht mehr so einfach möglich gewesen.»

«Warum haben Sie nicht Kontakt mit Antonio aufgenommen?»

«Ich war mir nicht sicher, ob er beobachtet wird. Schließlich wäre auch er als Schädeldieb in Betracht gekommen. Vermutlich hätte er mich besuchen wollen – und die Polizei direkt zu mir geführt.»

«Darum haben Sie sich beim Earl of Sunderness versteckt. Er hat Sie mit Essen versorgt, Ihre Verletzungen behandelt und Ihnen sein Bett überlassen. Damit kommen wir zu meiner letzten Frage: Wer ist dieser angebliche Earl? Und vor allem: Warum hat er Ihnen geholfen?»

«Weil es eine unglaubliche Story ist», sagte der Earl

of Sunderness. Er stand in der Tür, perfekt gekleidet wie immer.

«Schämen Sie sich!» Mit aller Kraft warf ihm Immaculata ihre gelben Handschuhe ins Gesicht. «Sie haben das päpstliche Wohnzimmer verwanzt. Sie haben die päpstliche Leibfotografin entführt. Und Sie …»

«Ich bin gerne bereit, Ihnen alles zu erklären», sagte der Earl und rückte seine Goldrandbrille zurecht. «Aber es ist eine komplizierte Geschichte. Möchte noch jemand außer mir einen Drink? Die Minibar ist gut gefüllt.»

«Nein», sagte Immaculata gehässig. «Er wäre ohnehin vergiftet.»

«Gerne», sagte Petrus. «Etwas Kräftiges, bitte.»

Der Earl ging ins Wohnzimmer. Eiswürfel klimperten, dann kam er mit zwei Gläsern zurück, reichte eines dem Papst und setzte sich auf die Bettkante.

«Es begann mit diesem Artikel in der Repubblica», sagte er und nahm einen Schluck. «Mein Chefredakteur hat ihn gelesen, und er war begeistert.»

«Sie arbeiten wirklich für die Presse?»

«Für den Tatler, natürlich. Das führende englische Gesellschaftsmagazin. Klatsch auf höchstem Niveau: Ich bin dort seit zwölf Jahren und kann Ihnen gar nicht sagen, wie sehr mich dieser seichte Schwachsinn anödet.»

«‹Bezaubernde Giulia – Glaube in seiner schönsten Form›», sagte Petrus. «War es dieser Artikel, der Ihrem Chefredakteur so gefiel?»

«Genau der. Er war verzückt von Contessa Giulia. Engländer lieben den Adel. Engländer lieben Italien. Engländer lieben Frauen, die so aussehen, wie Engländerinnen nicht aussehen – wenn Sie verstehen, was ich meine. Ich bekam den Auftrag, eine ganz große Geschichte über die Contessa zu machen: über ihre Familie, ihre Freunde, den römischen Adel. Ich habe ein wenig telefoniert und bald gemerkt, dass niemand mit englischen Klatschjournalisten reden will. Der römische Hochadel ist noch elitärer als unsere englische High Society.»

«Und darum haben Sie sich einen falschen Adelstitel zugelegt und eine Goldrandbrille.»

«Und schon war alles ganz einfach. Denn plötzlich gehörte ich dazu. Vor allem Contessa Giulias Mutter war ganz begeistert. Ich bekam sogar Familienfotos geschenkt und durfte Giulias Mädchenzimmer fotografieren. Dann kam die Prozession. Ein wunderschönes Motiv, fand ich: antike Trümmer im Mondlicht, mittendrin die schöne Contessa. Ich wollte schon vorher ins Kolosseum, um zu recherchieren und einige Fotos zu machen, aber die Presse war erst zur Prozession zugelassen. Also habe ich einem unterbezahlten Wächter einige Scheine zugesteckt und bin durch den Hintereingang hinein. Ich beobachtete die Vorbereitungen und wurde zufällig Zeuge, wie Signorina Crederci den Schädel in ihrer Tasche verschwinden ließ. Von diesem Moment an ließ ich sie nicht mehr aus den Augen. Als sie stürzte, war ich der Erste, der bei ihr war, denn inzwischen kannte ich alle verschwiegenen Auf- und Abgänge des Kolosseums. Das war meine Chance, verstehen Sie?»

Er nahm einen Schluck von seinem Drink und sah Petrus herausfordernd an. «Die Watergate-Affäre. Bob Woodward. Dafür bin ich Journalist geworden! Investigativer, kritischer Journalismus, das ist meine Leidenschaft. Ich wollte die Machenschaften der großen Politik aufdecken, ich wollte vertuschte Skandale enthüllen. Hat leider nicht geklappt: Ich bin beim Tatler gelandet und enthülle meiner leicht senilen Leserschaft, welche Hüte die Royals in Ascot tragen.» Er klang bitter. «Und da legt mir das Schicksal plötzlich eine schöne Diebin zu Füßen. Samt einer prächtigen Story über Intrigen im Vatikan, und, wie ich erfahren konnte, über die Machenschaften des englischen Geheimdienstes. Fast zu schön, um wahr zu sein. Ich wusste sofort, dass hier eine Riesenstory zu holen war. Endlich raus aus der Klatschredaktion! Italien-Korrespondent der Times! Ich schnappte mir Signorina Crederci und den Schädel und bin abgehauen. Um Signorina Crederci gesund zu pflegen, auszuquetschen und den ganz großen Coup zu landen.»

«Stoff haben Sie jedenfalls genug», sagte Petrus gelassen. «Damit können Sie die Königin von England und den Heiligen Vater auf einen Schlag erledigen. Natürlich nur, wenn Sie bestimmte Kollateralschäden in Kauf nehmen.»

Der falsche Earl schwieg. Dann sagte er langsam: «Ich bin kein Schuft, Heiliger Vater. Vielleicht muss man das sein als investigativer Journalist, aber ich bin es nicht. Ich habe Marietta viele Tage lang versorgt. Ich weiß, dass sie schwanger ist. Und ich weiß, dass ich alles kaputt machen würde, wenn ich die ganze Story in die Öffentlichkeit bringen würde. Sie wäre als Verräterin gebrandmarkt, als Spionin. Ihre Künstlerlaufbahn wäre dahin. Und vielleicht würde sich Antonio Metodozzi von ihr abwenden.»

Er trank sein Glas aus.

«Verdammt noch mal», brüllte er plötzlich, «es war die Chance meines Lebens!»

«Es ehrt Sie, dass Sie auf diese Chance verzichten», sagte Petrus. «Ich frage mich, ob man Sie dafür irgendwie entschädigen kann. Der eigentliche Anlass Ihrer Recherchen war doch ...»

«... Contessa Giulia. Immerhin weiß ich, wie es in ihrem Mädchenzimmer aussah. Viel mehr habe ich meinem Chefredakteur jedoch nicht zu bieten.»

«Ich mache Ihnen ein Angebot», sagte Petrus feierlich. «Sie bekommen eine exklusive Contessa-Giulia-Story für den Tatler.»

«Contessa Giulia im Pool von Castel Gandolfo», sagte der Pseudo-Earl trotzig. «Darunter mache ich es nicht.»

«Meinetwegen», sagte Petrus großzügig und fragte sich, wie er das Giulia beibringen sollte.

«Aber vor allem», sagte Marietta Crederci, «möchte ich jetzt zu Antonio.»

«Ich glaube nicht, dass Sie zu Signor Metodozzi sollten», sagte Immaculata kühl.

«Aber warum nicht?»

«Er hat Sie in den Abgrund gestoßen, Signora. Er hat versucht, Sie zu töten. Warum sollte er es nicht noch einmal versuchen?»

IX

Erschrocken drehte sich Metodozzi um, als er Francescos Schritte hörte.

«Wie können Sie hier in Ruhe arbeiten», schleuderte ihm Francesco entgegen, «wie können Sie leben mit all dem, was Sie getan haben!»

«Der Herr Privatsekretär! Warum so heftig? Was verschafft mir die Ehre Ihres Besuchs?»

«Sie sind ein jämmerlicher Mensch, ein Lügner, Betrüger, ein Dieb. Und ein Mörder.» Francesco schrie jetzt fast. «Sie wollten die Reliquien stehlen. Das Heiligste der Kirche, über das Sie sich immer nur lustig gemacht haben. Und Sie haben Marietta getötet und das Kind, das sie erwartete. Weil Ihnen Ihre Karriere wichtiger war. Weil ...»

«Woher wissen Sie ...»

«Alles weiß ich, alles. Von Ihrem Pakt mit dem Cavaliere. Von der Platte, die Sie manipuliert haben. Von ...»

«Sie sind wohl komplett übergeschnappt, Sie ... Sie ... *stronzo*!» Metodozzi kam drohend auf ihn zu. In der Hand hielt er noch den Hammer, mit dem er gerade gearbeitet hatte. «Was geht Sie mein Privatleben an? Nichts, gar nichts! Lassen Sie mich in Ruhe!»

«Ich sage die Wahrheit. Der Herr ist mein Zeuge!»

«Vaffanculo! Nichts hast du kapiert, rein gar nichts. Mein Leben ist zerstört, seit Marietta verschwunden ist, und wenn du mich jetzt auch noch anprangern willst, wenn du mich fertigmachen willst ...»

Metodozzi schleuderte den Hammer. Knapp neben Francesco splitterten Steine aus der Wand.

«Was soll's, es ist sowieso alles aus», brüllte der Archäologe. «Vorbei, Schluss, Ende. Es hat keinen Sinn mehr. Das hätte ich schon vor Tagen begreifen müssen. Aber ich habe gewartet, gewartet, dass sie vielleicht doch noch lebt, dass sie wiederkommt. Verstehst du, du kleiner mieser Wicht: Ich habe ein Mal in meinem ganzen, verreckten Leben auf ein Wunder gehofft. Aber es ist ausgeblieben. Es gibt keinen Gott, verdammt noch mal! Es gibt keinen Gott!»

Metodozzi stürzte sich auf ihn. Francesco konnte ihn zurückdrängen bis zur Mauer, doch Metodozzi schleuderte ihn zur Seite und rannte davon, rannte den Schacht hinauf. Francesco konnte seine Schritte hören, leiser und immer leiser. Bis es völlig still war.

Totenstill.

X

«Ich jedenfalls», sagte Immaculata, «räume dieses Chaos nicht auf!»

«So schlimm ist es nicht», sagte Petrus, der auf einem niedrigen Küchenhocker direkt vor dem Ofen saß und die Lasagne fixierte. «Ein paar Tomatenspritzer an den Wänden. Man muss eben Opfer bringen, um ein solches Prachtstück zu produzieren.»

Nicht nur Arbeitsplatte und Anrichte, auch der große Esstisch war bedeckt mit Töpfen, Dosen und Bechern. Mehrere benützte Schneidebretter stapelten sich übereinander. An den Wänden, vor allem aber an Immaculatas hellweißen Küchengardinen fanden sich bunte Muster. Mit dem Abwasch, der sich in der Spüle stapelte, hatte sich seit Immaculatas Umzug ins Hotel Hassler offenbar niemand mehr befasst. Dasselbe galt für den Mülleimer.

«Es geht hier nicht um einige Tomatenkleckse», sagte Immaculata und hielt das Medaillon an ihrem Hals umklammert. «Es geht hier um meine Würde als Leiterin des päpstlichen Haushalts und als Nonne vom Orden der Bußfertigen Begonninen, in dem Ordnung, Sauberkeit und Bescheidenheit gepflegt werden – zur höheren Ehre Gottes. Und nicht zuletzt geht es um meine Würde als Frau.»

«Ausnahmsweise kann ich Sie verstehen», sagte Giulia mit einem Seitenblick zu Immaculata. «Ich schlage vor, dass Francesco und ich hier aufräumen. Wann gibt es Essen?»

«Gegen neun.» Petrus war völlig versunken in den Anblick der Lasagne.

«Das wird knapp», sagte Giulia mit einem Blick auf den verwüsteten Esstisch. Dann bugsierte sie Immaculata zur Tür hinaus, band Francesco eine Schürze um und entfernte Petrus von seinem Hocker. «Am besten, Sie verschwinden in Ihrem Arbeitszimmer. Dort gibt es sicher noch das ein oder andere Dokument zu bearbeiten. Wir müssen putzen.»

Zwei Stunden später saßen alle um den Esstisch, in der Mitte thronte die Lasagne. Petrus sprach das Tischgebet: «Wir danken dir, Herr, dass du deinen armen Diener Petrus erleuchtet und ihm die Gabe verliehen hast, dieses köstliche Rezept im Andenken an seine selige Mutter nachzukochen. Was nicht einfach war – vor allem der Abschnitt über die Béchamelsoße. Amen.»

«Es ist köstlich», sagte Giulia nach einigen Minuten. «Der Herr hat gut daran getan, Sie zu erleuchten. Aber nun ist der Zeitpunkt gekommen, an dem auch wir erleuchtet werden möchten.»

«Ich überlasse euch gerne das Rezept», sagte Petrus und nahm sich noch ein Stück.

«Bisher weiß ich nur in Stichpunkten, was passiert ist», sagte Giulia. «Der Schädel ist wieder da. Die päpstliche Leibfotografin ebenfalls – wenn auch in lädiertem Zustand.»

«Genauso verhält es sich», sagte Petrus. «Marietta ist wieder zu Hause und braucht viel Pflege. Was übrigens auch für Antonio Metodozzi gilt. Er hatte einen kleinen … Zusammenstoß.»

Francesco stocherte in seiner Lasagne und sagte nichts.

«Nach bisherigem Stand», sagte Giulia gereizt, «ist Antonio ein Killer, der seine schwangere Freundin aus dem Weg räumten wollte.»

«Unsinn», sagte Petrus. «Antonio hatte niemals die Absicht, Marietta Crederci zu töten. Das war mir sofort klar, als ich am letzten Samstag von dem Geländer erfuhr.»

«Von dem Geländer?» Giulia legte ihre Gabel hin und schaute Petrus entgeistert an.

«An der Absturzstelle befindet sich normalerweise ein Geländer», erläuterte Petrus. «Die Fernsehleute hatten es kurzfristig entfernt – damit keine unschönen modernen Metallgitter im Bild sind, wenn sie antike Ruinen filmen.

Commissario Brunelli erläuterte uns, dass es erst wenige Minuten vor Beginn der Prozession abgebaut wurde. Der Täter hat die Platte mit Sicherheit deutlich früher manipuliert, vielleicht schon einen Tag zuvor, da er bei Beginn der Prozession mit den Reliquien beschäftigt war. Er konnte also nichts vom Abbau des Geländers gewusst haben. Und das bedeutet: Er konnte nicht damit rechnen, dass jemand, der auf die Platte tritt und stolpert, in den Abgrund stürzen wird.»

«Aber warum hätte man die Platte denn sonst manipulieren sollen?»

«Es ging dem Täter jedenfalls nicht darum, jemanden zu töten. Du musst bedenken, meine Liebe, wer eigentlich auf dieser Platte stehen sollte.»

«Der Reliquienträger. Derjenige, der den Schädel mit sich führen sollte.»

«Richtig. Der Täter wollte, dass der Reliquienträger stolpert.»

«Und dann», überlegte Giulia, «wäre der Schädel vermutlich heruntergefallen.»

«Auch das ist richtig. Zumal der Schädel nur lose auf dem Kissen befestigt war.»

«Als Reliquienträger war der Erzbischof von Canterbury vorgesehen. Vielleicht ging es darum, ihn lächerlich zu machen …»

«Das hatte ich auch vermutet – zunächst jedenfalls. Aber es erschien mir immer merkwürdig: Zerstört man die edelste Reliquie der Christenheit, um einem Kleriker einen Streich zu spielen? Wohl kaum.»

«Wir haben es also mit jemandem zu tun, der die Zerstörung des Schädels in Kauf genommen hat», sagte Giulia. «Jemand, dem der religiöse Wert der Reliquie egal war. Und damit wären wir wieder bei Signor Metodozzi.»

«Genau. Wissenschaftlich hatte der Schädel keine Bedeutung mehr für ihn – er hatte ihn ja umfassend untersucht und alles dokumentiert. An die Echtheit der Reliquie hat er außerdem nie geglaubt. Und heute, liebe Giulia, hast du mir die Lösung des Rätsels geliefert.»

«Jetzt verstehe ich gar nichts mehr.»

«Der Schlüssel ist der Cavaliere.»

«Der Cavaliere hatte Kontakt mit Metodozzi», überlegte Giulia. «Er wollte den Schädel kaufen, aber Metodozzi hat versagt ...»

«Alle Reliquien lagen in einem Tresor mit Zeitschloss», sagte Petrus. «Metodozzi hatte keine Chance, an den Schädel heranzukommen. Also musste er die Prozession abwarten. Und auch da war es schwierig: Beim Öffnen des Tresors war er nicht allein. Danach hat Marietta Crederci fotografiert. Wie also sollte er an den Schädel herankommen?»

«Ich verstehe ...», sagte Giulia. «Der Reliquienträger stolpert – der Schädel fällt herunter und zerbricht in tausend Stücke – Antonio, der ja immer in der Nähe der Reliquien bleiben sollte, springt hinzu, sammelt die Stücke auf und lässt einige Teile verschwinden. Und das genügte für die Bedürfnisse des Cavaliere! Denn eine Reliquie muss nicht groß sein. Sie muss echt sein – nur darauf kommt es an!»

«Aber warum so umständlich?», fragte Francesco. «Hätte er nicht irgendwann vor oder nach der Prozession dafür sorgen können, dass der Schädel herunterfällt?»

«Das habe ich mich auch gefragt», antwortete Petrus. «Giulia weiß, warum Metodozzi so vorgehen musste.»

«Ich ahne es zumindest», antwortete Giulia. «Der Cavaliere ist misstrauisch. Er hat panische Angst, dass ihm jemand die falschen Reliquien unterjubelt. Auch von mir hat er verlangt, dass ich mich mit dem Schädel im Fernsehen zeige. Ich habe übrigens mit den Kollegen von Vatikan TV heute Nachmittag eine kurze Sequenz über den Schädel gedreht, die heute Abend in den aktuellen Nachrichten läuft. Von Metodozzi wird er dasselbe verlangt haben: Diebstahl der Reliquien vor laufender Kamera. So, dass er am Bildschirm alles verfolgen kann.»

«Unser Antonio Metodozzi ist ein Wirrkopf», sagte Petrus. «Mit seinen beständigen Zweifeln hat er nicht nur sein Seelenheil gefährdet, sondern vor allem seinen Job. Mir selbst war sein Genörgel egal – aber einigen Kurienkardinälen nicht. Als Marietta Crederci schwanger wurde, stand er vor dem Nichts. Seine einzige Chance war die Professur. Dann haben sie ihn unter Druck gesetzt: sein unmoralischer Lebenswandel. Die außereheliche Beziehung. Er solle heiraten, und auf keinen Fall dürfe Marietta schwanger werden – was sie allerdings schon war. Ihr könnt euch denken, wie sich das alles auf einen Charakter wie Metodozzi auswirkte.»

«Für ihn war die Kirche verlogen», sagte Francesco leise. «Sie verherrlicht Reliquien, an deren Echtheit er nicht glauben kann. Und zugleich verfolgt sie zwei Menschen, die sich lieben.»

«Ich vermutete gleich nach dem Gespräch mit dem Großkanzler der päpstlichen Universität, dass Metodozzi die Professur gar nicht mehr wollte», sagte Petrus.

«Und Marietta Crederci hat mir dies heute bestätigt. Er wollte sich von der Kirche lösen, endgültig. Und er wollte kein Geld mehr von ihr beziehen. Eine tragische, traurige Entfremdung, die nicht nötig gewesen wäre. Denn so unfreundlich sind wir gar nicht – in der Regel. Doch diese Trennung bedeutete, dass er dringend Geld brauchte, um seine Familie zu ernähren. Und da er die Reliquien des Petrus ohnehin lächerlich fand, kam er auf die Idee, sie zu verkaufen – der Reliquienmarkt blüht ja gerade in Rom.»

«Aber während der Prozession ging dann alles schief», sagte Giulia aufgeregt. «Der Erzbischof stürzte, die Ordnung löste sich auf, Marietta Crederci trat einen Schritt zurück. Direkt auf die Platte. Metodozzi sah es, sprang zu ihr, wollte sie halten – aber zu spät. Diesen Sprung haben wir in den Fernsehbildern gesehen. Jetzt verstehe ich endlich: Er wollte sie nicht auf die Platte stoßen, sondern vom Schritt auf die Platte zurückhalten. Danach konnte er nicht gleich zu ihr, weil Sie, Heiliger Vater, ihm die Reliquien in die Hand gedrückt hatten. Und als er nach unten kam, in die Katakomben, war Marietta Crederci weg.»

«Aber nun ist sie wieder da», sagte Immaculata. «Nachdem ich sie im Hotel Hassler aufgespürt habe.»

«Unsere Immaculata hat ganze Arbeit geleistet», sagte Petrus wohlwollend. «Sie soll selbst berichten.»

Und Immaculata erzählte in glühenden Farben: Wie sie schon immer einen Verdacht gehegt und schließlich Petrus ins Hotel geholt habe, um der Sache auf den Grund zu gehen, gegen seinen Widerstand. Wie sie dann den falschen Earl ausgeschaltet habe, mit Wischmopp und Reinigungsspray. Und die Crederci schließlich alles gestanden habe, nach stundenlangem Verhör – ihre sündhafte Affäre mit dem Archäologen, den Raub der Reliquie und die Flucht ins Hotel.

«Ja, so, oder ungefähr so, hat es sich ereignet», sagte Petrus. «Wir wollen mal sehen, was wir nun mit der jungen Familie anfangen. Ich könnte mir gut vorstellen, dass ich mich für Metodozzi einsetze und er seine Stelle hier behält. Marietta Crederci haben wir übrigens nach Hause gebracht. In ihr Gärtnerhaus.»

«Weiß Metodozzi denn schon, was passiert ist?», fragte Giulia.

«Francesco hat ihn informiert», antwortete Petrus. «Zumindest über seine Version der Geschichte: Antonio als Karrierist, der über Leichen geht.»

«Wie hat ihm diese Version gefallen?», fragte Giulia.

«Wir sind ein bisschen aneinandergeraten», sagte Francesco trotzig. «Aber inzwischen weiß er Bescheid und ist bei Marietta.»

Petrus sah, wie sich Giulias Miene verfinsterte. Francesco, der sich für Marietta prügelte – kein Thema für dieses Festessen.

«Habe ich euch schon erzählt, dass ich vorhin mit diesem Jack Steel telefoniert habe?», sagte Petrus, um Ablenkung bemüht. «Giulia hat heute Vormittag den englischen Nationaltrainer kennengelernt. Offenbar war er etwas niedergeschlagen.»

«Ich habe ihm die Telefonnummer des Heiligen Vaters gegeben», sagte Giulia. «Zur geistlichen Erbauung.»

«Und natürlich, weil der englische Nationaltrainer fachlichen Rat benötigte», sagte Petrus. «Ein feiner Kerl, dieser Jack Steel. Wir haben uns glänzend unterhalten.

Seine Spieler sind in der Tat etwas ... verunsichert. Man kann das verstehen. Es hat ja in der Vergangenheit den einen oder anderen Misserfolg gegeben, vor allem, wenn England gegen Deutschland spielen musste. Aber das Hauptproblem scheint Ihre Majestät zu sein. Sie hat wohl etwas zu viel Druck ausgeübt auf die Spieler. Seitdem ...»

«... machen sich ihre Jungs in die Hose», sagte Giulia. «Ich verstehe.»

«Man muss solche Gespräche sehr sensibel führen. Ich habe vor wichtigen Spielen der Squadra Azzurra auch schon den einen oder anderen Spieler zu mir gebeten und ihm wertvolle Hinweise gegeben. Es hat immer geholfen. Sie kamen bedrückt – und gingen beglückt.»

«Natürlich. Bei Ihnen gibt es immer Caffè, Cornetti und Schulterklopfen. Bei der Queen gab es sicher nur wässrigen Tee, böse Blicke und trockenes Shortbread.»

«Jedenfalls hat meine Freundin von der Insel einen Fehler gemacht», sagte Petrus zufrieden. «Ich halte es nicht für unfair, diesen Fehler ein wenig auszunützen. Seit heute Nachmittag weiß ich, dass ich noch eine Rechnung mit ihr offen habe. Es war nicht nett, dass sie unsere Marietta verführt und aufgehetzt hat.»

«Was haben Sie Jack Steel denn empfohlen?»

«Ich habe den Engländern ein Angebot gemacht. Jack Steel ist sehr angetan von meinem Vorschlag. Er wird ihn seinen Spielern unterbreiten. Und zwar hier, im Vatikan. Heute am späteren Abend werden wir hier noch ein Bier zusammen trinken und uns einige der bisherigen Trainingssequenzen auf DVD anschauen. Morgen habe ich dann die ganze englische Mannschaft eingeladen. Bitte kümmere dich darum, Giulia, dass alles inkognito abläuft, ohne Medienrummel. Die Spieler bekommen eine kleine Führung, das bringt sie auf andere Gedanken. Zum Schluss gibt es eine Andacht in der Sixtinischen Kapelle. Wir lassen die Kapelle einfach ein halbes Stündchen sperren. Wegen Restaurationsarbeiten oder so. Jack Steel wird einige Worte an die Spieler richten. Wenn sie nicht wollen, kann ich nichts für sie tun.»

«Was wollen Sie ihnen denn anbieten?»

«Den Turniersieg.»

«Und als Gegenleistung?»

«Keine Gegenleistung.»

«Wir kennen uns nun schon länger, Heiliger Vater», sagte Giulia mit Nachdruck.

«Das ist wahr. Was möchtest du mir sagen?»

«Dass ich Ihnen nicht glaube. Kein Wort. Natürlich gibt es eine Gegenleistung.»

«Keine Gegenleistung.» Petrus wirkte hochzufrieden. «Ich habe ihnen den Turniersieg angeboten und das ewige Seelenheil. Mehr kann ich dazu nicht sagen.»

Immaculata war aufgestanden und begann, die Teller abzuräumen. «Mit diesen Machenschaften möchte ich nichts zu tun haben. Ich bitte nur darum, ein entscheidendes Detail nicht aus den Augen zu verlieren.»

«Und das wäre?», fragte Petrus.

«Es wurde geschossen», sagte Immaculata. «Während der Karfreitagsprozession. Auf wen auch immer. Und bis heute weiß niemand, wer es war. Ich habe große Sorge, dass sich dieser unschöne Vorfall wiederholt.»

«Das könnte sehr gut sein», sagte Petrus. «Um nicht zu sagen: Ich bin mir sicher, dass es in Kürze zu einer Wiederholung kommt.»

Immaculata stellte den Teller wieder hin, zu dem sie eben gegriffen hatte. Giulia zerknüllte ihre Serviette. Francesco machte große Augen.

Alle schwiegen.

«Nun schaut nicht so bekümmert, Kinder», sagte Petrus. «Ich bin zuversichtlich, dass ich auch diesmal mit dem Leben davonkomme.»

«Was lässt Sie da so sicher sein?», fragte Giulia. «Ihr Job bringt es mit sich, dass Sie einen guten Draht nach oben haben. Aber das hat auch schon bei anderen Päpsten nichts genützt ...»

«Die Gittertür im Kolosseum war verschlossen», sagte Petrus zufrieden. «Der Zugang war dem Schützen versperrt. Denkt daran! Allerdings habt ihr recht: Wir sollten die einschlägigen Bösewichte noch einmal genauer betrachten.»

«Sie denken an Oscuro?», fragte Giulia.

«Ich denke an alle, die sich für die Reliquien des Petrus interessieren und zugleich von meinem Tod profitieren würden. Signor Fallimento zum Beispiel.»

«Signor Fallimento ...?»

«Der Reliquienhandel boomt. Warum? Der Staat ist bankrott. Und die Petrusreliquien könnten ein Zeichen sein: Der Apostel kehrt zurück, um die Menschen zur Buße anzuleiten. Denn das Ende der Zeiten ist nahe. Die Menschen haben Angst.»

«Und die Angst würde sich noch vergrößern, sollte der Papst ermordet werden», sagte Giulia.

«Ich werde mich darum kümmern», sagte Francesco eifrig. «Ich habe vorhin etwas ... überstürzt reagiert und möchte das wiedergutmachen.»

«Eine hervorragende Idee», sagte Petrus zufrieden. «Du wirst dich morgen im Finanzministerium umsehen. Aber erst gegen Abend. Tagsüber brauche ich dich für meine kleine Revanche an der Queen. Und jetzt musst du unbedingt noch ein Stückchen von meiner Lasagne nehmen – du hast nämlich fast nichts gegessen.»

Samstag

1

Jack Steel ging nach vorne. Auf dem Fußballplatz hätte er nun die Hände auf dem Rücken verschränkt, das Kinn gereckt und Anweisungen gebrüllt. Hier, im dunklen Anzug, unter dem Auge des Höchsten, fühlte er sich etwas unbehaglich. Um ihn herum leuchtete es blau und rot, ein ungeheurer Farbenwirbel, der den ganzen Raum erfasste. Und hinter ihm, an der Stirnseite der Sixtinischen Kapelle, tobte das Jüngste Gericht: Christus schickte mit einer Handbewegung die Verdammten in die ewigen Abgründe der Hölle und rief gleichzeitig die Seligen zu sich.

«Jungs!» Jack Steel räusperte sich. «Kameraden! Es kommt im Leben nicht darauf an, dass man immer gewinnt. Wichtig ist nur, dass man es mit aller Kraft versucht. Und ich muss sagen: Wir *haben* es mit aller Kraft versucht. Immer wieder. Aber heute müssen wir uns eingestehen, dass wir gescheitert sind. Ihr habt alles gegeben. Aber eines steht nun mal fest: Ihr könnt einfach keine Elfmeter schießen. Ihr seid nette Jungs. Wirklich. Aber ihr seid Engländer.»

Es war vollkommen still in der Sixtinischen Kapelle. Noch niemals, das wussten alle Spieler, hatte Jack Steel vom Scheitern gesprochen.

«Ich bin nur ein einfacher Mann aus Manchester. Ich kenne mich nicht aus mit diesen Religionsdingen. Buddha, Mohammed, Jesus – waren sicherlich alle gute Jungs. Woher soll ich wissen, wer von ihnen recht hat? Aber eines weiß ich genau: Ich weiß, wann ich einem guten Kerl begegne. Einem, der was verstanden hat vom Leben. Und so einem bin ich gestern begegnet. Hier im Vatikan.»

Jack Steel machte eine Pause und fixierte seine Spieler.

«Und soll ich euch was sagen, Jungs?» Jack Steel holte tief Luft. «Der Mann, dem ich begegnet bin, war der Papst.»

Stille. Reglosigkeit. Unbewegte Mienen.

«Wir haben ein Bier getrunken», fuhr Jack Steel schnell fort. «Wir haben Videos vom Training angesehen. Hat ein gutes Auge, der Papst. Versteht was vom Fußball. Dann sind wir hierhergegangen. In die Sixtinische Kapelle. Gestern Nacht. Und der Papst hat gesagt: Schauen Sie doch mal nach oben, Jack. Und das sage ich jetzt auch zu euch, Jungs: Schaut mal nach oben!»

Vierundzwanzig Köpfe ruckten nach oben.

«Eine ganze Masse Bilder, was? Aber es geht mir nur um ein Bild, Jungs. Das in der Mitte. Mit dem Typ im Bademantel. Es heißt: Die Erschaffung Adams.»

Jack Steel deutete nach oben.

«Der Typ im Bademantel ist der liebe Gott. Hat mir der Papst verraten. Um ihn herum seht ihr einen Haufen Engel. Und seht ihr, was der liebe Gott macht? Er streckt seinen Finger aus. Er zeigt auf Adam. Und warum? Ich sag es euch: Die göttliche Energie springt auf ihn über. Der Lebensfunke. Spirit und Power. Erst jetzt ist Adam ein Mensch. Erst jetzt kann er loslegen. Vorher war er nur ein Haufen Knochen und Fleisch. Genau wie ihr, Jungs!»

Jack Steel redete jetzt schneller und lauter: «Es genügt eben nicht, sich im Training reinzuhängen. Man braucht auch was im Kopf. So was wie Ideen. Selbstbewusstsein. Einen Plan. Und woher bekommt man das alles?»

Der Stürmer schnellte hoch.

«Ja?»

«Vom Trainer!»

«Richtig. Und wer ist der Trainer?»

«Das sind Sie, Chef!»

«Falsch. Der Papst hat es mir so erklärt: Ein Mensch kann niemals Trainer sein. Der Trainer ist immer der Typ im Bademantel, versteht ihr?»

Niemand verstand es.

«Gott ist der Trainer. Euer Trainer. Mein Trainer. Sagt der Papst. Gott schickt die Energie. Er lässt den Funken überspringen. Wie auf dem Bild da oben. Es gibt nur ein Problem: Auf dieser Welt laufen sieben Milliarden Menschen rum. Aber er kann sich nicht um alle gleichzeitig kümmern. Also lautet die Frage: Wie schaffen wir es, dass sich Gott für einige Zeit auf England konzentriert? Genauer: auf den englischen Fußball? Noch genauer: auf vierundzwanzig englische Volltrottel und ihren unfähigen Trainer. Darum geht es, Jungs. Hat jemand eine Idee?»

Niemand meldete sich. Alle starrten gebannt auf Jack Steel.

«Aber ich habe eine Idee. Ehrlich gesagt: Die Idee ist

nicht von mir, sondern vom Papst. Und der Papst sagt, er hat sie vom Heiligen Geist.»

Jack Steel räusperte sich.

«Es kann sein, dass ihr die Idee bescheuert findet. Dann lassen wir es einfach. Ob es funktioniert, weiß ich auch nicht. Aber es ist unsere letzte Chance, fürchte ich. Mir jedenfalls fällt nichts anderes mehr ein. Gar nichts mehr.»

II

«Giulia, räume bitte meinen Schreibtisch frei», sagte Petrus, «und du, Francesco, bringst den Schädel. Er liegt wieder in seiner Kiste, oben in meinem Schlafzimmer. Im großen Kleiderschrank.»

Giulia betrachtete die vielgestaltige Landschaft aus Bücherstapeln, Papierbergen und Notizblöcken. «Gibt es irgendein System, das ich beim Aufräumen zu beachten hätte?»

«Kein System. Ich arbeite intuitiv. Angeleitet vom Heiligen Geist. Aber falls du beim Aufräumen ein System entwickeln möchtest, hat der Heilige Geist sicherlich nichts dagegen. Leg die Sachen einfach aufs Sofa oder sonst wohin. Hauptsache, wir haben Platz auf dem Schreibtisch.»

Giulia begann, die Stapel vom Schreibtisch zu räumen und entlang des Bücherregals auf den Teppich zu schichten. «Es gibt ein System», meinte sie nach einiger Zeit, «und es ist leicht erkennbar. Soweit ich sehe, gibt es drei

Kategorien: ein kleiner Stapel Theologisches. Ein mittelgroßer Stapel Fußballzeitungen. Und ein dritter, sehr großer Stapel mit unerledigter Korrespondenz.»

Petrus entschloss sich, die kleine Attacke mit würdevollem Schweigen zu parieren. Erst Francesco unterbrach die Stille. Man sah sein Gesicht kaum, als er sich durch die Tür zwängte, auf den Armen die Holzkiste mit den sterblichen Überresten des Apostels.

«Sehr gut, mein Sohn! Die Kiste bitte hierher. Und dann brauchen wir noch die Schuhe.»

«Die Schuhe?» Francesco stellte die Kiste vorsichtig auf dem päpstlichen Schreibtisch ab, bemüht, das kostbare Furnier nicht zu zerkratzen.

«Sie liegen beim Pförtner», erläuterte Petrus. «An der Sant-Anna-Pforte. Mehrere Sporttaschen mit Fußballschuhen. Ich hielt es zuerst für zu riskant, sie in die Wohnung bringen zu lassen. Aber Immaculata hat heute den Einkehrtag in ihrem Mutterkloster. Das ist unsere Chance.»

Francesco nickte und verschwand.

«Ich erkläre später, was es mit den Schuhen auf sich hat», sagte Petrus. «Wenn Francesco zurück ist. In der Zwischenzeit werden wir die Kiste ausleeren.»

Behutsam nahm Petrus den Schädel heraus und betrachtete ihn wohlgefällig von allen Seiten. «Da ist er wieder, unser Freund. Auch wenn es mir bei Lichte betrachtet fast so vorkommt, als hätte er sich ein bisschen verändert, seit er verschwunden ist. Irgendwie kommt er mir heller vor – aber das liegt wahrscheinlich am Licht.» Er griff nach den Knochen, die wieder einzeln in Seidenpapier gewickelt waren, und legte ein Stück nach dem anderen auf die Schreibtischplatte.

«Und jetzt kommt die Hauptsache», sagte er schließlich, hob die Kiste an und drehte sie um. Feiner Knochenstaub, winzige Splitter, kleinste Bruchstücke rieselten heraus.

«Darauf hatte ich gehofft», sagte Petrus zufrieden, zog ein Lineal aus einer Schreibtischschublade und schob die bröseligen Knochenteilchen zu einem kleinen Haufen zusammen. Kurz darauf erschien Francesco, beladen mit Sporttaschen.

Petrus drehte die Schreibtischlampe so, dass sie direkt auf das Häufchen mit Knochenstaub strahlte: «Eine schwierige Aufgabe wartet auf uns. Sie erfordert gute Nerven, handwerkliches Geschick und den Beistand des Herrn.»

«Ich weiß nicht, ob der Herr uns beistehen wird», sagte Giulia. «Nach allem, was ich vom Himmel weiß, hat der Apostel Petrus einen ziemlich guten Draht zum Herrn. Vermutlich war er gerade petzen: ‹Hallo, Gott, mein Nachfolger hat mich gerade auf seine Schreibtischplatte geschüttet. Wie finden Sie das denn?›»

Petrus ignorierte sie wieder. «Ihr wisst, meine Freunde», begann er, «dass die englische Fußballnationalmannschaft gegenwärtig eine Krise durchlebt. Der Trainer – ein sympathischer und kluger Mann – hat mir seine Sorgen gebeichtet. Daraufhin habe ich ihm und seinen Spielern geraten, Trost und Zuflucht bei der Heiligen Kirche zu suchen. Zu meiner großen Freude haben sie sich darauf eingelassen. Und so wird es mir eine Ehre und ein großes Vergnügen sein, ihnen noch heute Nacht das Heilige Sakrament der Taufe zu spenden. In der Sixtina. Im Rahmen einer kleinen, diskreten Feierstunde. Es wird deine Aufgabe sein, liebe Giulia, die Medien fernzuhalten.»

«Aber wenn die Öffentlichkeit nichts erfährt, wird *sie* es auch nicht erfahren», sagte Giulia.

«Wer ist *sie*?», fragte Francesco.

«Die Königin von England», antwortete Giulia.

«Es werden sich Mittel und Wege finden, ihr diese guten Nachrichten mitzuteilen», sagte Petrus. «Zumindest dann, wenn sich die erhofften Erfolge einstellen.»

«Welche Erfolge denn?», fragte Francesco.

«Einen Sieg über die Deutschen», sagte Giulia. «Im Elfmeterschießen. Falls die Engländer gewinnen, wird fünf Minuten später die ganze Welt erfahren, dass Jack Steel und die Seinen den Weg zum wahren Glauben gefunden haben. Falls dagegen Deutschland gewinnt, hat es diese Taufe nicht gegeben. Alles nur Phantasien der Medien – falls doch etwas durchdringt. Die Spieler selbst würden in diesem Fall nichts verraten, weil sie Angst hätten, sich lächerlich zu machen. So ist er doch, Ihr Plan, oder?»

«Die Engländer werden aber gewinnen», sagte Petrus. «Denn ich gedenke, ihrem Erfolg etwas nachzuhelfen. Natürlich bin ich der Meinung, dass bei einem Elfmeterschießen das Können und die Nervenstärke der Spieler entscheiden sollen. Aber wenn weder Können noch Nervenstärke vorhanden sind, muss man auch andere Lösungen in Erwägung ziehen.»

«O mein Gott!» Giulia blickte von den Sporttaschen zu den Knochenhäufchen. «Ich ahne, was Sie vorhaben …»

«Ich habe alles mit Jack Steel besprochen», sagte Petrus. «Der englische Zeugwart ist ebenfalls eingeweiht.

Wir befestigen mit Sekundenkleber winzige Knochensplitter in den Fußballschuhen. An einer Stelle, wo sie nicht drücken können. Dann packen wir die Schuhe in die Taschen und bringen sie in die Sixtina. Nach der Taufe bekommt jeder Spieler sein Paar.»

«Und ist fortan eine spirituelle Energiebombe», sagte Giulia.

«Ihr wisst, welche Aufgabe der Apostel Petrus hat», sagte Petrus.

Francesco nickte. «Er bewacht das Himmelstor.»

«Richtig. Er ist der Himmelstorhüter. Es kommt nicht oft vor, dass er einen reinlässt. Aber manchmal schon. Und genau darum wird es auch im Endspiel gehen.»

«Dass der deutsche Torhüter mal einen reinlässt?»

«Genau», sagte Petrus und holte Werkzeug und Klebstoff aus der Schublade. «Ich bin mir sicher, dass der Apostel Petrus ihm wertvolle Tipps geben kann, wie man das anstellt.»

III

Giulia ließ den Papst und Francesco alleine weiterkleben, holte den falschen Schädel von Tremante aus ihrem Büro und fuhr los.

Im Inneren des Mausoleums war es schwül und stickig wie immer. Die Mädchen lungerten auf den Polstern, die Brokatvorhänge um das Bett waren zugezogen. Auf den Stufen, die zum Lager des Cavaliere emporführten, saß Dr. Parker.

«Es wird alles ganz reibungslos funktionieren, wenn das Geld eintrifft», sagte Giulia, noch etwas außer Atem. «Ich werde den Transfer nicht über die Vatikanbank abwickeln, sondern über einen Freund aus der Studienzeit. Die Universität erhält also in Kürze eine große, anonyme Spende zur Einrichtung eines neuen medizinischen Instituts.»

«Und Alessandro wird endlich in der Lage sein, mich etwas öfter zum Essen einzuladen», sagte Dr. Parker.

«Ich habe ausgerechnet, was er für die toten Mädchen bekäme», antwortete Giulia. «Sobald das Geld da ist, werde ich ihm das Doppelte überwiesen. Einen kleinen Rest brauche ich allerdings für ... andere Zwecke.»

«Beeilen wir uns», sagte Dr. Parker. «Der Cavaliere – sein Zustand hat sich rapide verschlechtert. Ich denke, dass ihm höchstens noch einige Stunden bleiben.»

Die Ärztin zog den Vorhang beiseite, ging zu einem laut piepsenden Apparat und drückte einige Knöpfe. Das Piepsen wurde leiser.

«Buon giorno, Contessa», flüsterte der Cavaliere. «Hängen Sie den Apostel über mein Bett.»

An den Gestängen, die das Gewirr von Schläuchen und Kabeln zum Körper des Cavaliere leiteten, war eine zarte, goldene Kette befestigt worden, deren Ende nur wenige Zentimeter über der Bettdecke endete. Giulia nahm den Schädel aus der Box, führte die Kette durch die eine Augenhöhle hinein und durch die andere hinaus. Dann verknotete sie die Kette so, dass der Schädel direkt vor dem Gesicht des Cavaliere hing.

«Gut so?»

«Genau richtig. Und jetzt stellen Sie bitte mein Kopfteil hoch. Wenn die Posaune bläst, werden wir uns beide erheben, der Apostel und ich. Hand in Hand werden wir ins Paradies einziehen.»

«Falls das Jüngste Gericht noch zu Ihren Lebzeiten anbricht», sagte Giulia.

«Er wird auch im Tode bei mir sein», flüsterte der Cavaliere. «In meinem Sarkophag. Seite an Seite werden wir der Ewigkeit entgegenschlummern ...»

Der Cavaliere schob zwei dürre, faltige Ärmchen unter der Decke hervor, berührte den Schädel und versetzte ihn in sanftes Schaukeln.

«Passen Sie mit Ihren Armen auf», sagte Dr. Parker tadelnd. «Sie können Ihre Muskeln nicht richtig kontrollieren.»

«Weil Sie versagt haben bei der Operation», antwortete der Cavaliere.

«Wenn ich versagt hätte, sähen Sie jetzt schon so aus wie unser Freund hier an der Kette», sagte Dr. Parker. «Und nun werden Sie Ihren Vermögensverwalter anrufen und ihm mitteilen, dass die Ware eingetroffen ist. Damit er nicht auf die Idee kommt, dass unsere Contessa eine Betrügerin ist.»

Sie griff zu einem Handy, das auf dem Nachttisch lag, wählte und hielt das Gerät an seinen Mund.

«Ich bin gerettet, mein Freund», flüsterte der Cavaliere in das Telefon. «Der Vatikan hat geliefert. Der Tod kann mir nichts mehr anhaben. Paradiesische Genüsse warten auf mich. Lust – für alle Ewigkeit.»

Wieder schubste er den Schädel, der nun in größeren Schwingungen über dem Bett kreiste.

«Stellen Sie die Sterne an», sagte er.

Dr. Parker klappte ein Notebook auf und tippte einen Code ein. Es wurde dunkel in der Halle; auf dem Kuppelrund zogen Sternbilder auf und wanderten über ein blauschwarzes Firmament.

«Und jetzt die Musik.» Erneut zuckten die Arme des Cavaliere ruckartig nach oben und versetzten den Schädel in Schwingung. Gemessen kreiste er unter dem Sternenhimmel, ein hell schimmernder Planet vor den Nebeln der Milchstraße.

Dr. Parker drückte einige Tasten.

Leise Streichermusik tönte durch die Halle.

«Alle haben mich verfolgt», sagte der Cavaliere. Sein lächelndes Gesicht glänzte im Schein der Sterne. «Oh, wie haben sie mich verleumdet: kriminelle Machenschaften. Steuerhinterziehung. Minderjährige Mädchen. Misswirtschaft und Korruption.»

«Alles Neid und Missgunst», sagte Dr. Parker sanft.

«Aber am Ende», flüsterte der Cavaliere, «bin ich Sieger geblieben. Ich liege im prachtvollsten Grabtempel, den die Ewige Stadt zu bieten hat. Zwei wunderschöne Frauen sind bei mir. Und wenn es zu Ende geht, werde ich wieder auf der Seite des Siegers sein. Mag sein, dass meine Seele sich auflöst in das große Nichts. Mag sein, dass sie aufersteht am Ende der Zeiten. Dann werde ich mich an ihn wenden, den Apostel, meinen Freund und Tröster.»

Seine Arme zuckten hoch und berührten den Schädel.

«Ich werde zu ihm sagen: ‹Mein Lieber, ich habe gefehlt. Ich bitte um Verzeihung. Ich möchte bei dir sein und mich bekehren zum Guten.› Und da wird er mir seine Hand auf die Schulter legen und antworten: ‹Trete ein mit mir ins Paradies.› Dann werde ich einziehen in das Reich des Herrn, wo keine Nacht mehr ist und kein Schmerz und kein Tod. Und mir folgen wird ein Reigen schöner Mädchen. Und wir werden Spaß haben für alle Ewigkeit.» Er hustete.

«Aber jetzt fühle ich mich schwach», flüsterte der Cavaliere. «Sehr schwach. Sie müssen etwas unternehmen.»

«Ich habe alles unternommen, was nötig ist», sagte Dr. Parker.

Die Arme des Cavaliere zuckten noch einmal.

Dann war es vorbei.

Die Leuchtdioden an den Apparaten erloschen mit einem Schlag. Bunte Lichtbänder flammten noch einmal auf und fielen dann in sich zusammen.

Behutsam schloss Dr. Parker die Augen des Cavaliere.

«Sein Lächeln bleibt auch im Tod stabil», sagte sie zufrieden. «Ein Meisterwerk der plastischen Chirurgie.»

Giulia setzte sich auf einen Stuhl. «Könnten Sie die Musik ausmachen, bitte? Mir ist übel.»

«Gerne.» Dr. Parker schaltete die Musik aus und brachte die Sterne zum Erlöschen.

«Warum haben Sie ihm nicht gesagt, dass der Schädel gar nicht echt ist? Er hätte sich nicht mehr wehren können.»

«Ich dachte daran», antwortete Giulia. «Aber ich weiß nicht genau, wie es abläuft beim Jüngsten Gericht. Falls er aufersteht und weiß, dass es nicht Petrus ist, kann er sich vielleicht noch aus dem Staub machen.»

«Ich verstehe. Und von wem stammt der Schädel?»

«Von einer ungetauften Gewaltverbrecherin.»

«Schlechte Karten beim Jüngsten Gericht?»

«Keine Chance.»

«Falls er ihr folgt, wird er bis zum Ende aller Zeiten in der Hölle schmoren?»

«Für immer.»

Dr. Parker löste die Kabel und Drähte, die unter die Bettdecke des Cavaliere führten. Dann schob sie die Rollwagen und das Bett zur Seite, ging zu ihrem Laptop und tippte einen Code ein: Langsam und beinahe lautlos glitten zwei Marmorplatten auseinander. Aus der Öffnung drang ein heller Schein; dann stieg ein großer antiker Sarkophag in die Höhe. An den Seiten waren die Taten des Herkules zu sehen, die Front zeigte Nymphen und bocksbeinige Gestalten in ausgelassenem Tanz. Im Inneren glänzte roter Samt.

«Haben Sie die Motive gesehen?», fragte Dr. Parker. «Ich hatte so etwas befürchtet.»

«Wie geht es jetzt weiter?», fragte Giulia.

«Der Rest ist Männersache. Ich rufe jetzt Alessandro an; er joggt gerade am Tiber. Er wird die Leiche in den Sarkophag packen und den Schädel dazulegen. Dann gehen wir alle. Auch die Mädchen natürlich. Alessandro löst einen Sprengbefehl aus, der die Türschlösser zerstört. In den nächsten Tagen kommt ein Bautrupp und verhüllt das Gebäude unter einer Betonschicht. Ein Sicherheitsunternehmen wird das Gelände bewachen, Tag und Nacht. Ruhe sanft, Cavaliere.»

Giulia nickte stumm.

Die Ärztin klappte ihren Laptop zu, packte ihre Umhängetasche und stieg die Stufen der Empore hinunter.

«Da wird unser Cavaliere noch viel Freude mit seiner

Jenseitsbegleitung haben. Machos muss man rechtzeitig zähmen und abrichten. Sonst hat man nichts als Ärger mit ihnen.»

Im Eingang trafen sie Alessandro, verschwitzt und viril wie stets.

«Ciao, Bello», sagte Dr. Parker zufrieden und warf ihm eine Kusshand zu. «Gerade sprachen wir von dir.»

IV

Benommen ging Francesco durch die Gänge und Säle des «Tesoro». Die Verkaufsausstellungen hatten, seit der Andrang immer größer wurde, bis Mitternacht geöffnet, und so schob er sich mit vielen anderen durch ehemalige Büros und Besprechungszimmer, Abstellkammern und Kellerräume. Eine Wunderkammer war dieses Ministerium, reicher und schöner noch als die Vatikanischen Sammlungen, bis in den letzten Winkel gefüllt mit den Schätzen Italiens. Da gab es italienische, französische, deutsche und flämische Meister; wunderbare Gemälde, unter denen Schilder klebten, auf denen «Brueghel» stand, «Lorenzo Lotto», «Perugino» oder «Raffael»; es gab griechische Skulpturen und römische Porträtplastik.

Und alles, alles konnte man kaufen!

Hier strich Francesco behutsam über ein gotisches Reliefköpfchen aus Alabaster, dort bestaunte er eine Tazza aus Blutjaspis, gefasst mit Silber und Email. Uralte Papyri und Inkunabeln waren in einem Konferenzraum ausgebreitet, nebenan gab es Porzellan und venezianische Glaskunst. Edle Vertäfelungen und Boisserien lehnten an den Wänden der langen Flure; jede Tür führte in ein Kunstkabinett mit erlesenen Stücken. In einem kleinen Rumpelkämmerchen fand Francesco Malachit-Vasen. Schwarzgrün schimmerten sie im flackernden Licht der Glühbirne. Riesige Tabernakelsekretäre aus dem Barock standen neben zierlichen Rokoko-Tischchen auf geschwungenen Beinen und gotischen Truhen mit reichem Schnitzwerk – schon nach kurzer Zeit hatte Francesco die Orientierung verloren und irrte treppauf treppab durch den «Tesoro».

Kleine Klebezettelchen an den Objekten informierten über Herkunft und Preis: «Unbekannter Caravaggist: Franziskus predigt den Vögeln. Galleria Comunale d'Arte Cagliari, leichter Transportschaden, 20 000 Euro VB.» Gerührt betrachtete Francesco seinen Namenspatron, auf dessen Schultern zierliche Singvögel saßen; eine Lerche pickte den Heiligen am Ohr. Selbst die Restposten vermochten zu überzeugen: «Depotware aus den Uffizien» stand auf einem Schild; ein anderer Wegweiser warb für den «Sonderverkauf Marienbilder im 3. Stock: Große Madonnen zu kleinen Preisen».

Elegante Mailänder schlenderten durch die Gänge, einige Römer, vor allem aber gutsituierte Ausländer. Eine japanische Reisegruppe hatte Chinoiserien erworben und balancierte die kleinen Vasen und Figurinen zur Kasse. Zwei Russen stritten sich um eine üppige «Diana im Bad» von Tintoretto. Sie konnten erst besänftigt werden, als sich in der Abstellkammer daneben die zweitrangige, aber gleichfalls üppige «Leda mit dem Schwan» eines Tizian-Schülers fand.

Francesco wechselte in die Teppichabteilung. Kostbare Wandbehänge baumelten über den Büroschränken.

«Kann ich Ihnen helfen?» Indigniert musterte der Verkäufer das schlichte Gewand Francescos.

«Ich suche die Reliquienabteilung.»

«Oberster Stock. Der nördliche Seitenflügel, ganz hinten. Die Abteilung ist klein. Reliquien brauchen nicht viel Platz.»

«Und das Büro von Signor Fallimento?»

«Auch ganz oben. Am Ende der Reliquienabteilung. Worum geht es denn?»

«Ein spezielles ... Geschäft.»

«Sie müssen sich melden lassen. Ich weiß gar nicht, ob er um diese Uhrzeit noch im Haus ist.»

Francesco nickte.

In dem langen Gang herrschte besonderes Gedränge. An den Wühltischen, die zwischen den Bürotüren an der Wand standen, war kein Platz zu bekommen; angewidert schob sich Francesco durch die Menge. Weiter hinten wurde es ruhiger. Hier waren die Büros, in denen es spezielle Angebote gab. «Gesundheit», las Francesco auf den Schildern, «Karriere (Berufe A – M)», «Ehe und Partnerschaft». Der Gang endete an einer großen Tür, vor der ein bewaffneter Polizist der «Guardia di Finanza» stand.

«Ist Signor Fallimento zu sprechen?», fragte Francesco.

«Nein.»

«Vielleicht später?»

«Auch nicht. Er holt gerade einen wichtigen Geschäftsfreund ab. Kommen Sie morgen wieder.»

Die meisten Bürotüren standen offen. Kunden gingen

aus und ein. Nur das Büro, auf dessen Tür «Keuschheit und Armut» stand, war geschlossen. Es befand sich auf der rechten Seite des Gangs, zwei Türen von Fallimentos Zimmer entfernt. Francesco klopfte – keine Reaktion. Er blickte nach links: zwei Studentinnen. Er blickte nach rechts. Der Polizist, die Studentinnen musternd.

Schnell trat er ein.

Drinnen war es dunkel. Francesco ging zum Fenster, öffnete es und sah hinaus. Rechts war noch ein Fenster – das musste «Ehe und Partnerschaft» sein. Dann kam ein weiteres Fenster, die Flügel weit geöffnet – Fallimentos Büro.

Francesco blickte in die Tiefe. Er befand sich im vierten Stock, tief unter ihm lag ein schmaler Grünstreifen. Die Straßenbeleuchtung war aus, wie fast immer seit der Staatspleite; man würde ihn kaum erkennen in seinem braunen Mönchshabit. Der Mauersims war breit genug, das einzige Problem bestand darin, unauffällig am nächsten Büro vorbeizukommen. Vor Fallimentos Fenster musste er dann improvisieren: stehen bleiben und lauschen. Oder hineinspringen, falls das möglich war, und ein Versteck suchen. Hoffentlich stand das Fenster offen.

Er kletterte auf die Heizung, hielt sich am Fensterbrett fest und trat auf den Mauervorsprung. Nicht hinuntersehen, die Finger in den Putz krallen, durchatmen. Ein Schritt nach dem anderen. Aus dem Nachbarbüro fiel Licht, die Vorhänge waren zugezogen. Francesco blieb stehen und konzentrierte sich. Er musste schnell an dem Fenster vorbei, aber nicht zu schnell. Wichtiger waren das Gleichgewicht, die Körperspannung, der sichere Tritt.

In diesem Augenblick wurde das Fenster geöffnet.

«Ist es besser so?», fragte eine sonore Stimme.

«Besser», sagte eine Frau; ihre Stimme klang ungnädig. «Es ist stickig hier drin.»

«Nehmen Sie doch Platz», sagte der Mann.

«Danke.» Kurze Stille, dann wieder die Frau: «Sie müssen wissen, Luigi und ich sind seit fünfundzwanzig Jahren verheiratet. Und das möchten wir gerne würdigen.»

Luigi sprach mit römischem Akzent: «Elena und ich haben geerbt, wissen Sie. Und nun möchten wir uns einen Traum erfüllen und ein Grundstück am Lago di Bolsena kaufen. Ein Seegrundstück. Dort wollen wir bauen. Ein kleines Ferienhäuschen mit Bootssteg. Wir segeln nämlich so gerne.»

«*Du* segelst gerne», korrigierte Elena. «Außerdem glaube ich nicht, dass sich Signor Fede für dein Ferienhaus interessiert. Ich wünsche mir, dass unsere Liebe überdauert. Dass sie ewig währt. Das möchtest du doch auch, nicht wahr, Luigi?»

«Natürlich.»

«Und darum», fuhr Elena fort, «wollen wir anlässlich unseres Hochzeitstags eine Reliquie erwerben. Und nicht nur ein Ferienhaus am Lago di Bolsena. Eine Reliquie, die uns den Einzug ins Paradies sichert. Was können Sie uns empfehlen, Signor Fede?»

«Für Ehepaare haben wir einige sehr schöne Einsteigerreliquien», antwortete Signor Fede. «Ich zeige Ihnen eine kleine Auswahl.»

Schritte, das Knarren einer Schranktür. Francesco lockerte erst das linke, dann das rechte Bein. Er tastete im Putz nach einer größeren Rille, fand eine, atmete durch.

«Es gibt viele Wege in den Himmel», verkündete Signor Fede. «So viele, wie es Heilige gibt. Sie möchten im Zeichen der ewigen Liebe ins Paradies gelangen. Weil Ihre Ehe mehr ist als nur eine Zweckgemeinschaft. Darum zeige ich Ihnen eine kleine Auswahl von Märtyrerinnen, die sich weigerten, eine irdische Ehe einzugehen: Weil ihnen stets ihr himmlischer Bräutigam vor Augen stand. So geht es doch auch Ihnen, nicht wahr? Die Ewigkeit Ihrer Liebe erscheint Ihnen bedeutsamer als diese kurze Zeit, die sie hier gemeinsam verbringen.»

«Genauso ist es», sagte Elena. «Um welche Heilige handelt es sich?»

«Nun, es sind natürlich nicht die ganz großen Namen. Hier haben wir zum Beispiel die heilige Thekla. Ein Knöchelchen vom kleinen Finger. Immerhin eine Schülerin des Apostels Paulus.»

«Wie liegt sie preislich?»

«Fünfzigtausend.»

«Was meinst du, Luigi?»

«Ich finde, wir sollten das nicht gleich hier entscheiden. Vielleicht könnten wir kurz darüber reden? Draußen, auf dem Gang?»

«Alles, was du zu sagen hast, kann Signor Fede hören.»

«Nun gut.» Luigi klang bekümmert. «Wir haben doch alles genau durchgerechnet. Die Kosten für das Bootshaus. Für den Steg. Du wolltest eine große Terrasse und ich ein neues Boot. Das wird ohnehin knapp. Wir haben eine halbe Million geerbt. Fünfhunderttausend Euro. Und wenn uns nun fünfzigtausend fehlen … Draußen auf dem Gang gibt es viel preiswertere Angebote. Wollen wir nicht mal sehen, ob …»

«Nein!», zischte Elena. «Die Antwort lautet: nein. Ich möchte nicht am Jüngsten Tag irgendeinem drittklassigen Heiligen folgen. In Begleitung all derer, die nicht bereit waren, für ihr Seelenheil einen größeren Betrag zu investieren.»

Luigi begriff, dass er einen Fehler gemacht hatte. «Nun, wenn es dir ein Anliegen ist … fünfzigtausend, das geht schon … wir könnten den Steg etwas kürzer machen. Oder die Terrasse.»

«Oder», sagte Elena, «wir lassen den Steg einfach ganz weg. Was haben Sie denn im unteren sechsstelligen Bereich, Signor Fede?»

Francesco spürte, wie sein rechtes Bein einschlief. Er streckte es einige Zentimeter von der Wand weg und wackelte mit seinen Zehen.

Das Kribbeln blieb.

«Falls Sie in dieser Größenordnung investieren möchten, kann ich Ihnen natürlich ganz andere Vorschläge machen», sagte Signor Fede zufrieden. «Hier zum Beispiel: der heilige Valentin! Schutzpatron der Liebenden. Und ein Heiliger aus Rom. Denken Sie an all die Bilder, die Ihnen bei diesem Namen in den Sinn kommen: Valentinstag! Rosen und Romantik! Ich habe hier ein sehr schönes Stück vom Hüftknochen.»

«Mich schreckt nur der Gedanke, dass Valentin aus Rom kommt», sagte Elena. «Es ist zu erwarten, dass in seinem Schlepptau das halbe Stadtviertel unterwegs ist.»

Francesco bemerkte, wie es hinter ihm hell wurde. Vorsichtig drehte er den Kopf zurück und sah, wie das Fenster, aus dem er geklettert war, geschlossen wurde.

Jetzt saß er in der Falle.

«Wie liegt der heilige Valentin denn preislich?», fragte Elena.

«Hundertfünfzigtausend.»

«Der Bootssteg ist überflüssig», sagte Elena. «Und am Lago di Bolsena gibt es genügend Häfen, in denen du deinen Kahn anbinden kannst. Damit wäre auch das Bootshaus entbehrlich.»

«Elena!»

«Für dich ein Grundstück – für mich die Ewigkeit. Und bedenke: Ich kann mich nur einige Jahre auf deinem Grundstück sonnen. Aber du gewinnst die Ewigkeit, wenn du mir und meiner Reliquie folgst.»

«Es freut mich, dass Ihnen der heilige Valentin zusagt», sagte Signor Fede. «Wenn Sie erlauben, möchte ich Ihnen nun noch etwas ganz Besonderes zeigen. Mein bestes Stück. Ein Heiliger der Extra-Klasse.»

«Wir nehmen den Valentin», sagte Luigi schwach. «Packen Sie ihn bitte ein.»

«Sie haben mich neugierig gemacht, Signor Fede», sagte Elena. «Um wen handelt es sich?»

Mit der linken Hand klammerte sich Francesco an den Putz, mit der rechten tastete er nach unten und versuchte, seinen kribbelnden Oberschenkel zu massieren.

Ohne Erfolg.

«Was ist das?», fragte Elena.

«Das», sagte Signor Fede feierlich, «ist ein Stück vom Hobel des heiligen Josef.»

«Vom Hobel?»

«Er war Zimmermann, wie Sie wissen. Und zugleich war er das Urbild des treusorgenden Ehemanns. Voller

Verständnis für die Nöte seiner Gattin. Immer bemüht, ihr Schutz zu bieten – und sei es ein ärmlicher Stall. Ein einfacher Mann. Aber ein selbstloser Mann. Jemand, der nicht für sich lebt, für seine kleinen, egoistischen Wünsche, sondern für seine Ehefrau.»

«Es gibt sehr schöne Pensionen am Lago di Bolsena», sagte Elena. «Jahrelang haben wir dort Urlaub gemacht. Fünfundzwanzig Jahre, um genau zu sein. Warum brauchen wir jetzt plötzlich ein Grundstück? Luigi!»

Rumpeln, Schritte, dann eine Tür, die heftig zufiel.

Jetzt!

Es ging schneller, als er gedacht hatte. Schwer atmend presste sich Francesco gegen die Mauer.

Alles blieb still. Also weiter.

In Fallimentos Büro war es dunkel, aber die Fensterflügel standen weit offen. Francesco lauschte, dann sprang er hinein. Er stand in einem Saal. Ganz hinten erkannte er einen Schreibtisch, Fahnenstangen und Marmorköpfe, die weißlich schimmerten. Auf dem Flur hörte er Schritte – er brauchte ein Versteck. Auf der anderen Seite der Fensterfront waren hohe Schränke. Er rannte hinüber und riss eine Tür nach der anderen auf: Erst Akten, dann Bücher, dann wieder Akten, dann ein leerer Schrank, in dem lange Stangen standen, Besen vermutlich.

Francesco schlüpfte hinein und zog die Tür zu.

V

«Nehmen Sie Platz», sagte jemand. Das musste Fallimento sein.

«Wir müssen über unseren zweiten Versuch sprechen», antwortete jemand. «Der erste ist gescheitert. Weil Sie versagt haben.»

Francesco kannte diese Stimme. Er kannte sie nur zu gut. Bestimmt will er nur eine Reliquie kaufen, hämmerte es in seinem Kopf, oder ein Bild. Es hat nichts zu bedeuten, es darf nichts zu bedeuten haben. Sonst wäre alles eine Lüge gewesen.

«Ich habe nicht versagt», antwortete Fallimento heftig. «Ich hatte einen Platz ausgesucht, der ein ideales Schussfeld bot. Aber der Zugang war plötzlich versperrt; ein verdammtes Schloss hing im Gitter. Also musste ich die Mauern hinaufklettern, um überhaupt noch schießen zu können. Die Sicht war schlecht, darum habe ich das Kreuz anvisiert. Ich konnte nicht wissen, dass der Papst mit diesem Engländer tauschen würde.»

«Es bringt nichts, mit der Vergangenheit zu hadern – niemand weiß das besser als ich», sagte Kardinal Oscuro. «Wir müssen nach vorne schauen.»

«Der Papst besucht ab diesem Wochenende eine Reihe von Kirchen», sagte Fallimento. «Kirchen, die dem heiligen Petrus und den Märtyrern geweiht sind. Er will dort die Reliquien präsentieren.»

«Ich weiß. Der Apostel Petrus kehrt heim in seine Stadt – so hat es die Pressesprecherin formuliert. San Pietro in Montorio, San Pietro in Vincoli, San Pietro in

Vaticano. Und zuerst natürlich Santa Maria ad Martyres: das Pantheon. Wann wollen Sie losschlagen?»

«Morgen.»

«Das Pantheon?»

«Die einzige Chance. Wir brauchen einen Ort, an dem wir ihn gut im Visier haben. Und wir brauchen einen Ort, an dem ich entkommen kann. Ich habe alle öffentlichen Auftritte der nächsten Monate überprüft: Gottesdienste, Predigten, Besuche in Pfarreien und so weiter. Nur das Pantheon kommt in Frage.»

«Das Pantheon ist eine Falle. Es hat nur einen Eingang. Dort müssten Sie hinein und schießen. Meinen Sie, man würde sie wieder hinauslassen?»

«Ich gehe nicht hinein. Ich gehe hinauf.»

«Die Öffnung in der Kuppel?»

«Das Opaion. Fast zehn Meter im Durchmesser. Dort fällt Licht ins Gebäude, dort regnet es hinein, dort werfen sie Rosenblätter hinunter an Pfingsten. Warum soll man nicht hineinschießen können?»

«Sie sind verrückt», sagte Kardinal Oscuro.

«Als Soldat war ich bei den Gebirgsjägern. Ich bin völlig schwindelfrei und kann hervorragend klettern. Und auf das Pantheon zu kommen ist keine Kunst: Die Kuppel ist flach und hat Stufen. Die Außenwände sind eingerüstet, weil gerade renoviert wird. Ich steige das Gerüst hinauf, schieße, steige wieder nach unten. Das Gebäude ist riesig. Sie werden es nicht schaffen, sofort alle Seiten abzusperren.»

«Irgendjemand wird sehen, dass Sie auf das Gebäude klettern. Warum sollte man Sie nicht schon vor dem Schuss herunterholen?»

Allmählich wurde Francesco die Luft zu knapp. Er suchte nach Halt, stieß gegen die langen Stangen: ein leises, dumpfes Geräusch; kaum vernehmbar jenseits der Schranktür. Vielleicht konnte er sich setzen? Mit seinen Füßen tastete er den Boden ab: möglich – aber sicherlich nicht lautlos.

«Sie vergessen, dass wir uns in einer Staatskrise befinden», sagte Fallimento. «Die Aufmerksamkeit der Sicherheitskräfte hat ... nachgelassen. Ich werde dafür sorgen, dass sie noch mehr nachlässt. Vor allem aber werde ich die Montur eines Elitepolizisten tragen – schwarzer Kampfanzug, Helm, Waffen, das ganze Theater. Ich glaube nicht, dass mich jemand auf dem Dach entdeckt – warum sollte dort jemand unterwegs sein? Falls doch, bin ich ein Leibwächter des Papstes.»

«Ein Finanzbeamter im Kampfanzug ...»

«Die Montur habe ich von der Guardia di Finanza. Die Waffen gehören mir selbst. Ich habe sie immer bei mir – seit meiner Zeit als Gebirgsjäger. Dort drüben ist mein Waffenschrank.»

Francesco erschrak und tastete vorsichtig nach den langen Stangen.

«Sie haben alles bedacht», sagte Oscuro.

«Wichtig ist, dass der Papst genau unter dem Opaion stehen bleibt. Ich habe nur ein kleines Schussfeld und muss ihn von oben treffen – das ist nicht einfach. Gehen Sie mit ihm in die Mitte der Rotunde und sorgen Sie dafür, dass er für einen kurzen Augenblick innehält. Das genügt.»

«Sollte es gelingen ...»

«... gelten unsere Abmachungen.»

«Ich werde Papst», sagte Kardinal Oscuro, «und Sie

bekommen das Geld. Um den italienischen Staat zu sanieren.»

«Ich werde in die Geschichte eingehen», sagte Fallimento. «Garibaldi Secondo. Der Mann, der den Italienern den Staat zurückgab. Ein System voll Ordnung und Struktur, effizient und stark. Stabile Regierungen, schlanke Verwaltungen. Keine Vetternwirtschaft mehr, keine Mafia, keine Korruption.»

«Italien hat große Männer hervorgebracht», sagte Oscuro, «und große Wirrköpfe.»

«Sie sind ein Zyniker», zischte Fallimento. «Ein Mann ohne Ideale.»

«Ich habe Ideale», sagte Oscuro. «Sonst wäre ich nicht bei Ihnen. Aber es sind andere Ideale als Ihre weltlichen Träume von einem starken Italien. Auf Wiedersehen, Signor Fallimento. Wir sehen uns morgen im Pantheon.»

Stühlerücken.

Schritte.

Die Tür.

Francesco fingerte nach seinem Handy. Er musste Petrus benachrichtigen, Giulia, den Vatikan.

Wieder Schritte.

Dort drüben ist mein Waffenschrank, hatte er gesagt.

Francesco riss sein Handy aus dem Habit. Sein Ellenbogen stieß gegen die Stangen hinter ihm. Krachend fielen sie um.

Stille, dann wieder Schritte. Sie kamen näher.

Die Schranktür wurde aufgerissen, Francesco schloss geblendet die Augen. Als Fallimento vorsprang und in den Schrank langte, duckte sich Francesco weg und wartete auf einen Schlag.

Nichts.

Er öffnete die Augen und sah, dass Fallimento einige Meter vor ihm stand, ein Gewehr im Anschlag.

VI

«Und er macht uns wirklich nass?», fragte der Ersatztorwart leise.

«Ich glaube schon», flüsterte der Stürmer zurück. «Aber der Zeugwart hat Handtücher mitgebracht.»

Die Sixtinische Kapelle lag im Dämmerlicht. Der Papst hatte die Scheinwerfer abgeschaltet, nur schemenhaft zeichneten sich in der Notbeleuchtung die Heiligen und Verdammten an der Stirnwand der Kapelle ab. Davor stand das Taufbecken. Auf einem Tisch hatte der englische Zeugwart Frottéhandtücher gestapelt, bedruckt mit dem britischen Löwen.

Petrus griff zu der Thermoskanne. Jack Steel hatte darum gebeten, das Taufwasser zu erwärmen – einige der Spieler neigten zu Erkältungen. Als Petrus die Kanne aufschraubte, schlug ihm milder Kräuterduft entgegen.

«Lavendel- und Kamillenblüten», erläuterte Giulia entschuldigend. «Eine andere Thermoskanne hatte ich nicht.»

«Egal.» Petrus schraubte die Kanne wieder zu. «Wo ist eigentlich Francesco?»

«Ich glaube, er ist immer noch nicht von seiner Recherchrunde im Finanzministerium zurück.»

«Es ist gleich Mitternacht ... Aber jetzt müssen wir anfangen.»

«Männer», bellte Jack Steel. «Es geht los. Wir stellen uns jetzt im Mittelkreis auf – ich meine: Wir stellen uns jetzt im Kreis auf und werden feierlich. Los!»

Die Mannschaft rückte zusammen, einige legten die Arme über die Schultern ihrer Nachbarn. Alle blickten auf Petrus, der gutgelaunt neben dem Taufbecken stand, die Thermoskanne in der rechten Hand. Neben ihm nestelte der Zeugwart an seinen Handtüchern.

«Freiwillige vor», kommandierte Jack Steel.

Der Mittelstürmer machte den Anfang.

«Guten Tag – oder besser um diese Uhrzeit: gute Nacht.» Petrus schüttelte ihm herzlich die Hand. «Der Heilige Geist wird gleich über dich kommen und über deine Füße. Auf welchen Namen darf ich dich taufen?»

«John. Ich heiße John.»

«Wie passend. Johannes hat bekanntlich die erste Taufe vollzogen. Hast du noch Fragen, bevor es losgeht?»

«Muss ich mich freimachen ... obenrum?»

«Unsinn. Einfach vorbeugen. Wir kürzen das Ritual etwas ab – schließlich sind es vierundzwanzig Täuflinge.»

John beugte sich vornüber.

«John, ich taufe dich im Namen des Vaters, des Sohnes und des Heiligen Geistes. Amen», sagte Petrus und wässerte die spärliche Haarpracht des Mittelstürmers. «Du kannst dich jetzt abtrocknen.»

Der Zeugwart sprang vor, warf ein Handtuch über den Spieler und begann zu rubbeln. Dann trat Giulia in den Kreis. «Deine Schuhe, John», sagte sie freundlich und reichte ihm ein knallrotes Paar, an dessen Schnürbändeln der Zeugwart ein Namensschild befestigt hatte.

Petrus lächelte väterlich: «Das Tor zum Himmel steht dir jetzt offen, mein Sohn. Und alle anderen Tore auch!»

VII

Francesco lag auf dem Teppich. Neben ihm stand Fallimento, seine Waffe in der einen Hand, eine Rolle Paketklebeband in der anderen. «Die Arme auf den Rücken, los.»

Sorgfältig wickelte er das Klebeband um Francescos Handgelenke.

«Ein Mönch.» Er ließ die Rolle los und trat einen Schritt zurück. «Ich kann mir denken, wer Sie geschickt hat: die Pfaffenbrut vom anderen Ufer des Tiber.»

«Ich bin Privatsekretär Seiner Heiligkeit», sagte Francesco.

Fallimento ging zu seinem Schreibtisch: «Seine Heiligkeit wird nicht mehr lange auf seinem Thron sitzen.»

Er legte die Waffe auf den Schreibtisch, öffnete eine Schublade und nahm eine Schere heraus. Dann kam er zurück und schnitt sorgfältig das Klebeband ab.

«Ihr Plan ist Irrsinn», sagte Francesco. «Er ist lächerlich. Sie sind im Kolosseum gescheitert und werden morgen im Pantheon scheitern.»

Fallimento begann, Francescos Füße zu verschnüren.

«Wenn ein großer Mann seinen Weg beginnt», sagte er, «steht am Straßenrand der Pöbel und ruft: Das ist Irrsinn. Aber der Mann wird weitergehen. Bis er am Ziel ist.»

Francesco konnte jetzt weder Arme noch Beine bewegen. Mühsam rollte er sich auf den Rücken. Er sah Fallimento, der zu seinen Füßen stand; sein Gesicht war wächsern, der Mund ein harter Strich.

«Außerdem», sagte Fallimento, «werde ich nicht allein sein.»

«Kardinal Oscuro wird Ihnen nicht helfen.»

«Ich brauche seine Hilfe nicht. Ich brauche nur sein Geld», sagte Fallimento. «Helfer werde ich genug haben. Hunderte. Tausende. Haben Sie sich umgesehen in den Verkaufsräumen? Warum, glauben Sie, verkaufe ich das alles? Haben Sie sich das nie gefragt?»

«Der Staat ist bankrott», sagte Francesco. «Die Beamten bekommen kein Geld mehr. Und die Museen haben ohnehin geschlossen. Sie machen die Schätze Italiens zu Geld und verteilen es. Als Gehalt. Für Ihre Beamten.»

«Gehalt!» Fallimento spie das Wort aus. «Sicherlich – unsere Leute müssen von irgendetwas leben. Aber darum geht es nicht, Padre. Es geht um viel mehr: Es geht um die Erneuerung dieses Landes! Italien war ein stolzer, mächtiger Staat. Trägheit und Korruption haben ihn zerfressen. Ich werde ihn erneuern – aber dafür brauche ich gewaltige Finanzmittel. Viele Milliarden. Wenn der neue Papst gewählt ist, wird Geld fließen. Wir werden die Infrastruktur erneuern und das Bildungswesen reformieren. Wir werden entscheidungsfreudige, rasch arbeitende Behörden aufbauen. Prozesse werden nicht mehr Jahre und Jahrzehnte dauern, sondern wenige Wochen. Wir werden ein Netzwerk bilden: die Besten der Besten:

Finanz- und Kommunalverwaltung, Polizei und Justiz, Post und Bahn. Es ist eine Lüge, dass der italienische Beamte vor allem in die eigene Tasche wirtschaftet. Einige, sicherlich, aber die meisten sind fleißig, ehrbar, kompetent. Ich werde sie finden – wir werden uns vereinigen. Wir sind das Risorgimento des 21. Jahrhunderts. Wir werden diesen Staat neu erbauen aus den Trümmern des alten, korrupten Italiens. Das Zeitalter der Schmiergelder und der Schlamperei wird zu Ende gehen. Viva Italia!»

Fallimento wandte sich zu der großen Fahne, die hinter seinem Schreibtisch stand, und salutierte.

Dann drehte er sich wieder zu Francesco um. «Sie haben vorhin alles gehört, nicht wahr?», sagte er dann. «Und Sie hatten Ihr Handy angeschaltet.»

Francesco antwortete nicht.

«Das Pantheon. Wissen Sie darüber Bescheid?»

Francesco schwieg weiter.

Fallimento griff nach Francescos Handy, öffnete das Fenster und warf es hinaus.

«Zur Sicherheit werde ich den Plan ändern», sagte Fallimento. «Nicht völlig, aber in einem entscheidenden Detail.»

VIII

Garibaldi musste ihm helfen.

Francesco robbte sich mühsam an den Sockel heran, der die marmorne Büste des Revolutionsführers trug. Vor der letzten Drehung spannte er alle Muskeln an und warf sich, so gut er es in seinem Zustand vermochte, gegen den Sockel. Garibaldi schwankte, fiel aber nicht.

Noch eine Attacke.

Und noch eine.

Beim vierten Mal gelang es: Die Büste rutschte zum Rand des Sockels, schwankte und fiel hinunter. Ein Regen von Splittern und Staub ergoss sich über Francesco, der die Augen geschlossen hielt und Gott dem Herrn dankte, dass Garibaldi nicht auf ihn gefallen war.

Dann öffnete er die Augen und suchte nach Scherben.

Sie durften nicht zu groß sein, sodass er sie mit seinen Fingern ergreifen und führen konnte.

Und sie mussten scharf sein.

So scharf, dass sie die Plastikbänder durchschneiden konnten, die seine Arme und seine Füße gefesselt hielten.

Francesco tastete nach einem Stück vom rechten Ohr Garibaldis und begann.

Weißer Sonntag

Ein Stück vom Himmel.

Petrus legte den Kopf in den Nacken. Das mächtige Kuppelrund des Pantheons, feierlich und düster zugleich, öffnete sich an seinem höchsten Punkt und gab den Blick frei in Gottes Reich: Die Gläubigen blickten hinauf zum Thron des Herrn – und der Heilige Geist senkte sich über die Gemeinde, die hier versammelt war.

Überall in der Ewigen Stadt wölbten sich Kuppeln, innen geschmückt mit prachtvoll farbigen Gemälden. Doch nur hier, im Pantheon, konnte man den wahren Himmel sehen: heute, an diesem warmen Frühlingstag, im hellblauen Dunst.

«Viva il papa», jubelte es vom Eingang her. Die Messe war vorbei; auf der Piazza della Rotonda drängten sich die Menschen an den Absperrgittern. Seit den Vorfällen im Kolosseum wurden die Gläubigen auf Distanz gehalten, eine Vorsichtsmaßnahme, die Petrus bald wieder abschaffen wollte. Nur wenige hatte man hereingelassen, gerade so viel, wie die Kirchenbänke fassen konnten: Familien vor allem, viele Kinder, einige alte Menschen. Es war eine fröhliche Messe geworden: Petrus hatte den Schädel emporgehalten, von der Heimkehr des Apostels gepredigt und die Begeisterungsstürme genossen; er hatte zum Opaion gezeigt, oben im Kuppelrund, und gemahnt, man möge sich öffnen für die Botschaft des Herrn, so, wie sich dieser Kuppelbau dem Himmel öffne.

Nun saß er auf dem Bischofsstuhl und beobachtete, wie sich die Kirche leerte. Das Mittagessen war nicht mehr fern, und danach wollte er sich ein Stündchen Schlaf gönnen – nach dieser Nacht mit vierundzwanzig Täuflingen war er rechtschaffen müde. Selbst Immaculata würde da Verständnis haben.

«Ich möchte mit Ihnen sprechen, Heiliger Vater», sagte Kardinal Oscuro.

«Hier?», fragte Petrus.

«Hier.»

Petrus sah in den Sonnenstrahl, der schräg durch das Opaion fiel. Staub tanzte im Licht; er schloss die Augen und lauschte auf die Orgelmusik, die Rufe der Kinder und den Lärm auf der Piazza.

«Sprechen Sie», sagte Petrus.

Oscuro blickte hinauf in die Kuppel. «Warten Sie einen Augenblick, Heiliger Vater. Ich möchte mit Ihnen allein sein.»

Petrus öffnete die Augen. Die Menschen strömten aus der Kirche. Oscuro wies die Ordner an, sich um Nachzügler zu kümmern; allmählich leerte sich der Raum.

«Meine Ehre», sagte Oscuro dann. «Es geht um meine Ehre.»

«Es sollte Ihnen um die Ehre Gottes gehen», antwortete Petrus.

«Gott schätzt es nicht, wenn die Kardinäle seiner Heiligen Römischen Kirche beleidigt werden.»

«Wer hat Sie beleidigt, Kardinal?»

«Sie», antwortete Oscuro.

Inzwischen waren nur noch wenige Menschen im Raum. Ein Mütterchen entzündete Kerzen vor einem Madonnenbild; neben ihr wartete geduldig der Ordner. Zwei Kinder sprangen in der Mitte der Halle herum, direkt unter der Öffnung, und taten so, als würde es hereinregnen.

«Sie misstrauen mir», sagte Oscuro heftig. «Sie misstrauen mir bis heute. Ich habe es am Karfreitag gespürt. Ich habe es gespürt, als ich bei Ihnen zu Gast war am Ostermontag. Ich habe es heute gespürt. Und das Schlimmste ist: Ich kann Sie verstehen.»

Petrus sah ihn an und schwieg.

«Kommen Sie», sagte Oscuro. «Gehen wir in die Mitte der Kirche. Direkt unter das Opaion. Ich möchte Ihnen etwas zeigen.»

Die Bergpredigt, dachte Petrus: *Leistet dem, der euch etwas Böses antut, keinen Widerstand. Wenn dich einer auf die rechte Wange schlägt, dann halt ihm auch die andere hin.* Gerade habe ich das gepredigt. Der Weiße Sonntag ist der Barmherzige Sonntag, ein Tag der Gnade für alle Sünder. Er will, dass ich aufstehe, dachte Petrus. Aber *ich* will nicht aufstehen. Denn ich misstraue ihm. Und vielleicht – vielleicht habe ich sogar etwas Angst.

«Kommen Sie», sagte Oscuro.

Du hast mich auf die rechte Wange geschlagen, dachte

Petrus, und fast hätte ich den Schlag nicht überlebt. Willst du mich nun auf die linke Wange schlagen? Aber ich werde dir vertrauen. Ich muss dir vertrauen. Ich habe dir verziehen – aber was wäre dieses Verzeihen wert, wenn ich nun doch an dir zweifelte?

Aber Petrus blieb sitzen.

«Einmal, es scheint mir unendlich lange her, wollte ich Sie töten», sagte Oscuro. «Sie haben mich verbannt. Dann haben Sie mir verziehen. Und seitdem ringen Sie mit sich, ob Ihre Entscheidung richtig war. Dieses Misstrauen kränkt mich, Heiliger Vater.»

Petrus sah ihn an. Das harte, von der südlichen Sonne fast schwarzbraun gebrannte Gesicht. Die tiefen, markanten Falten um die Mundwinkel. Die scharf geschnittene Nase. Die Müdigkeit in den Augen.

«Es stimmt», sagte Petrus. «Ich misstraue Ihnen. Und ich bedaure es, wenn mein Misstrauen Ihre Ehre verletzt. Aber ich kann nicht anders, Kardinal.»

«Sie haben Feinde, Heiliger Vater», sagte Oscuro. «Und alle Ihre Feinde haben mich in der Verbannung besucht.»

«Ich dachte es mir.»

«Sie wollten mich als Verbündeten gewinnen. Aber es waren schwache, unfähige Kreaturen, zu feige, um es allein mit Ihnen aufzunehmen. Ich habe sie alle zurückgewiesen. Dann kam einer, der anders war, größenwahnsinnig vielleicht und voller Zorn gegen eine Welt, die nicht seinen Idealen entsprach. Aber entschlossen und mutig. Er suchte ebenfalls einen Verbündeten. Aber nicht, weil er zu schwach war. Sondern deshalb, weil er noch stärker werden wollte.»

«Was haben Sie ihm geantwortet?»

«Ich habe ihm zugesagt.»

Die Aufseher hatten das alte Mütterchen zum Tor begleitet und die Kinder beruhigt.

«Mit wem haben Sie sich verbündet?», fragte Petrus.

«Mit einem hohen Staatsbeamten. Signor Fallimento. Sie kennen ihn.»

Petrus nickte.

«Unser erster Plan ist gescheitert», fuhr Oscuro fort. «Fallimento war es, der Sie töten wollte, bei der Karfreitagsprozession. Aber er konnte die Stelle nicht erreichen, von der aus er sicher getroffen hätte.»

«Ich weiß», sagte Petrus. «Jemand hatte das Gittertor versperrt. Unmittelbar vor Beginn der Prozession.»

«Woher ...»

«Die Feuerwehr. Eine Stunde vor Beginn hatte sie alle Fluchtwege kontrolliert. Und dafür gesorgt, dass alle Tore und Türen geöffnet waren. Ich habe mich immer gefragt, wer die Gittertür wieder versperrt hat. Es musste jemand sein, der sich kurz vor Beginn der Prozession im Inneren des Kolosseums aufhielt. Und es musste jemand sein, der von dem Anschlag wusste und den Papst retten wollte. Der Plan dieses Retters war einfach: Fallimento begibt sich mit seinem Gewehr ins Kolosseum. Er kennt die Wege und hat einen genauen Zeitplan. Aber dann ist die Gittertür versperrt. Fallimento muss improvisieren, er gerät in Aufregung, macht Fehler. Schließlich fällt er auf und wird verhaftet – es wimmelte ja von Sicherheitskräften.»

«*Ich* habe mich mit Fallimento verbündet», sagte Oscuro heftig. «Um seine Verschwörung zu *verhindern.*

Um Ihnen zu beweisen, dass es mir ernst ist. Ich bin nicht mehr Ihr Feind, Heiliger Vater.»

«Aber Fallimento kam zum Schuss und konnte fliehen», sagte Petrus. «Und fast hätte er mich getroffen. Sie sind ein hohes Risiko eingegangen, Oscuro.»

«Ich wollte Ihnen den Schlüssel überreichen, mit dem ich das Schloss versperrt hatte. Als Zeichen meiner Treue. Aber wie hätte ich wissen können, was Fallimento tun wird: Erst jetzt habe ich erfahren, dass er Gebirgsjäger ist und ein hervorragender Kletterer.»

«Aber Fallimento hat nicht aufgegeben, vermute ich. Er wollte einen zweiten Versuch wagen.»

«Und ich genauso», sagte Oscuro.

«Wann ist es so weit?»

«Jetzt», sagte Oscuro und wies nach oben. «Kommen Sie.»

«Ich komme.»

Petrus erhob sich vom Bischofsstuhl und folgte Oscuro, der fast bis zur Mitte des Kuppelbaus ging.

«Gehen Sie nur weiter, wenn Sie mir vertrauen», sagte er.

Petrus blickte ebenfalls nach oben. Klares, frisches Himmelsblau stand im Rund des Opaions.

«Dort oben?»

Oscuro nickte.

Die rechte und die linke Wange, dachte Petrus. Aber ich muss. Denn ich habe ihm verziehen. Was zählt Vergebung, wenn sie ohne Vertrauen erfolgt?

Langsam ging er in die Mitte des Raums.

«Fallimento plant, von dort oben auf Sie zu schießen», sagte Oscuro. «Er will auf das Dach klettern, in Kampfanzug und mit Gewehr. Verkleidet als Elitepolizist. Ich habe rund um das Kolosseum meine Leute postiert. Sie halten jeden zurück, der entsprechend gekleidet ist oder sich sonst auffällig verhält. Ich bin mir sicher, dass er ihnen in die Falle gegangen ist. Gleich werden sie ihn bringen. Als Beweis meiner Treue zum Stellvertreter Christi auf Erden. Nie wieder, Heiliger Vater, werde ich Ihr Feind sein.»

Petrus wartete.

Dann ging er langsam auf den Ausgang zu, gefolgt von Oscuro, ging durch die Säulenvorhalle bis kurz vor die Absperrgitter.

Grenzenloser Jubel.

Hände, die nach ihm griffen.

Euphorische Gesichter.

Und Signor Fallimento. Er stand auf einem kleinen Balkon, an einem der Häuser gegenüber, er hob sein Gewehr, und er schoss.

Petrus spürte Oscuros Faust in seiner Seite, stürzte und fand sich auf dem Boden wieder, schlitterte über die uralten Platten, prallte gegen eine Säule. Oscuro, der ihn zur Seite gedrängt und sich in die Schussbahn geworfen hatte, bäumte sich auf und stürzte nieder, direkt neben Petrus.

Petrus zog sich an der Säule hoch. Gegenüber, auf dem Balkon, drehte sich Fallimento um und wollte im Inneren des Hauses verschwinden, als ihm plötzlich ein Mönch entgegentrat. Petrus meinte für einen Augenblick, Francesco zu erkennen. Es gab eine Rangelei, mehr konnte Petrus nicht sehen. Aber der Mönch blieb Sieger, entwand ihm das Gewehr und presste ihn gegen die Hauswand.

Um Oscuros Leib breitete sich Blut aus.

Petrus kniete sich neben ihn, sah das Gesicht Oscuros, der Kiefer zuckte, die Lippen zitterten. Petrus faltete die Hände zum Gebet und fragte sich, während er unter Tränen die Worte des Vaterunsers murmelte, an was der Kardinal gedacht haben mochte, als ihn die Kugel traf:

An Sizilien, seine Heimat?

An seine Ehre, die nun wiederhergestellt war?

An das Licht des Himmels, das durch die Kuppel bis zu ihm hinunterschien?

Verklärung

I

ZWEI MONATE SPÄTER

Draußen regnete es.

Die Königin hatte einen Fensterflügel geöffnet und sah hinaus in den Park. Schwere, nasskalte Luft strömte ins Zimmer.

«Immerhin haben wir gewonnen», sagte Sir Alan fröstelnd. «Im Elfmeterschießen. Gegen die Deutschen. Ein historisches Ereignis.»

«Es war eine historische Niederlage», sagte die Königin. «Eine Demütigung, wie sie die Krone schon lange nicht mehr hinnehmen musste. Es gab eine Zeit, Sir Alan, da hat England die Welt beherrscht. Aber dann haben wir Indien verspielt und später den Rest des Kolonialreichs. Schließlich waren wir ein Anhängsel der Amerikaner. Ich wollte unserem Land seine Würde zurückgeben. *Football's coming home.* Ein Turniersieg im Mutterland des Fußballs.»

«Wie ich schon sagte», wandte Sir Alan steif ein, «Wir haben gewonnen. *Sie* haben gewonnen, Königliche Hoheit.»

«Sogar der trottelige Rechtsverteidiger hat getroffen», murmelte die Königin. «Ich wähnte mich am Ziel. Wir standen auf der Tribüne, die ganze Familie, und alle sangen die Hymne. Da haben die Spieler diese Statue hereingetragen.»

Sir Alan nickte traurig. Die Statue war riesig gewesen, überlebensgroß. Vier Spieler mussten sie auf ihren Schultern tragen.

«Eine Frauenstatue, das sah ich gleich. Natürlich musste ich davon ausgehen, dass die Spieler ihrer Königin huldigen wollten. Ich war gerührt. Eine Statue der englischen Königin als Siegeszeichen! Sie trugen die Statue rund ums Spielfeld. Als sie um die Südkurve bogen, sah ich, um was es sich handelte.»

«Eine Madonnenstatue.» Sir Alan bemühte sich um einen erschütterten Tonfall.

«Am schlimmsten war die Schärpe, die sie trug», sagte die Königin. «Mit dieser Aufschrift: *Viva il papa.* Und dann haben sie sich im Mittelkreis versammelt und einen Rosenkranz gebetet.»

«Soweit ich weiß», sagte Sir Alan, «hat die Mannschaft nur kurz gefeiert. Dann hat sie sich ins Kloster zurückgezogen. Zu Besinnungstagen. Irgendwo in der Nähe von Rom, heißt es. Der Papst wird einen Besuch machen in den nächsten Tagen.»

«Der Papst.» Die Königin spie das Wort aus. «Er hat gewonnen. Auf ganzer Linie.»

«Unsere Spionin war zunächst sehr erfolgreich», wandte Sir Alan ein. «Sie hat den Schädel vertauscht und aus dem Kolosseum geschmuggelt.»

«Wir sollten die Niederlage nicht beschönigen», sagte

die Königin. «Der Papst hat mich besiegt. Zweimal. Ich wollte seine Reliquie rauben, um ihn lächerlich zu machen – das hat er verhindert. Und ich wollte den englischen Fußball zum Triumph führen, um unsere Nation zu festigen. Es kam auch zum Triumph des englischen Fußballs. Aber nicht zur höheren Ehre der Krone, sondern zur höheren Ehre der katholischen Kirche.»

«Wir müssen einen dritten Versuch unternehmen», sagte Sir Alan tapfer. «Vielleicht sollten wir diesmal eine finale Lösung in Erwägung ziehen …»

«Unsinn», sagte die Königin. «Dann werden wir ein drittes Mal verlieren. Zunächst müssen wir unseren Gegner besser kennenlernen.»

«Ich verstehe nicht ganz …»

«Einen Feind muss man mit seinen eigenen Waffen schlagen», sagte die Königin. «Haben Sie die neue Ausgabe des Tatler gelesen?»

«Den Artikel über die päpstliche Pressesprecherin? Wie sie Urlaub macht, in Castel Gandolfo?»

«Richtig. Was denken Sie darüber?»

«Gewagt, sehr gewagt …», sagte Sir Alan. «Aber auch sehr beeindruckend! Eine großartige Fotostrecke: der italienische Nachthimmel, sternenklar … der beleuchtete Pool … und diese Contessa, wie sie durch das Wasser gleitet …»

«Ganz offensichtlich hat Ihnen der Artikel gefallen», sagte die Königin. «Dem Prinzgemahl übrigens auch. Das Heft liegt seit Tagen auf seinem Nachttisch. Mein Mann schätzt besonders das Foto, wie Contessa Giulia aus dem Pool steigt.»

«Da kann ich ihn verstehen!», begeisterte sich Sir Alan.

«Im Hintergrund die blauschwarzen Albaner Berge … und im Vordergrund die Contessa im blauschwarzen Bikini … das ist der Süden, Königliche Hoheit!»

Die Königin sah hinaus in den Regen. Der Rasen von Schloss Balmoral hatte vor den Wasserfluten des Sommers kapituliert und sich in eine Schlammwüste verwandelt.

«Können Sie sich irgendein Mitglied meiner Familie vorstellen», sagte die Königin, «das mit derselben Eleganz aus dem Pool steigt?»

«Die Eleganz allein macht es nicht aus», sagte Sir Alan. «Es bedarf auch gewisser … körperlicher Voraussetzungen … Wollen Sie etwa einen Pool bauen, im Schlosspark?»

«Unsinn», sagte die Königin streng. «Es kommt nicht auf den Pool an. Und auch nicht auf das, was der Prinzgemahl und Sie mit körperlichen Voraussetzungen meinen.»

«Aber worauf dann?»

«Ich werde es herausfinden», sagte die Königin. «Wie gesagt: Man muss den Feind mit seinen eigenen Waffen schlagen. Darum werde ich nach Italien reisen. Nach Rom, um genau zu sein. Für einige Wochen. Inkognito. Der Öffentlichkeit werden wir sagen, dass ich auf Kur bin. Ich werde mich in einem kleinen Hotel in der Innenstadt einmieten. Englisches Frühstück, anständiger Tee, keine Bettwanzen – alles andere ist mir egal. Und Sie werden mitkommen. Ich brauche jemanden, der mir die Koffer trägt.»

«Aber Königliche Hoheit! Italien liegt am Boden! Der Staat ist bankrott. Sie verkaufen ihre Denkmäler und

Kunstwerke. Sogar die Knochen ihrer Vorfahren machen sie zu Geld. Was wollen Sie von Italien lernen?»

«England ist auch bald bankrott», sagte die Königin. «Genauso wie unsere früheren Kolonien in Amerika. Italien ist uns nur einen Schritt voraus. Aber mit welcher Leichtigkeit geht es diesen Schritt, Sir Alan! Mit welcher Lässigkeit! Mit welcher Eleganz!»

«Und bei welch gutem Wetter», sagte Sir Alan und sah hinaus in den Regen.

«Die Schuldenkrise können wir nicht mehr lösen», sagte die Königin. «Darum müssen wir lernen, sie mit gelassener Heiterkeit zu ertragen. Italien gelingt dies seit Jahrzehnten. *Bella figura* – so nennen sie es. Wir müssen lernen, Sir Alan, wie man *bella figura* macht.»

«Es liegt am Licht», sagte Sir Alan schwärmerisch. «Und am azurblauen Himmel! Und natürlich an diesen Cornetti, die man in jeder Bar kaufen kann. Und es liegt am Kaffee! Von unseren indischen Kolonien haben wir uns diesen Tee aufschwatzen lassen, den wir in der Dämmerstunde trinken. Der Italiener dagegen ist von Sonne umgeben. Und von Schönheit: die Meisterwerke der Renaissance. Die großen Modeschöpfer in der Via Condotti. Und die Frauen! Dieser Wein! Vivaldi, Rossini, Donizetti, Verdi: Göttliche Musik, die in Italien aus allen Fenstern schallt!»

«Klischees», sagte die Königin. «Zumindest war ich bislang dieser Meinung. Aber ich halte es für bemerkenswert, wie uns Papst Petrus die Stirn geboten hat. Das zeugt von kultureller Überlegenheit, von Einfallsreichtum und Kreativität. Wir sind zu verkrampft, Sir Alan. Und es regnet zu viel.»

«Vielleicht sollten wir etwas länger fahren als nur einige Wochen?», sagte Sir Alan.

«Besonders diese Cornetti interessieren mich», sagte die Königin. «Der Papst soll sie auch sehr schätzen.»

«Ebenso wie Cannelloni! Und Sfogliatelle! Wann reisen wir?»

«Morgen», sagte die Königin. «Zunächst bis zum Herbst. Und dann wird man sehen ...»

II

Giulia stand draußen und beobachtete durch die hell erleuchteten Fenster, wie Marietta Crederci auf die Leiter kletterte und überall im Raum kleine Lichterketten befestigte. Ihr rotes Haar glänzte, angestrahlt von tausend Sternen. Auch um das Eingangsschild brannten kleine Lämpchen: «Studio dello Sguardo» war darauf geschrieben: «Atelier Der Blick».

Von der nächsten Straßenecke aus konnte man das Kolosseum sehen, doch Touristen verirrten sich nur selten ins Monti-Viertel. Viele Künstler lebten hier, Schriftsteller und Exzentriker aller Art, für die das historische Zentrum längst unerschwinglich geworden war. Wie in einem Dorf gab es hier noch den kleinen Marktplatz mit Kirche und Bar, mit Bäumen, einem alten Brunnen und dem glitzernden Madonnenbild an der Fassade gegenüber.

Plötzlich stürzte Antonio Metodozzi in den Raum und hob seine Marietta von der Leiter. Er wirbelte sie einmal herum, setzte sie sanft wieder ab und streichelte ihren

Bauch, der sich im Profil groß und rund unter ihrem hellen Sommerkleid abzeichnete.

«Gott sei Dank hat er sie heruntergehoben», hörte sie eine Stimme hinter sich. «Ich hatte mir schon Sorgen gemacht. Sie muss allmählich vorsichtiger sein, nicht wahr?»

Giulia drehte sich um. Francesco musste schon länger hier gestanden haben, gleichfalls versunken in den Anblick Mariettas.

«Sie wird schon wissen, was sie sich zumuten kann», sagte Giulia gereizt.

«Stell dir vor, du wärst schwanger: Fändest du es nicht schön, wenn sich ein Mann so um dich kümmern würde?»

Giulia verkniff sich eine Antwort. Sie wollte keinen Streit, nicht heute. Ein großes Fest hatten Marietta und Antonio angekündigt, mit Kunst und Wein und gutem Essen. Der ganze Platz war geschmückt mit Wimpeln und Lampions, die ersten Gäste kamen gerade die Straße hinunter.

Sehnsüchtig blickte Francesco durch die Scheiben, auf das eheliche Idyll der Metodozzis.

«Sie sieht zauberhaft aus», sagte Giulia und beobachtete Francesco lauernd.

«Ja. Sie muss ein Engel sein.»

«Schwanger geworden ist sie aber auf ganz irdische Weise – vermute ich.»

«Du kannst das Sticheln immer noch nicht lassen. Was hast du eigentlich gegen sie?»

Ja, was hatte sie nur gegen die zarte, ätherische, wundervolle Marietta Crederci? Nichts, eigentlich. Marietta war für sich genommen überhaupt kein Problem. Problematisch waren höchstens die Gefühle, die sie in einem keuschen Mönch hervorzurufen wusste. Und warum waren diese Gefühle ein Problem für sie?

Giulia dachte den Gedanken nicht weiter.

«Darf ich bitten?» Sie bot Francesco ihren Arm. «Vielleicht gehen wir mal hinein? Sonst fangen sie noch ohne uns an …»

«Contessa! So warten Sie doch!»

Auch das noch. Zu einem großen Problem gesellten sich stets eifrig weitere kleine. George-William Sunder (ohne Earl und -ness) faltete sich in diesem Moment gravitätisch aus einem moosgrünen Oldtimer, den er am Straßenrand geparkt hatte.

«Wie außerordentlich beglückend, Sie hier zu sehen.»

«Sie sind extra wegen der Vernissage aus London gekommen? Und dann in diesem Wagen …»

«Den Wagen habe ich natürlich nur geliehen. Aber als frischgebackener Italien-Korrespondent des Tatler muss ich schließlich ein bisschen was hermachen …»

«Wie, Sie sind immer noch beim Tatler? Und auch noch aufgestiegen?»

«Meine letzte Reportage über Sie, verehrte Contessa, hat mir alle Türen geöffnet. Diese Aufnahmen in Castel Gandolfo, am Pool … der blauschwarze Bikini …»

Giulia wollte lieber nicht an diese Fotosession erinnert werden. Ihre Mutter war außer sich gewesen vor Entzücken und rechnete seit Veröffentlichung der Hochglanzstrecke mit unzähligen Heiratskandidaten aus dem britischen Hochadel. Leider, dachte Giulia, hatten sich tatsächlich schon einige gemeldet.

«Wie, du hast dich am Pool fotografieren lassen?», sagte Francesco verwirrt. «Das wusste ich ja gar nicht ...»

Du hättest es aber wissen können, dachte Giulia – wenn du dich etwas mehr mit mir und etwas weniger mit der wiedergefundenen Marietta beschäftigt hättest.

«Wollen wir jetzt endlich reingehen?»

«Giulietta, Amore!»

Im weißen offenen Hemd, der Teint eine Spur zu sonnengebräunt, kam ihr Studienfreund Tremante im Macho-Wiegeschritt auf sie zu. «Du siehst umwerfend aus in diesem weißen, trägerlosen Sommertraum, Bella. Gut, dass du ungefähr genauso wenig anhast wie neulich im Tatler. Zeigst du mir später diesen Pool, Stellina? Ich hab allerdings keine Badehose dabei.»

«Darf ich vorstellen: mein Studienfreund Tremante. Er unterrichtet Pathologie und ist ungefähr genauso charmant wie seine Knochensäge.»

Der falsche Earl guckte indigniert, Francesco sah sie völlig entgeistert an, Tremante grinste.

Gut so.

Giulia fing an, sich langsam besser zu fühlen.

Drinnen drängten sich die Leute vor den großen Schwarz-Weiß-Bildern Mariettas. Sie zeigten Details aus dem römischen Alltag: Obstkisten auf dem Campo dei Fiori; spielende Kinder im Park der Villa Borghese, einen Barista des Tazza d'Oro. Es waren, wie Giulia sich eingestehen musste, Aufnahmen von großer Sensibilität.

Metodozzi schlug mit einer Gabel an sein Glas, Marietta strahlte alle an und sagte mit ihrer leisen Stimme, wie sehr sie sich freue, sie alle zu sehen. Sie erzählte, wie sie das kleine Häuschen erst vor einem Monat entdeckt habe und dass sie nur durch eine großzügige Spende in der Lage gewesen sei, ihre eigene Galerie zu eröffnen.

«Und jetzt möchte ich, dass wir alle miteinander feiern! Draußen sind die langen Tafeln gedeckt, es gibt genug Antipasti und Pasta und Wein für alle – auch wenn ich mich natürlich eher ans Wasser halten werde.»

Sie errötete.

«Das werden wir tun, liebe Marietta!», dröhnte plötzlich eine vertraute Stimme durch den Raum. Giulia drehte sich um: Die Leute standen dicht gedrängt, doch durch die Menge schob sich, energisch und entschlossen – der Papst. «Aber zunächst einmal möchte ich euch beiden ein Geschenk überreichen. Ich habe mir gedacht, dass so ein junges Paar, bald eine Familie, sicher ein bisschen Unterstützung gebrauchen kann. Wie alle hier wissen, war Marietta meine Leibfotografin und hat phantastische Aufnahmen der Petrusreliquien gemacht. Ich möchte dir, liebe Marietta, die Exklusivrechte daran überlassen. Die ersten Abzüge werde ich auch signieren – um den Verkauf gleich ein wenig anzukurbeln.»

Die Gäste applaudierten, Petrus und Marietta guckten gerührt. Und Metodozzi verschwand, um schon einmal die ersten Weinflaschen zu holen.

«Mit Ihnen hatte ich nicht gerechnet», sagte Giulia. «Müssen Sie nicht noch ganz dringend eine Predigt schreiben?»

«Kindchen, sei doch nicht immer so streng. Der Abend war lau, und auf dem Parkplatz im Innenhof stand dieses kleine Auto ...»

«Dieses kleine Auto?»

«Nun, meine Liebe, du hattest deinen Cinquecento

mitten auf dem Hof geparkt und nicht in den markierten Flächen – was natürlich verboten ist. Immaculata hatte noch nichts gesehen, sie ist früh schlafen gegangen. Also bin ich hinuntergegangen, um den Wagen umzuparken. Damit du morgen keinen Ärger bekommst mit ihr. Und, siehe da, der Schlüssel steckte! Dein Vertrauen in die katholische Kirche ehrt dich ja, aber du solltest wirklich nicht so leichtsinnig sein. Na, und als ich dann erst einmal drinsaß, fiel mir ein, dass heute Mariettas Vernissage stattfindet.»

«Sie haben ... hoffentlich nicht im selben Tempo wie neulich! Meine Mutter ... sie reißt mir den Kopf ab ... Wo steht er denn jetzt?»

«Gleich hier.» Petrus wies zufrieden aus dem Fenster. Der Cinquecento parkte direkt vor der Galerie.

In der Feuerwehrzufahrt.

«Schau, da tragen sie gerade die Antipasti-Platten auf», sagte Petrus erfreut. «Und da ist ja auch mein alter Freund Jack. Hello, how are you? Nice to meet you!»

Petrus stürzte zu Jack Steel und schüttelte ihm ergriffen beide Hände. «Congratulations. What a big play!»

Der englische Nationaltrainer strahlte. Zur Feier des Tages hatte er sich in einen dunklen Anzug geworfen, in dem er wie verkleidet aussah. Sein Schnauzbart war sorgfältig gestutzt.

«Eight to three», sagte Petrus. «And five converted penalties ...»

«Seit wann wissen Sie denn, was ‹verwandelter Elfmeter› auf Englisch heißt», fragte Giulia misstrauisch.

«Ich lerne nicht aus Büchern, sondern aus dem Leben.» Petrus steuerte nach draußen, auf das Buffet zu, und schenkte sich ein Glas Rotwein ein. «Und wie du weißt, habe ich mir das Endspiel auf Englisch angesehen. ‹Das Wunder von London!› Herrlich! Denkt nur an die Madonnenstatue, die sie durch das Stadion getragen haben. Und wie ergreifend, als die Spieler einen Rosenkranz gebetet haben. Und vor allem das Gesicht der Queen … Alles in allem ein unvergesslicher Abend.»

«Leider auch für die Pressestelle des Vatikans.» Giulia seufzte. Die Journalisten hatten sie unmittelbar nach Spielende mit Anrufen und Emails überschüttet. Eine Woche lang hatte der Wahnsinn gedauert.

«Du bist heute Abend so melancholisch, Giulia.» Missbilligend schob er ihr einen Stuhl hin. «Setz dich endlich, die Platte mit dem Vitello Tonnato hier sieht ganz köstlich aus.»

Petrus hatte sich bereits den Teller vollgehäuft.

«Ich verstehe gar nicht, warum du nicht in Feierlaune bist», monierte er. «Die Galerie hätte es nicht gegeben ohne die großzügige – wenn auch nicht ganz freiwillige – Spende des Cavaliere.»

«Dr. Parker und Alessandro waren nicht billig», sagte Giulia. «Aber ich konnte ein ordentliches Startkapital für Marietta und Antonio abzweigen. Die Galerie ist ein Traum, und die Wohnung oben werden sich die beiden sicher noch ausbauen.»

«Natürlich hätte ich Antonio weiterbeschäftigt», sagte Petrus. «Aber er hatte den Vatikan satt. Was man verstehen kann – nach allem, was vorgefallen ist. Auch an die Päpstliche Universität wollte er nicht mehr, obwohl inzwischen selbst der gestrenge Großkanzler keine Einwände mehr haben dürfte.»

«Dr. Parker, kommen Sie doch noch zu uns – hier ist noch Platz.» Giulia wies auf die Stühle gegenüber. «Ich freue mich, dass Sie kommen konnten. Wo ist denn Alessandro?»

«Er holt mir etwas zu trinken. Ah, da ist er ja. Danke, Tesoro. Und vergiss nicht, später die Bilder ins Auto zu packen.»

«Sie haben etwas gefunden?», fragte Giulia.

Doch bevor Dr. Parker antworten konnte, gellte ein schriller Schrei durch die Menge: «Huhu, Giuliettina!»

Signora Santini schob sich heran, behängt mit allem, was die Schatulle mit Familienschmuck hergab.

«Oh, der Heilige Vater, ganz reizend. Bitte verzeihen Sie, ich wollte nur ein Wörtchen mit meinem Schnuckelchen wechseln.»

«Mamma! Woher hast du eine Einladung?»

«Schätzchen, meine Freundin Graziella sagte mir, dass hier im Viertel so eine schicke Galerie eröffnet, und wie immer hat sie recht. *Amazing!* Sie konnte heute Abend leider nicht kommen, aber ich habe mir gleich einen dieser signierten Petrusköpfe gesichert. Ein absolutes *Must-Have*. Aber, Fiorellina», sie senkte ihre Stimme ein wenig, «wer ist denn dieser wahnsinnig gutaussehende Mönch, den ich schon ein paarmal gesehen habe. Irgendwie kommt er mir bekannt vor …»

«Bestimmt nicht.» Giulia fühlte sich plötzlich entsetzlich müde. «Das ist Francesco, ein Franziskanermönch. Der Privatsekretär des Heiligen Vaters.»

«Aber Liebling, mach mir doch nichts vor, ich habe ihn schon einmal irgendwo gesehen. Wenn ich nur wüsste …»

«Mein Glas ist leer», sagte Giulia. «Ich hole mir noch etwas zu trinken.»

Sie nahm eine Flasche Weißwein vom Buffet und ging hinüber zu Francesco, der auf den Stufen des kleinen Brunnens saß.

«Weißt du», sagte Francesco und nahm ihr die Weinflasche aus der Hand. «Ich habe noch einmal über unser Gespräch vorhin nachgedacht.»

Er gab ihr ein volles Glas.

«Marietta ... sie ist mir sehr ähnlich. Ich spüre eine Art Seelenverwandtschaft mit ihr, wenn ich mit ihr rede. Sie ist mir nah – wie eine Schwester.»

Giulia schwieg. Von weitem sahen sie Marietta. Lachend wehrte sie Antonio ab, der ihr gerade den großen Nudeltopf aus der Hand nehmen wollte.

«Darf ich dir mal eine indiskrete Frage stellen? Hast du jemals über eine eigene Familie nachgedacht? Früher, bevor du Mönch wurdest?»

Keine Antwort.

«Möchtest du das wirklich wissen?»

«Natürlich, sonst hätte ich ja nicht gefragt.»

«Ich hab dir doch schon einmal von dem Mädchen erzählt, das auf unserem Nachbarhof wohnte ...»

Oje, jetzt kam wieder diese Nummer. Sie würde es einfach aufgeben, ein für alle Mal. Was sollte das auch, dieses ewige Gesage und Gefrage. Giulia fühlte, wie sie ärgerlich wurde, ärgerlich auf sich selbst.

«Ich mochte sie wirklich sehr. Sie war ein bisschen ... vielleicht ein bisschen wie Marietta ...»

Giulia sah ihn nicht an, aber sie wusste, dass er gerade rot geworden war.

«Aber wir waren Kinder. Und da denkt man nicht an eine Familie. Vielleicht», er stockte, «vielleicht habe ich das erste Mal darüber nachgedacht, als wir auf deinem Balkon saßen. Du erinnerst dich vielleicht nicht mehr daran. Es war Sommer, und wir saßen da und redeten und tranken Wein. Da habe ich zum ersten Mal so etwas wie ... Traurigkeit gespürt, dass ich das alles nicht haben werde: eine Frau. Kinder. Eine Familie.»

Jetzt sah sie ihn an. Diesmal wich er ihrem Blick nicht aus. Und alles war wieder da: Die Stimmen und die Lichter, der Wein und das Gefühl an diesem Sommerabend, dass jemand die Zeit anhalten müsste.

Genau jetzt.

Von den Tischen wehte lautes Lachen zu ihnen herüber, am lautesten war Petrus zu hören, der mit Jack Steel in einem grauenhaften Englisch über den italienischen Fußball diskutierte. Der Trainer war nicht ganz bei der Sache; immer wieder sah er sich nervös nach einer älteren Dame mit großem Sonnenhut um, die am Nebentisch saß und offensichtlich interessiert zuhörte. Eben hatte sie bei ihrem Begleiter, den sie immer «Sir Alan» nannte, ein neues Glas geordert.

Der Papst winkte zu ihnen hinüber, er hatte die erste Flasche Wein fast geleert.

Giulia stand auf.

«Wie Sie heimkommen, weiß ich auch nicht», rief sie Petrus zu. «Aber eines weiß ich sicher: Mein Cinquecento bleibt hier!»

«Ich nehme ein Taxi», sagte Petrus. «Oder ich mache mich zu Fuß auf den Weg.»

In der Galerie herrschte immer noch Gedränge, als

Giulia und Francesco ihre leeren Gläser und die Weinflasche zurückbrachten. Metodozzi klebte rote Punkte unter die Fotografien und warf immer wieder besorgte Blicke zu Marietta, die sich prächtig zu amüsieren schien.

«Petrus ist wieder ganz der Alte, nicht wahr?», sagte Metodozzi.

«Einige Wochen stand er völlig neben sich», antwortete Francesco. «Wegen Oscuro. Er machte sich entsetzliche Vorwürfe. Beinahe jeden Tag hat er ihn in der Gemelli-Klinik besucht.»

«Aber der Kardinal ist über den Berg, oder?»

«Ja. Nächste Woche wird er entlassen. Er will zurück nach Sizilien.»

«Keine Lust mehr auf vatikanische Intrigen?» Metodozzi grinste. «Da geht es ihm wie mir …»

«Sein Ruf ist wiederhergestellt», antwortete Francesco. «Und er ist mit dem Papst versöhnt. Nur deswegen war er zurück nach Rom gekommen.»

«Und der Attentäter, dieser …»

«… Signor Fallimento. Er ist völlig verrückt, sagen die Ärzte. Schizophren. Er hält sich für einen zweiten Garibaldi und glaubt daran, dass man den italienischen Staat retten kann.»

«Was für ein Unsinn», sagte Petrus, der hereinkam, um sich zu verabschieden. «Der italienische Staat ist nicht zu retten. Und er muss auch gar nicht gerettet werden, denn der Italiener kommt auch ohne Staat gut zurecht. Was er braucht, ist eine Familie, auf die er sich verlassen kann. Er braucht eine Bar, um zu erfahren, was im Viertel vor sich geht. Und er braucht die Kirche. Sie spricht ihn frei von seinen Sünden und weist ihm den Weg zum Heil. Wo ist denn Marietta?»

«In der Küche», sagte Francesco. «Mit Giulia. Die beiden Frauen wollten sich in Ruhe unterhalten.»

«Eine hervorragende Idee», antwortete Petrus mit einem Seitenblick zu Francesco. «Dabei will ich nicht stören. Eine gute Nacht euch allen!»

Beschwingt schlenderte Petrus zur Piazza Venezia. Als er den Taxistand sah, fiel ihm ein, dass er kein Geld bei sich hatte. Ich könnte dem Taxifahrer erklären, dass ich der Papst bin, dachte Petrus. Aber dann lande ich nur bei Fallimento in der Psychiatrie. Also gehe ich lieber zu Fuß.

III

Immaculata kniete auf dem nackten Steinfußboden vor ihrem Bett. Sie hielt die Hände gefaltet, die Augen geschlossen.

Jetzt, dachte sie.

Heute.

Die Irrfahrt war zu Ende. Und mit ihr endeten die Gewalt, die Diebstähle, die Lügen. Sie hatte gleich gesagt, dass es nicht rechtens wäre, die Reliquien zu zeigen. Prophetisch war sie gewesen in ihrer Ankündigung, Petrus würde die katholische Kirche in den Abgrund ziehen. Dass es nicht so weit gekommen war, hatte der Heilige Vater einzig und allein ihr zu verdanken. Mochten sie heute Abend feiern, der Papst und Giulia und Francesco, diese englische Agentin und ihr ketzerischer Mann, all die Ahnungslosen.

Sie jedenfalls hatte Wichtigeres zu tun.

Behutsam tastete sie nach dem kleinen Brief in ihrer Rocktasche, zog ihn heraus und las ihn – obwohl sie ihn längst auswendig konnte:

Liebe unbekannte Schwester!

Viele Jahre ist es her, dass ich mit dem Heiligen Vater in die Nekropolen hinunterstieg, um die Gebeine Petri zu bergen. Papst Pius XII., mein Herr, hat sie zu sich genommen und bewahrt vor den Augen der Welt. Alle. Oder besser: fast alle.

Heute treten Sie das Amt an, das ich so lang innehatte. Sie werden die Vorsteherin des päpstlichen Haushaltes sein, und ich werde mich zurückziehen. Ich vermache Ihnen das Medaillon, das ich so viele Jahre um meinen Hals trug. Geben Sie es weiter an Ihre Nachfolgerin im päpstlichen Haushalt. Es wird Ihnen jene Macht verleihen, die Sie benötigen für Ihr schweres Amt. Denn nicht das Putzen und Kochen ist Ihre heilige Aufgabe. Sie haben dafür zu sorgen, dass der Heilige Vater seinen Pflichten treu bleibt, ein aufrechtes Leben führt und den Versuchungen des Bösen nicht erliegt.

Das Medaillon soll von Hand zu Hand gehen, von Haushälterin zu Haushälterin, so lange diese Kirche besteht. Bis in alle Ewigkeit – Amen.

Madre Pascalina, Haushälterin Seiner Heiligkeit Pius XII.

Vorsichtig griff Immaculata nach dem Medaillon um ihren Hals. Sie hatte es von ihrer Vorgängerin erhalten, auf deren Sterbebett. Von Hand zu Hand war es gegangen, von Haushälterin zu Haushälterin, über Jahre und Jahrzehnte hinweg.

Sie öffnete es – und hielt einen blankpolierten Zahn in ihrer Hand.

Damals hatte sie nicht begriffen, um was es sich handelte. Doch als sie den Schädel des heiligen Petrus zum ersten Mal sah, wurde ihr alles klar: Dies war tatsächlich der Fund, den Pius vor so vielen Jahren gemacht und dann vor der Welt verborgen hatte – dies waren tatsächlich die Überreste des ersten Papstes. Denn dem Schädel fehlte eben jener Zahn, den sie in ihrem Medaillon um den Hals trug. Sie war die Hüterin des Geheimnisses gewesen – und alle Haushälterinnen des Papstes vor ihr.

Sie wusste, dass diese Reliquien niemals, unter gar keinen Umständen den Vatikan verlassen durften, niemals sollten sie vor die Augen einer oberflächlichen, sensationsgierigen Menge gezerrt werden.

Und das war auch nicht geschehen.

Noch in derselben Nacht war sie in die Katakomben des Petersdoms gestiegen, dorthin, wo die Gräber lagen. Sie hatte einen Totenkopf in einer unbeleuchteten Nische ausgewählt und war in das päpstliche Arbeitszimmer geschlichen. Sie hatte den Heiligen ausgetauscht und das Original in einer Kiste unter ihrem Bett versteckt. Und dort würde er bleiben. Geschützt, umsorgt, angebetet und gelegentlich abgestaubt von seiner treuesten Dienerin Immaculata, der Hüterin des Heiligsten im Vatikan.

Lächelnd zog sie die Kiste unter ihrem Bett hervor.

Lächelnd öffnete sie den Deckel.

Und drückte mit einer einzigen, kräftigen Bewegung den Zahn zurück in den Kiefer.

IV

Im gelben Licht der Straßenlaternen marschierte Petrus durch die Gassen um den Campo dei Fiori. Entlang der Via dei Giubbonari mit ihren kleinen Handwerksläden, die jetzt alle ihre Jalousien und Gitter fest verschlossen hatten.

Niemand erkannte ihn, niemand hielt ihn auf.

Petrus war selig in seinem nächtlichen Rom. Ein kurzes Stück ging er unter den Bäumen am Tiberufer, dann überquerte er die Brücke, marschierte direkt auf den hellerleuchteten Petersdom zu und setzte sich, völlig ermattet, auf die Stufen unter den Kolonnaden. Er lehnte sich an eine Säule, spürte den Alkohol und einen langen Tag. Aber er fühlte auch einen großen Frieden in sich und die Vorfreude auf seine Pantoffeln, einen Schlummertrunk und das warme Bett.

Als er aufsah, stand ein älterer Herr vor ihm, der ihn sanft an der Schulter rüttelte. Der Mann hatte einen mächtigen Vollbart, trug ein bodenlanges, weißes Gewand und geflochtene Schuhe. In seiner Hand hielt er einen großen Schlüssel.

«Ich habe ziemlich viel Wein getrunken», sagte Petrus. «Darum weiß ich, dass Sie eine Erscheinung sind. Sie können jetzt einfach verschwinden.»

«Ich habe zugesperrt», antwortete der heilige Petrus und zeigte auf den Himmelsschlüssel. «Für einige Stunden zumindest. Wir müssen reden.»

Petrus raffte sich mühsam auf. «Gibt es Beschwerden oben? Ich weiß, es lief nicht immer alles rund. Aber der Reliquienfund war ein großer Erfolg. Und die Mitgliederzahl in England steigt täglich. Falls das nicht reicht – Sie können gerne wieder übernehmen. Der Job ist Ihnen ja vertraut. Ich überlasse Ihnen meine Pantoffeln, meine Haushälterin und meinen Cinquecento.»

«Die Pantoffeln sind mir zu klein und Ihre Haushälterin zu zickig», sagte der heilige Petrus. «Zickereien habe ich oben schon genug. Und Pantoffeln besitze ich bereits.»

«Dann bleibt nur der Cinquecento als Anreiz.»

«Der gehört Ihrer Pressesprecherin», sagte Petrus. «Beziehungsweise ihrer Mutter. Und mit der möchte ich mich lieber nicht anlegen. Außerdem kann ich den Wagen nicht mehr fahren.»

«Nach Ihrer Auferstehung vielleicht», schlug Petrus vor. «Sie müssen ihn eben gut pflegen. Ein italienisches Markenprodukt hält bis in alle Ewigkeit.»

«Auch nach meiner Auferstehung werde ich ihn nicht fahren können», sagte der Heilige. «Weil ich die Pedale nicht mehr bedienen kann.»

«Waren wir mit Ihren Knochen etwas zu großzügig?»

«Die Königin hatte einen Denkzettel verdient», sagte Petrus. «Aber den Rest meiner Gebeine möchte ich behalten.»

«Immerhin haben wir Ihren Schädel wieder», bemühte sich der Papst um Wiedergutmachung.

«Mein Schädel war niemals weg», sagte Petrus lächelnd.

«Wie meinen Sie das?»

Aber es war niemand mehr da.

Petrus stand auf und blickte nach oben, zum päpstlichen Palast. In seiner Wohnung brannte noch Licht. Immaculata war sicherlich schon zu Bett gegangen, aber sie würde seine Kissen aufgeschüttelt und einen frischen Schlafanzug bereitgelegt haben. Vielleicht würde er noch heimlich ein Bier aus dem Kühlschrank holen und einen Blick in die Gazzetta dello Sport werfen. Oder auf die Dachterrasse gehen, sich in einen Liegestuhl setzen und hinauf in den Himmel sehen.

In den Himmel über Rom.

Dank

Das zweite Buch ist das schwerste, sagt man: Es soll an den Vorgänger erinnern – aber natürlich ganz anders sein. Alle Figuren aus Band I sollen wieder auftreten – aber so originell und überraschend, als sei man ihnen noch nie begegnet. Ihr schafft das schon, sagt aufmunternd die Lektorin. Und zwar rasch, mahnt der Vertrieb. Denn wir möchten Nachschub, schreiben die Leser.

Und auch die Figuren drängen. Sie wollen wieder durch Rom brausen auf der Vespa, an der Bar stehen und diskutieren, *bella figura* machen zwischen neuen Buchdeckeln. Immaculata möchte, dass man ihr Geheimnis lüftet, Petrus drängt es nach Ruhm, Francesco nach Romantik, Giulia nach Francesco. Und schließlich konnten auch wir nicht mehr widerstehen, wir sind nach Rom gefahren, wir haben sie alle wiedergetroffen …

… und wir haben unser zweites Buch geschrieben. Dass es gelang, verdanken wir unserer großartigen Lektorin Katharina Dornhöfer! Sie hat an «Gloria!» geglaubt – auch als die Abgabefrist längst überschritten war. Roman Hocke und Uwe Neumahr, unsere Agenten, haben uns geduldig und liebevoll begleitet. Wir danken Usha und Stefan für ihr wunderbar inspirierendes Vorlektorat. Evelyn für die beste Lasagne der Welt und Mark für Mortimer und die feine englische Art. Danke an die netten Kollegen vom Syndikat, die uns für den Glauser-Preis nominiert haben, danke an unsere Eltern, die unsere Kinder gehütet haben, danke an alle, die mit uns gefiebert und gelitten haben und die sich nun mit uns freuen.

Und – wie könnten wir sie vergessen, che ci fai piangere e abbracciarci ancora: Grazie Roma!

Johanna Alba & Jan Chorin bei rororo

Papst-Krimis

Halleluja!

Gloria!

Hosianna!

O sole mio!

MIX
Papier aus verantwortungsvollen Quellen
FSC® C083411

Das für dieses Buch verwendete Papier ist FSC®-zertifiziert.